ELENI TOROSSI

Als ich dir zeigte, wie die Welt klingt

ELENI TOROSSI

Als ich dir zeigte, wie die Welt klingt

Roman

LangenMüller

MIX
Papier aus verantwortungsvollen Quellen
FSC® C014496

Das Zitat auf Seite 159 stammt aus Oliver Sacks:
Stumme Stimmen. Reise in die Welt der Gehörlosen.
Ins Deutsche übersetzt von Dirk van Gunsteren.

Umschlaggestaltung: Wolfgang Heinzel
Umschlagfoto: plainpicture, Hamburg
Satz: EDV-Fotosatz Huber/Verlagsservice G. Pfeifer, Germering
Gesetzt aus: 11pt/14pt Adobe Garamond Pro
Druck und Binden: GGP Media GmbH, Pößneck
Printed in Germany
ISBN 978-3-7844-3356-1

Auch als ebook

www.langen-mueller-verlag.de

Meinen Freunden

TEIL 1

»Die Musik interessiert mich nicht.
Was mich interessiert, sind die Klänge.«
DIZZY GILLESPIE

Im stillen Abgrund

Meine Mutter war anders als andere Mütter. In ihren Ohren waren weiße Knoten. Als sie das merkte, lag sie gerade im Bett und betrachtete ihre Füße. Sie guckten aus weißen Bettlaken hervor, und sie fand sie abstoßend. So als gehörten sie nicht zu ihr. Sie waren dick und plump und passten überhaupt nicht zu ihrer sonstigen Erscheinung. Sie war schlank, blond, grazil und hatte blaue Augen – eine richtige Prinzessin. Doch wenn sie die Schuhe auszog, verwandelte sie sich in einen Bauerntrampel, der bei der Olivenernte zupackt und in der Kelter die Trauben zerstampft. Später würde sie das Dorf weit hinter sich lassen und in die große Stadt ziehen. In Athen würde sie darauf achten, immer gut frisiert zu sein, Hüte zu tragen, duftige Stoffe zu kaufen und die Füße in elegante Schuhe zu zwängen.

Die weißen Knoten waren wie aus heiterem Himmel aufgetaucht, als sie dreizehn war. »Dreizehn ist eine Unglückszahl«, sagte sie immer.

Meine Mutter war damals in einen tiefen Fieberschlaf versunken, und als sie daraus erwachte, war alles um sie herum weiß. Wie in Watte gepackt. Nur was aus dem Laken herausguckte, waren immer noch dieselben plumpen Füße.

Verwundert starrte sie darauf. Plötzlich merkte sie, dass jemand an ihrem Kopfende stand. Erschrocken fuhr sie herum. Dort waren Männer in weißen Kitteln und klappten den Mund auf und zu. Warum waren alle bloß so weiß und warum schneite es, fragte sie sich. Schnee fällt im Winter, und wenn es schneit, werden alle Geräusche vom Schnee verschluckt. Vor allem in der Nacht ist nichts zu hören, nur das Knistern des Dochts in der Öllampe. Und die prasselnden Holzscheite im Kamin. Stundenlang konnte sie dem Flackern der

Flammen zuschauen. Sie liebte den Schimmer des Lichts und seine Wärme. Ihre Mutter machte kalte Umschläge, »damit das Fieber fällt«, sagte sie. Stirn und Wangen brannten wie Feuer. »Doch tief in meinen Ohren ist es kalt«, wollte sie ihr sagen, sagte aber nichts. Sie berührte ihre Ohren und hatte das Gefühl, als wären sie mit Schnee vollgestopft. Es war aber kein Schnee, es waren wohl die weißen Knoten.

Meine Mutter schloss ihre blauen Augen. Sie wurde von einer Lawine überrollt und stürzte in einen Abgrund. Als man sie endlich freischaufelte, war es bereits zu spät.

Weiß, heimtückisch, eiskalt

Was mit ihr geschehen war, sollte von da an der Grund dafür sein, dass sie oft aufschreckte und zusammenzuckte. Sie schrieben es ihr auf: Wegen der Knoten würde sie nicht mehr hören können. Und dass sie alles dafür tun würden, damit die Knoten verschwinden und sie wieder gesund wird. Doch vielleicht würde sie nie mehr wieder hören können. Letzteres hörte sie nicht. Das heißt, sie sagten es ihr nicht, oder genauer gesagt, sie schrieben es ihr nicht auf.
Seit jenem Tag hatte »Im Anfang war das Wort« seine Gültigkeit verloren.

Bedeutete dies den »Anfang der Welt«? War der Anfang ihrer Welt für sie jetzt zu Ende? Der Anfang der laut sprechenden Welt?
Doch es öffnete sich auch das Tor zu einer neuen Welt. Einer Welt der aufmerksamen Augen, der tastenden Hände, der rhythmischen Laute, der warmen Haut. Und einer Welt der Gedanken, die in ihrem Kopf rumorten. Sehr oft brabbelte sie diese Gedanken leise vor sich hin. Ein melancholisches Lied, ohne Melodie. Sie versuchte, Pausen rhythmisch zu setzen, und danach hob sie ihre Stimme, um ein paar Noten von den alten Liedern zu singen, an die sie sich erinnern konnte. Sie kannte viele Verslein auswendig. Bei den Reimen zog sie ihre Stimme in die Länge, weil sie meinte, das würde ihnen einen melodischen Klang verleihen. Doch sie sang vollkommen schief. Es klang wie eine reife Feige, die vom Baum fällt, auf Steinplatten klatscht und zu einer Platzwunde wird. Oder einfach zu einem violetten Fleck.

Viele Jahre später in München, es muss während der Olympiade 1972 gewesen sein, spazierte ich an einem Sommerabend durch den Englischen Garten. Es herrschte eine feierliche Atmosphäre, seltsame Klänge wehten zu mir, und da hörte ich plötzlich wieder dieses Aufklatschen reifer Feigen mit ihrem violetten Widerschein. »Das ist elektronische Musik«, sagte jemand, »Stockhausen. Atonal.« Meine Mutter war also elektronisch und sprach atonal, dachte ich, und das gefiel mir. Ich lächelte und stellte mir meine Mutter im violetten Licht der Schweinwerfer vor, zusammen mit Stockhausen ... Und wie sie sich mit dem Komponisten atonal unterhielt. Atonal und tonlos.

Als ich zehn wurde, wollte meine Mutter unbedingt, dass ich Klavierspielen lernte. Wenn ich in die Tasten hämmerte, umarmte sie das gemietete Instrument. Sie legte den Kopf auf das schwarze Holz, um so durch die Vibrationen den Rhythmus zu spüren. Ab und zu stieß sie selbst auch rhythmische Laute aus und begleitete mich. Sie drängte mich, die Tasten kräftig anzuschlagen, und beobachtete mich voller Hingabe. Als würde sie in sich hineinhorchen und lauschen, vielleicht den Schlafliedern ihrer Mutter und den Klatschgeräuschen auf den Steinplatten.

Ein Radio gab es bei uns zu Hause nicht, auch keinen Plattenspieler. Ich hörte nur das Flüstern meiner Mutter. Ich beobachtete sie, wenn sie nähte, wenn sie Zeitung las oder im Bus saß und aus dem Fenster schaute. Ununterbrochen bewegte sie ihre Lippen. Hin und wieder nickte sie mit dem Kopf, so als würden ihre Gedanken sie aufwühlen. Alles, was sie vielleicht anderen sagen wollte, das sagte sie zu sich selbst, alles, was sie dachte, das käute sie wieder und wieder. Für mich war das ganz normal, dass meine Mutter vor sich hin sprach. Es war eben so. Zum Nachdenken, wie ich mich dabei fühlte, hatte ich keine Zeit. Denn unentwegt musste ich sie beobachten. Ich musste aufpassen, wo sie steckte, was sie sah, was sie von unserer Umgebung mitbekam, ich musste ihr erklären, was *ich* sah, darüber nachdenken, was *ich* ihr von all dem um uns herum erklären wollte. Ununterbrochen beobachtete ich daher meine Umgebung und mein Inneres, um Entscheidungen zu treffen. Nicht für mich, sondern für sie. Ich wurde sie, und sie wurde ich, mehr und mehr.

Wann wurde mir bewusst, dass sie nicht hören konnte und Selbstgespräche führte, dass ich eine Mutter hatte, die anders war als andere? Ich kann es nicht genau sagen. Ich kann es überhaupt nicht sagen. Für mich war die Welt meiner Mutter die einzig gültige Welt. Ich dachte, dass die ganze Welt so sei. Ich fand es normal, dass man einen weißen Knoten im Ohr hat, seine Gedanken ständig wiederkäut, dass man nach dem *wie* und dem *was* fragt, dass man versucht, die Wörter von den Lippen zu lesen, die sich öffneten und schlossen, mal mehr, mal weniger, wie die Tasten eines Klaviers, die sich heben und senken, wobei man sich die Melodie vorstellen muss, die erklingt. Ich dachte, es sei normal, sich nicht umzudrehen, wenn man gerufen wird, oft die Hand des anderen zu halten, ihn zu berühren, in den Arm zu nehmen, ihn bei der erstbesten Gelegenheit zu streicheln.
So war meine Mutter zu mir. Und das war NORMAL.
Ihre Hände waren immer warm und weich.

Später begriff ich, dass es überhaupt nicht normal ist, wenn man nicht streicheln kann oder berührt werden darf. Den anderen nicht berühren zu können ist schlimmer, als ihn nicht zu hören. Es gibt Menschen, die gereizt und verängstigt auf Zärtlichkeiten reagieren. So wie mein Freund Junus, den ich an der Universität in München kennengelernt hatte. Er schrieb Liebesgedichte.
»Ich bin ein verliebter Fisch.
Alle Weltmeere verehren mich.«
Es waren unglaublich zärtliche Miniaturen. Jeden Tag schickte er mir eine mit der Post. Nach der Liebe versank Junus immer in einen tiefen Schlaf. Streicheln konnte er nicht. Weder vorher noch nachher. Wehe, ich hätte es gewagt, meine Hand über seine Haut gleiten zu lassen. Das beunruhigte ihn ungemein, und er fühlte sich ausgeliefert. Als erhielte seine Haut Verbrennungen davon.
Außer den Liebesgedichten schrieb er auch ein Buch über seine Mutter, die ihn früh verlassen hatte. Er war bei einer Furie von Großmutter aufgewachsen, die ihn nur dann anfasste, wenn sie ihm

mit Gewalt seine schmutzigen Sachen aus- und ihm saubere anziehen wollte. Ich wollte ihm seine Kleider nur ausziehen, um seinen Körper zu erkunden, um ihn zu berühren. Es tat ihm weh. Er wurde nervös, atmete heftig und hatte Lust auf etwas anderes. Seine Haut hatte er vergessen. Vielleicht glaubte er, er habe sie verbotenerweise an und müsse sie ablegen, weil sie schmutzig war. Doch er war nun einmal keine Schlange, die sich häuten konnte. So lebte er in dieser Haut, und um sich nicht davor zu fürchten, vergaß er sie. Und ich vergaß ihn.

Andere nannten die Knoten einen »Makel«. Erst da wurde mir bewusst, dass es ein Makel sein könnte, dass meine Mutter nicht hörte. Ja, die Welt meiner Mutter war seltsam, voll von ihren eigenen Geheimnissen, Botschaften, Gesten und bohrenden Blicken. Sie besaß eine faszinierende Tiefe, doch selbst hatte sie Angst vor der Tiefe. Sie mochte sie nicht. Ihr wurde schwindelig, und sie stolperte. Es hieß, die weißen Knoten drückten auf den Gleichgewichtssinn und brächten sie ins Wanken. Ihre großen Füße waren unsicher bei jedem Schritt. Sie trat mit Wucht auf den Boden und wankte wie ein Segelboot im Sturm. »Das haben mir die Ärzte damals gesagt. Zusammen mit dem Gehör habe ich auch den Gleichgewichtssinn verloren. Gehör und Gleichgewicht gehören im Mittelohr zusammen«, erklärte mir meine Mutter oft. »Aber der Verlust des Gehörs bedeutet ja sowieso den Verlust des Gleichgewichts im Leben, oder?«

Das Wanken meiner Mutter führte sie in andere Regionen, sie entfernte sich immer weiter von meiner Welt. Es war, als sei sie wie im Märchen an einem Scheideweg angelangt und habe dann den Pfad eingeschlagen, von dem es kein Zurück mehr gibt.
Da ist nichts zu machen. Du kannst nicht umkehren. Du gehst weiter und weiter und gerätst immer tiefer in den stummen Wald.
Meine Mutter drehte sich pausenlos um und schaute zurück, so wie die Prinzessin mit den blauen Augen und den goldenen Haaren, die sich verirrt hat. Sie blickte über die Schulter zurück zu der Welt, die

sie hinter sich ließ, und hatte Schuldgefühle, weil sie mich und die anderen zwang, ihr in ihre Welt zu folgen. Sie hatte keine sehr hohe Meinung von ihrer Welt, und es lag ihr nichts daran, mich dorthin mitzunehmen.

Sie sagte: »Wenn du groß bist und viel Geld verdienst, wirst du den richtigen Weg finden, um mich zurückzuholen. Du wirst dafür bezahlen, dass sie hinter das Geheimnis der weißen Knoten kommen. Sie werden mir die dumpfe Watte aus den Ohren holen. Und dann gehen wir in ein Konzert und hören Maria Callas.«

Kymi 1920 – funkelnde Steine und wässrig blaue Augen

Meine Mutter hatte blonde Haare und blaue Augen. Leuchtend blaue Augen, hätte ihre Mutter gesagt, wässrig blaue ihr Vater. Sie erinnerten ihn an das Meer, das ihn dazu verleitet hatte, den Laden am Hafen zu eröffnen, und das ihm diesen Laden später weggeschwemmt hat. Was wollte er auch mit einem Laden mit Blick aufs Meer? Wo er doch schon als Kind in den Bergen herumgestromert war, jeden Felsen und jeden Stein einzeln kannte und sich dann in den Bergwerken vergrub. Im Abbau von Erz und Gestein war er ein Ass. Anfangs in den Gruben von Entzi auf der Insel Euböa, ganz in der Nähe von Kymi. Dort gab es gut ausgebaute Bergwerke aus der Zeit des Bayernkönigs Otto. Er erkannte die Gesteine und brauchbaren Braunkohle-Flöze im Nu. Später ging er nach Lavrio und arbeitete bei den Franzosen in den Minen. Alle Felsen schienen gleich zu sein, doch er konnte die verschiedenen Gesteine genau auseinanderhalten. Schiefer, Feuerstein, Kalkstein. Die Compagnie Française des Mines du Laurium rief ihn zum Felsaushub. Er öffnete ihnen die Augen und wurde für sie zu einem wertvollen Helfer.

Mit seinem ersten Geld fuhr er nach Athen und kaufte sich eine Weste mit Seidenfutter und eine Taschenuhr mit einer goldenen Kette. Kaum war er zurück, erschienen auch schon die Heiratsvermittlerinnen, und es dauerte nicht lange, bis er vor dem Traualtar stand. Das Mädchen, mit dem sie ihn verheirateten, schaute ihn aus funkelnden schwarzen Augen an, war blitzgescheit und hatte einen appetitlichen Hintern. Auf ihren Laken vergaß er Gott und die Welt. Als er nach neun Monaten wieder zu sich kam, waren da zwei kleine Mädchen, mit schwarzen Augen und krausen Haaren. Doch es waren verheulte Rotznasen, und da suchte er das Weite. Er machte sich wieder auf den Weg, nach Lavrio zu den Franzosen, und weiter zum Bau der neuen großen Straßen. Immer wieder kam er ausgehungert zurück und richtete seine junge Frau mit seinem nie versiegenden Verlangen nach nacktem Fleisch zugrunde. Die Ärmste starb an Lungenentzündung, und er blieb mit den beiden Mädchen zurück.

Im Dorf wollten ihn die Verwandten mit einer Frau verkuppeln, die jahrelang unglücklich in einen Arzt verliebt gewesen war. Der hatte sie verlassen, um sich eine andere mit einer üppigen Aussteuer zu nehmen. Das Mauerblümchen kriegte keinen mehr ab, alle hatten Mitleid mit ihr und lobten sie in den Himmel. Sie sei so ernsthaft, so häuslich, so tüchtig. »Bienenfleißig!«, sagten sie zu dem Witwer mit dem flotten Schnurrbart und der gebügelten Weste. Die alte Jungfer hatte schon alles fertig für eine Hochzeit und wartete nur noch auf den, der sie zur Frau nehmen würde. Nun ja, sie war nicht mehr ganz jung, etwas matronenhaft, ein Mannsweib, aber er hatte schließlich zwei Kinder, was konnte er da schon erwarten? Sie besaß ein Häuschen und Felder mit Weinreben und Olivenbäumen, alles tipp topp in Ordnung, und ihre Aussteuer stapelte sich mittlerweile bis unter die Decke. Das kam dem Witwer nicht gerade ungelegen, denn im Bergbau gab es keine sichere Zukunft mehr.

Mit seiner zweiten Ehe hatte er Glück. Er brachte auch seine beiden verrotzten Kinder mit, die sollten bei der Hochzeit die Schleppe tragen. In der ersten Nacht warf er seiner Angetrauten eine Handvoll funkelnder Steine aufs Bett, Quarz, Hämatit, Alabaster, alle aus Entzi. Einige glänzten wie Gold, andere wirkten wie milchige Tränen, einige waren dunkelblau und rot geädert, andere marineblau wie das Meer und wie die Augen des Blondschopfs, der später aus dem Bauch seiner neuen Frau gekrochen kam.

Die Steine waren schicksalhaft. Sie nisteten sich rasch in ihren Herzen ein. Viele Worte wurden nicht gewechselt. Die Arbeit auf den Feldern und in den Weinbergen war nichts für ihn. Als Bauer war er

nicht zu gebrauchen, er hatte ja eine goldene Uhr und eine Weste mit Seidenfutter.
So ging er wieder nach Lavrio in die Bergwerke und schaute anderen Röcken hinterher. Seine neue Frau ließ er mitsamt der Kleinen in Kymi zurück und kam nur hin und wieder zu Besuch, um ihnen Geld zu bringen. Es war eine halbe Weltreise, er brauchte einen ganzen Tag dafür.
Nach jedem Besuch hinterließ er eine Spur: Schon bald kam auch ein Sohn. Seine Frau verhätschelte den Jungen und war stolz auf ihn. Irgendwann wurde er es leid, sich in der Braunkohle schmutzig zu machen, und er kehrte ins Dorf zurück, um dort am Hafen ein Geschäft zu eröffnen, einen Gemischtwarenladen mit Fischereibedarf. Er hatte ihn sorgfältig eingerichtet, alles stand an seinem Platz, ordentlich in Säcken: Zucker, Mehl, Weizen, Linsen, Saubohnen, dann die Stapel mit sauberem Sackleinen, die großen Rollen mit den Schiffstauen, Angelhaken, Schnüre, die Ballen mit dem Segeltuch und die Netze, und in den Regalen die Flaschen mit dem Meersalz, grobkörniges Salz, das Frau und Kinder im Sommer aus den Felsmulden in Kavos kratzten. Er hatte auch Blechkanister mit Öl und eingeritzte Oliven in Salzlake. Das machte alles seine tüchtige Frau. Er spielte Ladenbesitzer und fasste Fuß. Auf einem Stuhl hockte er vor dem Geschäft, schlürfte seinen Kaffee und träumte von der Ferne. Oft kamen auch die neuen Kinder, die kleine Blonde und ihr Bruder, zur Hafenstraße. Sie saßen in der Sonne vor dem Laden und betrachteten ebenfalls das Meer und die Fischerboote. Der Vater spendierte ihnen einen Löffel Vanillepaste in einem Glas Wasser. Die Mutter kam nur ein einziges Mal. Sie blieb lieber zu Hause, zusammen mit den Nachbarinnen, saß am Webstuhl, stickte und kümmerte sich um die Seidenkokons auf dem Maulbeerbaum.
Am späten Vormittag kamen die Fischer mit ihren Körben beim Geschäft vorbei. Der Ladenbesitzer suchte die besten Fische aus und gab sie später seinen beiden Kindern mit, die sie ihrer Mutter brachten. Alles lief wie am Schnürchen. Die Frau lächelte nun ein klein wenig öfter. Es gefiel ihr, dass er jetzt in Kymi sesshaft geworden war,

als sein eigener Herr. Ihre beiden Kinder, das blonde Mädchen und sein Bruder, klebten an ihr. Mit den fremden Kindern wurde sie nie richtig warm. Die beiden hatten sich innerhalb der Familie ihre eigene Nische gesucht.

Dann kam der unheilvolle November. Gerade hatten an diesem Morgen noch die letzten Strahlen der Herbstsonne geschienen, da legte sich eine schwarze Wolke wie eine Krone auf den Apoklistis-Berg. »Wir kriegen schlechtes Wetter«, sagten die alten Männer im Kafenion. Bald setzte ein heftiger Wind ein, und die Leute gingen nicht mehr vor die Tür. In der Nacht schlugen die Fensterläden, die Zäune knarrten, und die Eisentüren quietschten. Der Wind bäumte sich auf, pfiff um die Ecken und trug die Dachziegeln ab. Die Steine, mit denen die Ziegeln beschwert waren, flogen weg, die Mutter schimpfte, dass sie am nächsten Tag wieder jemanden holen müsse, um erneut das Dach zu sichern. »Ich hoffe nur, dass es heute Nacht nicht regnet«, sagte sie. Der Vater kam nicht. »Bei diesem Unwetter wird er wohl im Laden bleiben und dort übernachten«, murmelte sie. Besorgt legten sie sich hin. Und niemand gab zu, dass er sich vor dem Lärm, den der Wind machte, fürchtete. Die Mutter nahm ihre eigenen Kinder zu sich ins Bett. Die fremden Mädchen schliefen zusammen in einem Kastenbett in der anderen Ecke des Zimmers. Die eine mit dem Kopf nach oben, die andere umgekehrt. Doch in jener Nacht legten sie sich nebeneinander und hielten sich vor lauter Angst fest umklammert. Ein heftiges Gewitter ging nieder. Als es anfing, von der Decke zu tropfen, stellten sie einen Eimer auf. Plitsch, platsch, die ganze Nacht, und beim Morgengrauen läuteten die Glocken.

Meine Mutter erzählte mir oft von dieser Nacht

Ich sah, wie deine Großmutter aufsprang, in ihrem Nachthemd, die langen Zöpfe schlugen ihr auf den Rücken. Sie stürzte hinaus auf die überdachte Veranda und blickte entsetzt nach Osten. Das Licht des neuen Tages begann sich langsam auszubreiten. In diese Morgendämmerung stieß sie einen Schrei aus.

»Meine Güte, Frau Kulla, was ist da los, dass die Glocken läuten?«, rief sie der Nachbarin zu.

»Ich habe etwas von Jannakis gehört. Der war hier. Da ist ein schlimmes Unglück passiert, sagt er, auf der Hafenstraße. Das Meer ist wie wild, hat alles mit sich gerissen. Hat die Schiffe weggespült, hat sie kurz und klein gemacht und an Land geschleudert. Jetzt ist bei den Schiffbesitzern das große Jammern ausgebrochen.«

»Großer Gott, was sagst du da? Bist du dir da sicher?«

»Aber ja doch, du Ärmste. Nichts ist übrig geblieben von den Läden. Das Wasser hat alles mitgerissen. Haushohe Wellen und mit einer unglaublichen Wucht. Den Balis hat es auch weggefegt, und jetzt suchen sie nach ihm. Das Meer hat sich nämlich etwas beruhigt, und das Wasser fließt ab. An dem Drahtseil schlugen die Kohlekübel wie Glocken hin und her, das Seil hat fürchterlich gequietscht, ist dann schließlich gerissen und hat weit ausgeschlagen. Ein Kübel voller Kohle ist ins Meer gestürzt. Sie haben es nicht mehr geschafft, ihn abzuladen. Von euch habe ich auch etwas gehört. Euer Laden ist vollkommen hin, meine arme Lenio. Das Meer hat euch alles genommen. Dein Mann ist untröstlich. Er rennt nur hin und her. Versucht, noch etwas von seinen Sachen aus dem Schlamm zu retten.«

So berichtete er es uns auch selber einen Tag später. Wie sich das Meer aufgebäumt hatte. Es kam an Land und riss einfach alles weg. Es räumte den Laden leer, und die Ware schwamm durch den Hafen bis nach Platana und noch weiter. In Stomio fanden sie eine Seiltrommel und leere Säcke. Das war später auch der Grund dafür, warum er jedes Mal hochschreckte, wenn er meine blauen Augen sah. Wie von der Tarantel gestochen. Ich mochte ihn nicht mehr anschauen. Immer wenn er hereinkam, senkte ich den Blick.

Es war das letzte Mal, dass mein Vater versuchte, in Kymi etwas aufzubauen. Ihm war das Herz schwer geworden. Ich bin nicht für das Landleben geschaffen, sagte er zu meiner Mutter. Sprach's, stand auf und ging nach Athen. Unten am Markt in der Menandrou-Straße eröffnete er einen Gemischtwarenladen. Wenn er abends das Geschäft schloss, zog er seinen dunklen Nadelstreifenanzug an und ließ die goldene Uhr aus der Tasche baumeln. Später legte er sich auch eine Lesebrille zu und sah damit fast wie ein Gelehrter aus. Tagein tagaus war er bei den Mädels in der Athinas-Straße und in den Revuen mit den jungen Tänzerinnen. Ganz in seinem Element. Sogar der berühmten Marika Kotopouli, der Schauspielerin, soll er es angetan haben, hieß es. Früher in den dunklen Löchern der Berge, jetzt in den dunklen Löchern bei den Frauen.
Kurz darauf holte er auch seinen einzigen Sohn aus dem Dorf nach. Er sollte ihm zur Hand gehen. Später folgten die beiden Mädchen, die nun groß genug waren, um die Männer zu versorgen. In Kymi blieben meine Mutter und ich, ihr Blauäuglein.
Sie bemutterte mich, wo es nur ging. Aber auch ich versuchte ihr oft eine Freude zu machen. Ich schrieb ihr Gedichte auf, malte ihr kleine Bilder oder schenkte ihr getrocknete Blumen, die ich zwischen den Seiten meiner Hefte presste. Oft kam auch mein Lehrer bei uns zu Hause vorbei. Sein Lob war überschwänglich: wie fleißig doch das Mädchen sei, und wie intelligent und wie aufmerksam. Die Kleine ist ein wahres Talent. Entweder man hat's oder man hat's nicht, sagte der Lehrer. »Dein Mann und du, ihr müsst sie auf die höhere Schule geben. Wenn ihr es euch leisten könnt, schickt sie nach Athen, damit sie Lehrerin wird«, riet er meiner Mutter, die auf meinen Fortschritt in der Schule immer stolz war.
Im Sommer beschloss deine Großmutter, mit mir gemeinsam nach Athen zu fahren, um dem Rest der Familie einen Besuch abzustatten. Sie woll-

te mit ihrem Mann auch über das sprechen, was der Lehrer gesagt hatte. Dass ich in Athen studieren sollte. Die Fahrt dauerte einen ganzen Tag; zuerst ging es mit dem Schiff nach Piräus und von dort mit dem Bus nach Athen.

In der Menandrou-Straße wohnten wir ungefähr zwei Monate. Zu sechst drängten wir uns in zwei kleinen Zimmern. Deine Großmutter hatte ihrem Mann die Marienikone aus Kymi mitgebracht, damit sie ihn beschütze. Er stellte sie zu dem Öllämpchen auf das Regalbrett und lachte. Weiberkram, sagte er. Am nächsten Morgen war Mutter in heller Aufregung. Die Ikone stand nun auf der linken Seite. »Gestern Abend hattest du sie auf die rechte Seite gestellt«, beharrte sie. Er lachte wieder: Frauen und ihr Aberglaube. Meine Mutter bekreuzigte sich. »Heilige Muttergottes, sei mit uns! Das bringt uns Unglück, du wirst sehen«, sagte sie zu ihm, und kurz darauf kehrten wir wieder nach Kymi zurück.

Seit die anderen weg waren, schliefen wir zusammen im selben Bett. Ich sang ihr flüsternd Lieder vor, um ihren Kummer zu lindern, denn deine Großmutter konnte die Betrügereien ihres Mannes nicht vergessen. Bald traf uns auch das Unglück, von dem Mutter gesprochen hatte.

Eines Nachts erfasste mich eine große Unruhe. Es war dunkel, und ich fror. Ich versuchte, die Bettdecke um mich herumzuziehen, aber die Decke war aus Schnee gewebt. Ich zitterte und umarmte meine Mutter, die neben mir lag, sie drehte sich um und sprach mit mir, aber ich verstand sie nicht. Immer tiefer versank ich in der Schneedecke, die mich langsam ganz bedeckte und mir die Luft abschnürte. Nach einer Ewigkeit wachte ich verschwitzt auf und drückte mich an meine Mutter. Eiskalter Schweiß tropfte in meine Ohren.

Es verging kaum eine Woche, und wir kehrten nach Athen zurück. Dieses Mal ins Krankenhaus.

So ist das damals gewesen. Mit deiner Großmutter, deinem Großvater und mit mir.

Ein Schwindelgefühl

Mama, ich bringe alles durcheinander. Spreche ich nun von dir oder von mir? Von meinen Makeln, die mich bis heute verfolgen, oder von deinen Knoten? Du würdest wahrscheinlich sagen, dass wir sie ohnehin gemeinsam hatten.

Rede ich über deine Kindheit? Oder über mich, heute, und meine Qual mit den Wörtern? Dich konnten sie nicht erreichen und nicht in deine Ohren eindringen. Zu mir kamen sie, aber ich konnte mich nicht dazu entschließen, sie festzuhalten. Sie zu ergreifen und mir zu eigen zu machen, die Wörter.

Die anderen könnten sagen, dass ich dummes Zeug rede oder dass ich vielleicht zu schnell vorpresche, um so womöglich die Knoten und die Makel auszutreiben. Brauchen wir die Knoten oder sollten wir irgendwann das Messer in sie hineinstoßen? Wer wird siegen, sie oder wir? Ich möchte dich so viel fragen. Doch du kannst mir nicht mehr antworten. Aber auch damals, als du es konntest, hast du nicht geantwortet. Was hast du gemacht, als ich noch klein war und dich nach diesem und jenem fragte? Wie hast du mir geantwortet? Du hast doch nicht verstanden, was die Frage war. Und wie habe ich dich dazu gebracht, mich doch zu verstehen, obwohl ich noch nicht schreiben konnte? Bist du zur Nachbarin gegangen? *Was will das Kind denn?* Musste ich bei der Nachbarin die Frage wiederholen? Oder habe ich mich auf den Boden geworfen und um mich getreten, trotzig und hilflos? Ich habe wohl schnell begriffen, dass von dir keine Antworten zu erwarten waren. Dass ich mir die Antworten auf die Fragen, die mir ständig durch den Kopf kreisten, selbst geben musste. Bis mir schwindlig wurde und ich keine Fragen mehr hatte. Manchmal denke ich, dass ich durch mein ganzes Leben mit einem Schwindelgefühl oder einem Schleier vor den Augen gehe. Keine Klarheit. Alles verschwommen. Du und ich, ein einziger Knäuel.

Wie sollte ich uns auseinanderhalten? Wie die Welt richtig einschätzen? Wir waren immer wir. Nie du und ich. Immer wir.
Unsere Leben hafteten aneinander. Die Wörter und die Gesten hielten uns zusammen – Augen, Lippen, Hände. Wie siamesische Zwillinge. Außerhalb von uns waren die anderen. Die anderen waren ein Wald. Wir hielten uns aneinander fest, um nicht vom Weg abzukommen. »Der Wald ist bedrohlich«, sagtest du, »er liegt auf der anderen Seite, am anderen Ufer. Dort sind viele Feinde. Wir sind eine Winzigkeit, ein kleines Etwas zwischen all den anderen, und darum müssen wir uns ganz fest halten.«
Dieses »ganz fest« habe ich von jener Frau geerbt, die mich in deinem Haus in Kymi mit einem scheuen Lächeln aus dem Bilderrahmen anschaut, meiner Großmutter. Sie trägt ein Kopftuch, eine weiße gewebte Bluse und ein gesticktes Samtmieder. Du hast mir Truhen mit ihren Kleidern hinterlassen, und während ich diese aussortiere, gerate ich auf die Wiesen mit euren Knospenknoten. Einer von ihnen ist dieses »ganz fest«. Deine Mutter hielt dich auch ganz fest, um dich nicht spüren zu lassen, dass es keine Welt der Geräusche mehr um dich herum gab. Um dir alle Welten mit all ihren Lauten zu ersetzen. Aber sie zog auch ihren Nutzen daraus. Sie entging ihrer eigenen Welt des Schweigens und der tiefen Traurigkeit. Ein wortkarges Arbeitstier war sie. Ihr Schürzenjäger von Mann mit seinem gepflegten Spitzbart, genau wie Venizelos, der sagenumwobene Ministerpräsident, war inzwischen Joghurthändler in der Themistokleous-Straße geworden. Wie das flotte Venizelos-Bärtchen zu den Bottichen passen sollte, in denen er den Joghurt rührte, das wusste niemand. Doch er hatte Glück und verdiente mit dem Joghurt gutes Geld. Zu Weihnachten, Mariä Verkündigung, Ostern und zu den Namenstagen kam er nach Kymi und brachte nur das Beste aus Athen mit. Mehr, um deine Mutter zufriedenzustellen, um sich bei ihr einzuschmeicheln, nachdem er sie mit dir in Kymi hatte sitzen lassen. Darum klebte sie an dir. Und sie war stolz auf dich, weil du ein hübsches Mädchen wurdest, klug und lustig. Dein Bruder war beim Vater mit seinem Joghurt, du in der Schule und beim

Lernen. Ständig hingst du am Rockzipfel deiner Mutter. Hat sie dich bei ihren Umarmungen womöglich zu fest gedrückt und dir die Luft abgeschnürt? Typhus, sagten die Ärzte in Kymi, bring die Kleine nach Athen. Du warst gerade dreizehn. In der Hauptstadt lautete die Diagnose: Hirnhautentzündung – Gehörlosigkeit.
Aus war's für dich mit Kymi, aus war's auch mit dem Lehrer und den getrockneten Blumen. Deine Mutter blieb bei dir. Der Pseudo-Venizelos gab den Joghurthandel auf und eröffnete ein Kaffeehaus im Exarchia-Viertel.
Hinter der Gardine hast du beobachtet, was draußen passierte. Drinnen passierte nichts. Tiefe Stille.

»*Ist sie denn taubstumm?*«

»Nein, nein! Nur taub«, beeilte ich mich zu erklären, und ich schämte mich für dieses *nur*. Warum *nur? Nur* taub? Was sollte dieses *nur?* Wollte ich damit versichern, dass es sich bloß um *einen* Makel handelte und nicht um zwei? Das Taubsein allein war ja schon ein unermesslicher Schaden. Aber *taubstumm*, dieses Wort empfand ich als grob, aggressiv, hässlich. Die Menschen kannten den Unterschied nicht. Für sie bedeutete taub auch noch stumm. Fiel das Wort *stumm*, reagierte ich beleidigt, fast verletzt. »Hören kann sie nicht, aber sprechen schon!«, sagte ich trotzig. Ein taubstummes Gesicht stellte ich mir hässlich vor, mit einer riesigen Wunde mittendrin. Aber meine Mutter war schön! Sie hatte eine weiße, zarte Haut und leuchtende blaue Augen, die Hoffnung machten. Manchmal blickten sie traurig, dann wieder klug und voller Witz, aber nie entmutigend. Niemals konnte sie stumm sein. Stumm war ein plattes Gesicht mit finsteren Augen und einem schiefen Mund. Meine Mutter hatte schöne Lippen und eine heilende Zunge, die meine kleinen Wunden an Händen und Fingern ableckte, als ich noch ein Kind war, alles duftete nach Zärtlichkeit und Sicherheit. Stumm war sie also ganz bestimmt nicht! Die Menschen, denen ich das erklärte, schauten mich manchmal verständnislos an, als wollten sie sagen, »Na ja, kein großer Unterschied.« Doch da war ein enormer Unterschied. *Taubstumm* ist wie eine Arie, die ihren Höhepunkt erreicht, um dann krächzend ins Nichts zu verschwinden, oder wie das Klatschen einer reifen Feige auf die Steinplatte. Im Fallen ist sie noch schön, und einen Augenblick später: Matsch. *Taub* bleibt einfach *taub*. Es liegt geradezu etwas Zärtliches in diesem Wort, etwas, das man weich ausspricht und gleich wieder zurücknimmt, als hätte man in eben dem Moment bereut, etwas überhaupt so genannt zu haben. *Taub* ist ein Hauch, *stumm* ein Schlag! Und doch hatte das

Wort *taub* etwas Absolutes, Endgültiges. »Nein, auch wenn du schreist, höre ich dich nicht, sogar den allergrößten Lärm werde ich niemals wahrnehmen können, egal wie sehr ich mich anstrenge«, sagte meine Mutter zu mir, als ich klein war. »Das haben die Ärzte gemeint. Innen ist mein Ohr kaputt, defekt. Es gibt keine Möglichkeit, es zu reparieren, aber … bis du groß geworden bist, können die Ärzte vielleicht Wunder vollbringen …«, sagte sie, halb scherzend, halb traurig.

Die unsichere Wiederkehr des Paradieses

Wenn dich niemand hört und niemand kommt, bleiben dir die Tränen im Hals stecken und werden zum Knoten. Mein Weinen war der erste Knoten, den ich fühlte. Wenn mich die Hände aus dem Babybettchen hoben, war ich im Paradies. Es war warm, wohlig und roch nach vertrauter Haut. Ich beruhigte mich. Mein Weinen sicherte mir das Paradies. Doch das Paradies kam immer schleppend daher. Einmal war es da, dann war es wieder weg. Es gab keine stetige Wiederkehr. Ein Paradies ohne stetige Wiederkehr ist ein unverständliches Paradies. Du sehnst dich nach ihm und weißt nie, wann es kommt. Damit fing der ganze Wirrwarr an. Dass ich nie genau wusste, wann das Paradies kommt. Sie hörte mich nicht, und es kam nicht.
Der Wirrwarr wurde zum Knoten.

Wenn wir schon früh die zuverlässige Wiederkehr unseres Paradieses erfahren, begegnen wir dem Leben mit einer größeren Klarheit. Wenn es keinen klaren Rhythmus gibt, treten Chaos und Verzweiflung ein. Wenn es nicht sicher ist, dass das Paradies kommt, warum sollst du dann leben? Du hörst langsam auf zu atmen. Doch in jener Zeit hatte ich Gewissheit. Das Paradies kam immer zu mir, aber immer mit Verzögerung, irgendwie im letzten Moment. Wenn ich mir sagte, das war's jetzt, genau dann fühlte ich diese plötzliche Erschütterung, die ihr Körper neben mir auslöste, und es folgte das Paradies. Paradies gleich Erschütterung? Erschütterung gleich Paradies? Ein Rätsel. Also: ein Knoten.

Als ich größer wurde, erfuhr ich, dass Marietta diese Erschütterung war, die Nachbarin, die meine Mutter nachts weckte, wenn ich weinte. Vielleicht war es auch die Erschütterung durch den Körper

meiner Mutter, wenn Marietta sie schüttelte, um sie zu wecken. »Wenn das Kind weint, weck mich bitte. Ich bitte dich.« Das Baby weinte viel und lange. So lange, wie die Nachbarin brauchte, um wach zu werden, um sich zu entschließen aufzustehen, ihre verlatschten Pantoffeln zu finden, nicht auf ihren Mann zu hören – der zwischen Schnarchen und Zigarettenröcheln wegen der Störung ein ›Himmel, Arsch und Zwirn!‹ ausstieß –, danach im Nachthemd durch den dunklen Flur des großen Gebäudes mit seinen Gespenstern und Vampiren zu gehen und die Tür zu öffnen, hinter der die Mama schlief. Die Erschütterung. Das Baby weint.
Dem Kleinkind ging der Knoten schließlich in Fleisch und Blut über, und es gewöhnte sich daran, nicht zu weinen. Aber es verkrampfte sich andauernd und bekam Hustenanfälle. Sie sprachen von Keuchhusten und sagten, dass er ihm bleiben würde. Und er blieb. Vor allem nachts.

Sie nahm mich in die Arme, ich freute mich über ihre warmen Hände und vergaß, was ich eigentlich gewollt hatte. Später fing ich an, in meiner kleinen Welt harmlose Kinderabenteuer zu erleben. Ich wollte ihr so gern alles erzählen. Wie ich die Katze gejagt hatte, wie ich die Nachbarin besucht hatte, was ich geträumt hatte. Da hörte die Zeit unseres Paradieses auf. Ich wollte ihr alles erzählen, alles und noch mehr. Alles in den lebendigsten Farben beschreiben. Aber es ging nicht. Ich musste mich auf das Wesentliche beschränken. Ich begann vieles wegzulassen, denn wenn ich darauf bestand, ihr die Einzelheiten zu beschreiben, wurde es für sie zu anstrengend. Auch für mich war es anstrengend, ich wurde wütend, weil sie mich nicht verstand. Ein großes Problem waren dabei die Namen. Entweder sie verstand sie oder sie vergaß sie. »Lass die Namen weg«, sagte sie, »das ist zu schwierig.« Ich sagte: »die Lehrerin – meine«, und schlug meine Hand gegen die Brust. Oder: »die große Lehrerin von der anderen Klasse«, »meine Mitschülerin, die eine Eins bekommen hat«, »die mit der großen Nase«, »die mit den langen Haaren«, »die Hässliche«. Hierbei verzog ich mein Gesicht, um hässlich auszusehen. Ich suchte nach Spitznamen, die sie mir von den Lippen lesen konnte. Diesen Mistkerl, den Seiltänzer, stellte ich mit ausgestreckten Armen dar. Nie konnte ich eine Lehrerin als *schlecht* bezeichnen, denn das war ein Wort, das ich aufschreiben musste. Sie verstand nur die Wörter *gemein* oder *böse*.

Mit ihren großen blauen Augen sah sich mich intensiv an, um zu verstehen, was ich ihr sagen wollte. Oft unterbrach sie mich und fing an, mir mit lauter Stimme von ihren eigenen Sorgen zu erzählen, wie ein Wasserfall. Ihre Anspannung, mich zu verstehen, war eine geistige Anspannung. Eine pausenlose Übung. Daher war sie auch bis zu ihrem Tod geistig völlig klar. Ich wiederum war angespannt, um mich mit ihr zu identifizieren, um schon vorher zu wissen, was sie verstehen würde. Es war eine körperliche Anspannung, also eine Anstrengung. Die misslungenen Versuche, wenn sie nicht verstand, blieben mir im Hals stecken. Ich ließ sie schreien und sagte nichts mehr. Meine Stimme nützte mir nichts.

Der Seiltänzer

Der Seiltänzer, der Junge aus der Konditorei in der Themistokleous-/Ecke Tzavela-Straße, der später mein Vater wurde, jagte meiner Mutter bei der ersten Begegnung einen großen Schreck ein.

Eines Abends ging er spät draußen am Hutladen vorbei, als ich vor dem dreiteiligen Spiegel stand und einen kleinen Veloursbut mit einem blauen Schleier anprobierte, den ich gerade auf der Holzform gebügelt hatte. Er hatte mich durch die Glastür gesehen. Ich hatte vergessen abzuschließen, und er öffnete sie. Ohne wirklich darüber nachzudenken, wie er mir später sagte. Ich hatte ihn natürlich nicht bemerkt und fuhr zusammen, als ich ihn plötzlich im Spiegel sah, wie er hinter mir stand. Er war schlank und groß, hatte ein freundliches Gesicht. Er schaute mich lächelnd an und auch ein bisschen schüchtern; das beruhigte mich. Er sagte etwas zu mir. Wie mir der Hut stünde vielleicht? Ich schaute ihn mit fragenden Augen an, und er redete immer weiter. Ich konnte ihn nicht verstehen. Sollte ich ihm sagen, dass ich nicht hören kann? Irgendetwas musste ich sagen. Also sagte ich: »Es ist schon spät, und es ist niemand mehr da. Der Laden ist geschlossen.« Er wurde knallrot, vielleicht wunderte er sich auch über meine Stimme. Er wandte sich um, öffnete rasch die Tür und ging schnell wie ein Dieb. Ich lief zur Scheibe und blickte ihm hinterher. Ich war sehr aufgewühlt. Meine Stimme hat ihn bestimmt erschreckt, dachte ich, er wird wohl nicht wiederkommen. Er verschwand hinter dem Kiosk auf dem Platz. In dieser Nacht machte ich kein Auge zu. Meine Gedanken waren ein einziges Durcheinander. Am nächsten Tag fand ich unter der Tür einen Zettel … dass ich … sehr charmant gewesen sei am vergangenen Abend, und dass er Student sei und ein paar Häuser weiter in der Konditorei arbeite. Dass er mich schon oft gesehen habe, weil er immer am Hutladen vorbeikäme, und dass es schön wäre, wenn ich auch in der Konditorei vorbeischauen wür-

de. Auf ein Eis. Ich steckte den Zettel in die Rocktasche, aber er glühte dort den ganzen Tag so heiß, dass ich Angst bekam, er könnte mir ein Loch in den Rock brennen. Ein Loch hätte ich dann doch wohl eher mit meiner Hand gebohrt, die ich ständig in die Tasche steckte, um zu fühlen, ob der Zettel noch da war, und ich faltete ihn immer wieder auf und las ihn. Wahrscheinlich hatte ihm der Konditor gesagt, dass ich nicht hören kann.

Dieser Schreck meiner Mutter verwandelte sich in eine echte Liebesgeschichte. Sie wurde ihr Paradies und dauerte lange an, denn sie war wild dazu entschlossen, dieses Paradies festzuhalten, wie ein Torero einen Stier bei den Hörnern packt. Sie hatte schon die dreißig erreicht und zum ersten Mal fühlte sie, was Liebe ist. Sie wollte diese Liebe leben. Den Popen, mit dem man sie in Kymi verkuppeln wollte, hatte sie weit hinter sich gelassen. Ihre Welt, das war Athen, das waren die Hüte, die Modezeitschriften, die Stoffe, die ihr die Schneiderin nach selbst entworfenen Mustern zuschnitt, die Sommerabende im Mont Ciné, dem kleinen Sommerkino in Exarchia, nur zwei Schritte vom Hutladen entfernt, das in der Besatzungszeit in VOX umbenannt wurde.

Zu ihren Verabredungen trafen sie sich normalerweise in dieser Gegend. Sie ließen das Ausgehverbot außer Acht, genau wie die deutschen Patrouillen. Zusammen stromerten sie nächtelang auf dem Strefi-Hügel herum, in den dunklen Hinterhöfen im Kypseli-Viertel, auf der kühlen Fokionos-Negri-Straße, zwischen den Kiefern im Pedio-tou-Areos-Park. Vieles missfiel ihm. In dieser Zeit ging er in den Widerstand und arbeitete bei den Engländern als Dolmetscher, weil er Englisch konnte. Oft trieb es sie in die schäbigen Betten der billigen Hotels am Viktoria-Platz. Er war zärtlich zu ihr und hatte Geduld. Er sprach langsam, ließ sie die Wörter verstehen und schrieb sie ihr auf Zetteln auf. Sie mochte seine feine Art; bis jetzt hatten sich ihr immer nur grobe Klötze genähert. Aber im Laufe der Zeit kam er nach dem ersten Verliebtsein langsam wieder zu sich und spürte den Druck, den sie ausübte, er fing an zu begreifen, dass etwas nicht gut lief, dass sie abhängig geworden war, so als sei er ihr ganzes Leben. Er begann auf Abstand zu gehen, Verabredungen zu verschieben, sie anzulügen, ihr auszuweichen, zu verschwinden. Er hielt auch nach anderen Ausschau, um sich etwas von ihr zu befreien. Aber er kam immer wieder zu ihr zurück, wenn er Geld brauchte, weil er Schulden beim Kartenspielen machte. Da fing es an, dass sie ihn einen Seiltänzer nannte.

»Wenn der Seiltänzer zur Seite schaut, stürzt er ab«, sagte meine Mutter. Seine Schulden kletterten in die Höhe, und er ging unter. Sicher hatte er langsam gemerkt, dass die Liebe zu einer Behinderten zur Hölle werden kann. Auch seine Mutter mischte sich ein: »Mein Junge, in was bist du da hineingeraten, mit dieser tauben Nuss?« Aber die Taube brachte ihnen Olivenöl, Trachana und Feigen aus ihrem Dorf mit. Seine verwitwete Mutter, eine angesehene Dame aus Kappadokien, drückte plötzlich ein Auge zu. Sie waren eine große Familie, viele Mäuler, die gestopft werden wollten. Die Nahrungsmittel aus dem Dorf, all das, was das taube Mädchen ihnen schenkte, kam ihnen gerade recht. Die Besatzungszeit stand kurz vor ihrem Ende. Durch nächtelanges Kartenspielen brachte er nun auch etwas zu essen nach Hause. Doch durch den Umgang mit der Welt der Spieler veränderte sich sein Charakter. Er mischte sich in dubiose Geldtransaktionen, scherte sich um sonst nichts und niemanden. Er wollte unabhängig werden, der Mutter und der Familie entkommen, genau wie der behinderten Blonden, die ihn verfolgte.

Er sehnte sich nach dem »großen« Leben und nach den schwarzen Augen und den üppigen Rundungen einer Frau aus Smyrna. Er nahm aber zu viel Schwung, breitete seine Flügel zu weit aus und verbrannte sich. Nichts konnte ihm helfen, nicht einmal sein Talent als Seiltänzer. Er verlor beim Kartenspiel und begann wieder, der Blonden schöne Augen zu machen. Er schrieb ihr auf, dass er einen Kredit brauche. Und er führte sie wieder in die Hotels, er legte sie wieder flach, und sie gab ihm wieder Geld. Doch sie hielt ihn an der kurzen Leine und war auf der Hut. »Lass ihn doch gehen«, riet ihre

Schwester ihr, »der ist nichts für dich.« Sie wollte keine Ratschläge, sagte sie, sie wüsste, was sie tue, und rannte ihm weiterhin hinterher. Als wäre der Seiltänzer der erste und letzte Mann in ihrem Leben. Beim nächsten Kredit drängte sie ihn zur Heirat. »Zuerst der Brautkranz und dann das Geld! Und danach suchen wir uns eine gemeinsame Wohnung.« Er gab klein bei. Aber eine Wohnung mit ihm zusammen, das sollte sie nie erleben. Nach dem Ende des Krieges war es schwer, in Athen eine Wohnung zu finden. Sie trafen sich weiterhin nur ab und zu und stiegen zusammen ins Bett. Drei ganze Jahre vergingen seit ihrer Hochzeit, von der niemand etwas wusste. Aus Kymi schrieb sie ihm, dass sie schwanger sei, und da lernte nunmehr auch er, was es heißt, einen Schreck zu bekommen.

Danach kam ich dran mit dem Erschrecken, mit den Erschütterungen und mit den Paradiesen.

Wirrwarrwörter

Um mit meiner Mutter zu sprechen, musste ich ihre Wirrwarrwörter lernen. Für die anderen war ihre Sprache eine Fremdsprache. Also war meine Mutter für die anderen eine Fremde. Und ich, ihr Kind … fühlte mich auch fremd.

Meine Mutter und ich harmonierten bestens.

Sie schleppte weiße Watteknoten in ihren Ohren, und ich hatte einen gelben Knoten im Hals, der mir die Luft abschnürte. Weiß und gelb passten blendend zusammen. Wir ähnelten uns in unseren Schwierigkeiten mit den Wörtern. Mit den Wirrwarrwörtern. Wir gerieten beide in Verwirrung.

Mein eigener Wirrwarr begann schon vorher. Das heißt sehr früh. Von dem Moment an, als ich mir die Wörter von der Zunge nehmen musste, um das zu sagen, was ich hörte. Großes Kopfzerbrechen bereitete mir die Aussprache. Allen kommt das Sprechen natürlich und selbstverständlich vor. Keiner gibt sich besondere Mühe. Du plapperst *la-la-li*, und man sagt dir, dass du *la-la-ri* gesagt hast oder *ha-la-li*. Du plapperst *ma-ma-ma*, und man sagt dir, dass du schon deine Mama gerufen hast. Und alle sind begeistert, sie hat *Mama* gesagt, sie hat *Mama* gesagt, und das Wort hat sich mittlerweile in dir gefestigt, und du brabbelst es immer wieder, damit sie sich freuen. Besonders damit sich die Mama freut und du selbst, denn, wenn du etwas möchtest und *ma-ma* sagst, dann öffnen sich die Tore zum Paradies. Meine Mutter freute sich nicht. Als ich dieses *ma-ma* ausprobierte, rührte sich die Mama nicht, so als sei nichts passiert. Das *ma-ma* gelangte auch nicht an die Tore des Paradieses. Es kam nur bis zu den Nachbarn nebenan. Die kamen und sagten ihr, dass ich *ma-ma* sagte. Sie freute sich, aber irgendwie zu spät, da war ich schon in Tränen aufgelöst. Bald hatte ich keine Lust mehr zu warten. Also begann ich zu verstummen.

Die Tatsache, dass meine Mutter sich nicht rührte und ungerührt war, verwickelte mich in ein Netz voller Fragen. Was war da plötzlich geschehen? Warum waren alle anderen begeistert von dem *ma-ma-ma*, von dem *la-la-la*, nur sie nicht? Wie kam es, dass sie nicht antwortete? Warum wiederholte sie den *ma-ma-ma*-Singsang nicht?

Die Fragen wurden zu einem Knoten.
Der Knoten blieb mir im Hals stecken. *MURKS.*
Ich machte keinen Mucks, um sie zu bestrafen.

Sobald ich krabbeln konnte, stupste ich sie an, wenn ich etwas wollte. Die Nachbarn bemerkten, dass ich nach den ersten Wörtern verstummte. Sie sagten, es sei Faulheit. So nannten sie den Knoten: *Faulheit*
Beim Wort FAULHEIT bekomme ich die PANIK.
Faulheit ist etwas Schlechtes, Verworrenes, Undurchschaubares, ein Netz, das sich um dich wickelt und dich lahmlegt. Da kannst du nichts mehr tun. Nicht einmal sprechen. Das Netz schlingt sich zu einem Knoten

Die Nachbarn versuchten hinterlistig, mich in Gespräche zu verwickeln, damit ich mich aus dem Netz befreite und den Knoten ausspuckte. Selten machte ich den Mund auf. Ich wollte sie alle bestrafen. Die Mama schien sich nicht weiter zu beunruhigen, als sie ihr das Problem erklärten. »Irgendwann wird sie schon sprechen«, sagte sie zu ihnen. »Sie hat sich nur noch nicht dazu entschlossen. Lasst sie einfach in Ruhe! Jeder Mensch fängt irgendwann an zu sprechen.«
Ihre Sicherheit inmitten der allgemeinen Panik gefiel mir. Sie hatte also Vertrauen zu mir. Um es mir zu zeigen, nahm sie mich in den Arm. Die Wörter kehrten zögernd in den Mund zurück. Mit ihnen zusammen kam auch das Spiel mit den Zetteln.

DIE ZETTEL, das hatte ich begriffen, waren nützlich, und ich schleppte sie in meinen Taschen mit mir herum. Die Mama hatte mir gezeigt, wie ich aus ihnen Papierbällchen machen und sie damit bewerfen konnte, wenn sie sich nicht nach mir umdrehte, um mich anzuschauen, wenn ich ihr etwas sagen wollte. Das hatte ich schnell kapiert. Damit das Wort sein Ziel erreichte, musste mich die Mama anschauen. Wenn ich sie mit Papierbällchen bewarf, drehte sie sich um und schaute mich an.

Eines Tages bemerkte ich, dass die anderen keine Bällchen machten, sondern etwas auf die Zettel kritzelten. Wenn die Mama Mühe hatte, ihnen die Wörter von den Lippen zu lesen, kritzelten sie etwas mit dem Bleistift auf einen Zettel.
SCHREIBEN NENNT MAN DAS.
»Schreibt es auf!«, sagte die Mama zu ihnen. Sie schaute es sich an und danach unterhielt sie sich mit ihnen.

Ich fing auch an, mit dem Bleistift etwas auf die Zettel zu kritzeln. Das Geheimnis des Gekrakels der anderen konnte ich nicht verstehen. Ich wusste nur, dass sich die Mama über meines freute. Die Buchstaben des Alphabets wurden für mich zu magischen Zeichen. Wenn sie mich nicht verstand, holte ich die Zettel aus meiner Tasche und dachte mir darauf Bleistift-Schnörkel-Knoten aus, kurze Linien und wieder Bleistift-Schnörkel-Knoten und Kreise, die in ihrer Mitte einen Bleistift-Schnörkel-Knoten hatten. Sie studierte zuerst den Zettel, dann lächelte sie und danach nickte sie zustimmend mit dem Kopf, so als hätte sie alles verstanden. Um mich von dem abzulenken, was ich eigentlich wollte, bot sie mir gewöhnlich ein Stück Schokolade an oder ein Glas Milch. Ihre Strategie hatte meistens Erfolg, und ich zeigte mich fast immer zufrieden. Wenn sie mich auch noch in den Arm nahm, um mich zu streicheln, fühlte ich mich sicher und geborgen. Von den Zetteln trennte ich mich nie. Die Bleistift-Schnörkel-Knoten bedeuteten Milch, Schokolade und Umarmungen.

Wirrwarrgesten

Wenn wir miteinander redeten, sprach ich stimmlos. Verständigung erfolgte durch Lippenbewegungen, Gesten, Kneifen und Anstupsen unter dem Tisch, damit die anderen es nicht sahen. Ich brauchte meine Stimme nicht.
Das Sprechen kam mir lächerlich vor, weil meine Mutter mich ja doch nur durch die Zeichen verstand. Vielleicht sind mir auch die Wörter im Hals stecken geblieben. Ich spürte, wie neugierige Blicke mir Löcher in den Rücken bohrten. Sie war taub, und ich war stumm.

Ich klappte den Mund auf und zu, spitzte meine Lippen, nickte und schüttelte den Kopf, um *nichts* zu sagen. *Nichts!* Für *Geld* rieb ich Daumen und Mittelfinger aneinander. Für die Frage *Wie geht's?* drehte ich die halbgeöffnete Hand schnell hin und her. Für *weggegangen* zeichnete ich mit Zeiger- und Mittelfinger eine Treppe in die Luft. Um zu sagen, *ich habe Hunger*, rieb ich mit der Kante meiner Hand über den Bauch, als würde der Hunger wie ein Messer in mich schneiden. Um *viel* zu sagen, klopfte ich mit allen Fingerspitzen einer Hand aufeinander. Um *viel Zeit* zu sagen, klopfte ich mit dem Zeigefinger auf die Uhr und sprach gleichzeitig langsam die Wörter: *viel Zeit*.
Es war eine Kombination aus Gestik und Lippenablesen, und alles ging unglaublich schnell
Mit den Fingerspitzen klopfen, auf die Uhr klopfen, eine Treppe in die Luft malen: VIEL – ZEIT – VERGANGEN.
Na so was, sagte sie, er ist weg? Wo ist er hingegangen?
HAT-TE AR-BEIT.

Beim Wort *Arbeit* war das *beit* in Ordnung – das *ar* verlor sich in der Tiefe der Mundhöhle. Aber verbunden mit einem schnellen Kreiseln

der Hände umeinander, um zu zeigen, dass etwas passiert, dass jemand stark beschäftigt ist, begriff sie den Sinn.
Jede Verständigung, jeder Satz erforderte einen enormen Kraftaufwand. Würde sie mich verstehen, oder musste ich wieder einen Zettel holen, um es ihr aufzuschreiben?
B, M, L und O waren am besten. Am schlimmsten waren G, K, H und R. Das S ging so.
Der Kampf mit den Wörtern. Man musste eines auswählen, das sich gut aussprechen ließ, damit meine Mutter es von den Lippen lesen konnte und es unter tausend anderen Wörtern begriff.
Die meisten verstand sie ungefähr, für den Rest benutzte sie ihre Phantasie. Wir sprachen eine Sprache, die unsere eigene Erfindung war, die Gesten, die Symbole und die Zeichen hatten wir uns ganz allein ausgedacht. Diese Sprache hatte uns niemand beigebracht.

Meine Großmutter hatte sich nie um eine spezielle Schule für meine Mutter gekümmert. »Deine Großmutter wiederholte immerzu, dass ich studieren müsse«, erzählte sie mir oft. »Aber leider hatte ich keine Chance. Mutter betonte, dass mich die Taubstummenschule zurückwerfen und isolieren würde. ›Es ist besser, wenn du bei mir bleibst‹, sagte sie. ›Und weißt du was? Gerade gestern habe ich in der Zeitung gelesen, dass es einige Wissenschaftler gibt, die auch dieser Meinung sind! Dass einem in diesen Schulen zwar die Gebärdensprache beigebracht wurde, dass aber dabei versäumt wird, die Gehörlosen gesellschaftlich einzugliedern und ihnen das Sprechen beizubringen.‹«
Ich vermute eher, dass meine Großmutter gar keine Angst davor hatte, dass die Schule meine Mutter isolieren könnte. Nein, sie wollte ihre kleine Blonde lieber unter ihren eigenen Fittichen isolieren. Bestärkt wurde sie ja vom Gerede der Leute, die immer sagten: »Die Kleine spricht ja. Und sie liest! Was soll sie auf einer Taubstummenschule? Sie ist ja nicht taubstumm!«

Sahnejoghurt mit Honig und eine schicksalhafte Entscheidung

An dem Tag, an dem mir meine Mutter ihre Entscheidung für Deutschland mitteilte, waren wir in die Themistokleous-Straße gegangen, um Joghurt zu besorgen. Dort gab es noch ein paar Läden, in denen Joghurt in Tontiegeln verkauft wurde und im Schaufenster große Holzfässer mit Sahnejoghurt standen.

»Früher gab es in dieser Straße nur Joghurtläden. Stell dir das vor. Ein Joghurtladen neben dem anderen! Einen davon führte dein Großvater«, sagte meine Mutter zu mir, und sie sagte es jedes Mal wenn wir durch diese Straße gingen. Ich war inzwischen achtzehn Jahre alt und kannte die Familiengeschichte, die sie immer wieder vor sich hin erzählte, fast auswendig.

Es war ein Laden im Souterrain, am Anfang der Straße. Auf der rechten Seite, wenn wir von der Panepistimiou-Straße hier einbogen. Später verging ihm die Lust, im Joghurt und in der Milch zu rühren, und er eröffnete ein Kafenion in der Soultani-Straße, ganz in der Nähe des Hutladens deiner Tante Aliki, wo wir den ganzen Tag arbeiteten. Ich hatte dieses Handwerk sehr schnell gelernt. Wie das alles ging, zeigte mir eine Freundin von ihr, die in Paris gelebt hatte. Deine Tante Aliki war mit einem Mathematiklehrer verheiratet, der im Ausland unterrichtete, in den griechischen Schulen von Beirut, Alexandria, Damaskus. Aliki brachte von ihren Besuchen dort die schönsten Stoffbänder mit, und auch Tüll, Seide, Satin und Samt. Nach kurzer Zeit fertigte sie die raffiniertesten Hüte von Athen an, und wir verkauften sie auch an die vornehmen Läden in der Ermou- und der Mitropoleos-Straße. Ich versuchte mich bald an Strohhüten und verdiente mir zusätzlich Geld. Alle trugen im Sommer damals Strohhüte, Frauen wie Männer. Ich lernte, wie man die verschiedenen Stroharten zusammennäht, und kaufte mir

eine spezielle Singer-Nähmaschine, die sich als wahrer Schatz erwies. Damals gab es nicht viele Strohhutnäherinnen in Athen. Wir waren nur zwei, drei … Ein Strohhut aus Strohbändern, die ineinander vernäht werden, hat einen ganz anderen Reiz – aus schmalen, glänzenden Strohbändern! Du weißt, welche ich meine! Dir gefallen sie auch am besten. Wie sie glänzen, wie elegant! Es dauert manchmal Wochen, bis ich das richtige Stroh finde und bestelle. Je nach Farbe und Qualität wird es dann ein mehr oder weniger interessanter Hut, mal mit einer größeren Krempe, mal mit einer kleineren. Die groben, vertrockneten Strohbänder, die oft auch noch brüchig sind, die nehme ich nicht.
Im Hutladen deiner Tante Aliki am Exarchia-Platz liefen die Geschäfte bestens. Bald kaufte sie sich ein einstöckiges Haus mit Garten im Kypseli-Viertel. Von der Soultani-Straße, wo ich mit deinen Großeltern wohnte, bis zum Hutladen hatte ich es nicht weit. Am Anfang fühlte ich mich sehr einsam in dieser Wohnung, mit der Zeit aber gewöhnte ich mich daran. Vor allem als ich begann, im Hutladen bei der Anfertigung der Hüte zu helfen. Ich mochte es sehr, mit den Händen zu arbeiten. Wenn ich die Hüte mit den teuren Stoffbändern und den Blumen verzieren durfte, fühlte ich mich in meinem Element. Unsere andere Schwester Ioulia hatte einen Schuhmacher geheiratet und wohnte auch in Kypseli. Sehr bald bekam sie vier Kinder hintereinander und war pausenlos beschäftigt, nie kam sie uns besuchen. Ich fühlte mich bei den beiden Alten endlich geborgen, obwohl ich sie pflegen musste, sie waschen, für sie kochen. Mein Vater war alt geworden und hatte keine Kraft mehr, hinter Frauenröcken herzulaufen, und deine Oma war friedlich und zufrieden, nur der hartnäckige Husten machte ihr zu schaffen. Sie starb 1938, zum Glück zwei Jahre vor dem Krieg, an Lungenentzündung. Drei Jahre später, gerade als die Deutschen einmarschierten, starb auch dein Großvater. Ich zog aus der Soultani-Straße aus und wohnte dann in Alikis Hutladen – ich hatte im hinteren Teil ein schmales Bett aufgestellt –, oder ich ging zu ihr nach Kypseli. Dort habe ich die ganze Hausarbeit für sie gemacht. Kypseli war ein solides Viertel mit kleinen Hinterhöfen, in denen Katzen um die vielen Blumentöpfe herumschlichen.Die Fokionos-Negri-Straße war damals noch ein ausgetrocknetes Flussbett. Dann eröffne-

ten noble Cafés und Nightclubs, die rasch in Mode kamen. Mit deinem Vater ging ich dort oft spazieren …

Meine Mutter beendete ihren Monolog, denn wir waren am Ziel. »Der hier hat einfach den besten«, sagte sie, als wir das Geschäft betraten, in dem wir unseren Joghurt kauften.
Ja, dieser Laden stand bei uns fest auf dem Programm. Vielleicht wollte sie immer dort hingehen, weil der Angestellte sie kannte. Sobald er uns sah, breitete er einen Bogen dicken Papiers aus, versenkte eine große Holzkelle im Bottich mit dem schneeweißen dicken Joghurt, holte zwei, drei volle Kellen heraus und klatschte sie auf das Papier. Danach faltete er dieses kunstfertig zusammen, wog es und nannte uns den Preis. Oder, wenn ich nicht dabei war, schrieb er ihn auf das Päckchen.

Meine Mutter hatte bestimmte Angewohnheiten: Joghurt kauften wir immer in der Themistokleous-Straße. In der Evripidou-Straße, in der Nähe des Marktes, die Lachskonserven, Heringe, Makrelen und Hülsenfrüchte. In der Sofokleous-Straße Brot und Käsetaschen. Honig und Walnüsse besorgten wir bei einem alten Mann in der Athinas-Straße. Der verkaufte auch Thymian, Salbei und andere Gewürze. Hinter dem Rathaus war das Milchgeschäft. Dort holte sie jeden Morgen die Milch. Jeden Morgen, damit sie frisch war. Einen Kühlschrank hatten wir nicht.
Bevor wir nach unserer gemeinsamen Einkaufstour nach Hause gingen, machten wir noch einen Abstecher zu »Krinos«, in die Aeolou-Straße. Wenn meine Mutter gut gelaunt war und beim Verkauf der Hüte etwas verdient hatte, aßen wir bei »Krinos« einen Teller Honigbällchen.

An jenem Tag bestand unser Abendbrot aus dickem Sahnejoghurt mit Walnüssen und Honig. Danach schnitt meine Mutter eine Honigmelone auf, und während sie die Kerne entfernte, verkündete sie mir ihre große Entscheidung:

»Bald fängt der Sommer an. Es ist die beste Zeit für uns, um wegzugehen. Du solltest in Deutschland studieren.«
»In Deutschland? Wie kommst du denn jetzt darauf?«
Ich schaute sie verblüfft an und konnte mir nicht vorstellen, dass sie es ernst meinte. Denn diesen Vorschlag hatte ich ihr selbst schon vor längerer Zeit gemacht. Ich war diejenige, die weg wollte, und nun war es plötzlich meine Mutter, die sich diese Idee zu eigen machte.
»In Athen mit seinen Obristen hast du keine guten Aussichten. Außerdem kann es jeden Moment passieren, dass die Polizei wieder zur Hausdurchsuchung kommt und uns ins Gefängnis steckt. In Deutschland lernst du erst einmal perfekt Deutsch und machst eine Prüfung an der Uni. Eins nach dem anderen.«
Ich hatte gerade das Gymnasium abgeschlossen und wusste noch nicht recht, ob es mit einem Studium in Griechenland klappen würde.
»Wäre Frankreich nicht besser? Französisch kann ich doch besser als Deutsch. Und du hast auch immer von Paris geträumt.«
»Ja, aber in Paris werden wir Mühe haben, eine Arbeit zu finden. Paris ist etwas für Touristen oder für wohlhabende Studenten mit Devisen. In Deutschland finden wir sofort Arbeit. Das steht in der Zeitung. Alle werden von einer Kommission geprüft und gehen dann zum Arbeiten nach Deutschland. Für mich ist das natürlich nichts, diese Sache mit der Gesundheitsprüfung. Ich kann mich ja schlecht von den Ärzten unter die Lupe nehmen lassen! Die werden sofort merken, dass ich taub bin. Wir fahren einfach so, auf gut Glück! Ich werde dort schon irgendeine Arbeit finden, und du fängst an zu studieren.«
»Und die Pässe? Was ist mit den Reisepässen? Ich glaube nicht, dass sie uns einen Pass geben, vor allem mir. Sie haben doch bestimmt registriert, dass ich in verbotenen Organisationen politisch aktiv bin.«
»Du hast recht«, sagte meine Mutter, und ich hatte das Gefühl, in ihrem Blick einen Anflug von Angst zu erkennen.
»Wir haben nichts zu befürchten«, hörte ich sie dann doch sagen, »es sind so viele, die nach Deutschland gehen und eine Arbeit finden.

München ist voll von Griechen. Irgendjemand wird uns schon helfen«, sagte sie.
An jenem Abend sprachen wir nichts mehr. Wir kratzen auch noch die letzten Joghurtreste von unseren Tellern und legten uns schlafen.

Die Ideologie ist eine saftige Blutorange

»Wir haben nichts zu befürchten!« Das sagte sie auch am nächsten Tag, und ich wusste, dass meine Mutter immer nur in Athen Angst hatte. Zunächst einmal wegen mir und meiner Begeisterung für linke Gruppen und antidiktatorische Bewegungen. Sie fürchtete sich auch wegen meiner Begeisterung für die gut aussehenden Kommunisten und davor, dass ich mich verlieben könnte. Dann würde sie nur noch die zweite Geige spielen, sie wäre nicht mehr mein Lebensmittelpunkt.

Das war ihre erste Angst, als ich als Schülerin, fast ein Jahr vor dem Militärputsch, den Kommunisten traf. Er bot mir eine Blutorange an. Ich biss kräftig hinein und bespritzte unsere Hemden mit dem roten Saft. Dabei stach mir die Sicherheitsnadel ins Fleisch, mit der ich meinen Rock zusammengehalten hatte, weil der Reißverschluss kaputt war. Der Kommunist überzeugte mich davon, dass die Kommunisten sich mehr für die politische Welt und für die innere, nicht so sehr für die äußere Schönheit interessierten. Die innere Schönheit war etwas Idealistisches. Er nannte es Ideologie. Für mich war das eine Art unsichtbarer Knoten, den man mit sich herumtrug und der einem Energie gab. Man hatte immer schöne Vorstellungen im Kopf. Die nannte er ›konstruktive Ideen‹. Das Wort *konstruktiv* gefiel mir nicht. Es erinnerte mich an unfertige Rohbauten.
Doch mir gefiel, dass die Kommunisten etwas entdeckt hatten, das eine innere Schönheit besaß, die man nicht sah. Sie hielten es geheim und sie waren sich seiner Schönheit sicher. Für mich fühlte es sich rund und saftig an wie eine Blutorange. Sie hüpfte in mir auf und ab, einmal zum Magen, dann zum Herzen. Wenn der Kommunist über die ›richtige Parteilinie‹ redete, steckte sie mir im Hals.

Den Kommunisten lernte ich vor dem Konservatorium nach der Klavierstunde kennen. Klavierspielen ist etwas für die bürgerliche Klasse, sagte der Kommunist. Meine Mutter wollte, dass wir auch zur bürgerlichen Klasse gehörten, weil das eine Stufe höher war. Ich sollte aufsteigen, sagte meine Mutter. Vorläufig ging ich ins Exarchia-Viertel zum Französisch, in die Kaningos-Straße zum Englisch und in die Fidiou-Straße zum Ballett.

»So macht man das in der höheren Gesellschaft«, sagte meine Mutter. Sie vertraute darauf, dass ich durch all das, was ich lernte, irgendwann einmal ein erhabenes, gebildetes Publikum und ein erhabenes, luxuriöses Haus haben würde. Meine Mutter sprach ständig von etwas Erhabenem. Der Kommunist aber machte sich über die Luxushütten lustig. Als er mich zum ersten Mal mit zu sich nach Hause nahm, sah ich, dass es dort ein Klavier gab und ein Wohn-Esszimmer mit Perserteppich und Kronleuchter. Er spielte mir auf dem Klavier eine Musik vor, die er Mikis Theodorakis nannte. Ich begriff, dass es viele Arten von Kommunisten gab. Die der höheren und die der niederen Gesellschaft. Mein Kommunist gehörte zur unteren Hälfte der höheren Gesellschaft und er wusste das Klavier nur zu schätzen, wenn er Musik spielte, die das Volk aufrüttelte. So lautete die Parteilinie. Manchmal sah ich, wie diese Linie mitten durch ihn hindurchging, ihn zweiteilte und doch auch zusammenhielt. Wie eine Sicherheitsnadel. Darüber sprach er nicht. Er sprach nie über sich selbst, sondern nur über die Ideologie. Wenn ich über mich sprach, schien er nichts zu begreifen. Ich war auf die Ideologie neidisch und versuchte, sie zu erobern.
Wir lagen auf dem Teppich im Wohn-Esszimmer, hörten Musik, und er unternahm es, sie mir zu erklären.

Als ich den Kommunisten kennenlernte, wartete er vor dem Konservatorium auf Danae, eine Mitschülerin von mir in Harmonielehre, die er auf einer Demo kennengelernt hatte. Er stellte sich vor und drückte mir kämpferisch die Hand, das heißt sehr fest, und wir zo-

gen in Richtung Omonia-Platz. In der Aeolou-Straße kehrten wir zu dritt bei »Krinos« ein, um Honigbällchen zu essen.
Der Kommunist war kommunistisch gradlinig. Ich weiß nicht, wie ich es sagen soll, aber die Kommunisten hatten, bevor sie in die Geschichte eingingen, etwas Einfaches und Direktes an sich. Sie mochten kein Herumdrucksen, kein zögerliches Hin und Her, keine Schnörkel, kein Herumeiern.
Meine Mutter war auch gerade heraus. Und schlicht. Entweder sie verstand etwas oder sie verstand es nicht. Ganz einfach! Mit dem Kommunisten war es nicht einfach. Ich sagte etwas, und er sagte etwas anderes. Das heißt, er hörte mir nicht zu. Er hatte bereits etwas Fertiges im Kopf. Er hörte nur das Eine. Das war wahrscheinlich die Parteilinie.

Als wir ins »Krinos« gingen, gelang es Danae, mir zuzuflüstern, dass sie sich mit dem Kommunisten unerträglich langweile und dass sie die Kommunisten allgemein satthabe. Als der Kommunist aufstand, um die Honigbällchen zu holen, sagte Danae zu mir: »Tschüs, mach's gut, die stehen mir bis hier, die Kommunisten und die Honigbällchen. Aber das ist eine andere Geschichte. Die erzähle ich dir ein anderes Mal«, das sagte sie und war weg.
Der Kommunist und ich aßen zu zweit drei Portionen Honigbällchen.
Bei der nächsten Harmonielehre machten Danae und ich blau, und sie erklärte mir, warum sie sich vor den Honigbällchen ekelte. Im Krieg war ihr Vater im Widerstand gewesen, und die SS hatte ihn in Haft gesteckt, wo er beinahe verhungert wäre. Seitdem verspürte er eine unstillbare Gier nach Süßem, und er brachte immer wieder Honigbällchen mit nach Hause. Diese Honigbällchen waren für ihn der Inbegriff von Luxus und Genuss. Er liebte es, Danae mit den honigtriefenden Bällchen zu füttern und ihr die verklebten Finger abzulecken, manchmal auch die Lippen und die Wangen. Es sollte eine lustige Spielerei sein. Eines Tages, als Danae früher nach Hause kam, erwischte sie ihren Vater dabei, wie er Chrissoula, ihre beste Freundin, mit Honigbällchen fütterte. Er leckte ihr den Honig von den

Lippen und brüllte wie ein verwundetes Tier. Als die beiden sie bemerkten, sprangen sie auf und liefen zum Wasserhahn in der Küche, um sich zu waschen. Danach ging Chrissoula eilig weg und bedankte sich noch nicht einmal für die Honigbällchen.

»Auf Knien bat er mich um Verzeihung dafür, dass er die andere mit Honigbällchen gefüttert hatte. Kann man so etwas verzeihen? Ich musste an seine klebrige Zunge denken, und mir war zum Kotzen«, sagte Danae. Seit diesem Tag ließ sie sich die Haare kurz schneiden, sie trug kurze Röcke und Militärstiefel und legte sich systematisch mit den Bullen an. Auf den Demos warf sie die meisten Ziegelsteine nach ihnen. Im Zielwerfen war sie ein Ass. Aber wehe, wenn man ihr mit der Parteilinie kam. »Die Parteilinie ist etwas für die Bourgeoisie-Kommunisten«, sagte sie. »Die wollen, dass man ihnen die Honigbällchen auch noch vorkaut!« Die Kommunisten nannten Danae eine Anarchistin.

Meine Mutter mochte die Kommunisten. Diesen speziellen natürlich nicht, sobald sie ahnte, dass etwas zwischen uns lief. Sie sagte, dass sich die Kommunisten darum kümmern, dass es weder Arm noch Reich gibt. »Vielleicht gibt es im Kommunismus auch keine Tauben, Blinden, Lahmen«, sagte sie.

Mit dem Kommunisten traf ich mich vor dem »Tsitas«, um zur Demo zu gehen. Das »Tsitas« war meine Lieblingskonditorei. Wenn wir dort vorbeikamen, kaufte mir meine Mutter immer ein Stück Schokoladentorte. Das aß ich im Stehen, und sie kostete immer nur ein Stückchen.

Ich freute mich, dass ich den Kommunisten beim »Tsitas« treffen würde, und zwar nicht wegen eines Stücks Torte, sondern wegen einer Demo. Ich war also erwachsener geworden.

Der Kommunist kannte einen Haufen Leute und war andauernd dabei zu grüßen und mir zu erklären, wer wer war und was er machte.

»Alle Kommunisten reden immer über die große Welt: über die Kinder der Erde, die Völker der Erde, die Solidarität der Völker«, hatte ich bei einem Treffen zu Danae gesagt.

»Und was ist mit den Geschlechtsorganen der Welt?«, fragte sie. Ich wurde rot und fand, dass Danae übertrieb.
Die Menge protestierte lautstark, verlangte 15 % für Bildung und erinnerte an den Artikel 114, den letzten Artikel der griechischen Verfassung, der besagt, dass die Einhaltung der Verfassung dem Patriotismus der Griechen überlassen wird. Lustig fand ich, dass sie alles in Reimen riefen: »Brot, Bildung, Freiheit! – Stellt für die Schulen Geld bereit.«

Der Kommunist küsste mich auf die Wange, drückte mir bedeutungsvoll die Hand, und danach gingen wir in eine Kellertaverne und sangen zusammen mit den anderen Demonstranten linke Lieder. Wir waren damals alle Freunde und haben viel und oft gesungen. Als wir herauskamen, küsste er mich stürmisch im Dunkeln und fragte mich triumphierend, ob mich irgendjemand schon einmal so geküsst habe. Diese Kommunisten waren ganz besessen davon, immer einen Triumph zu erleben. Ich sagte nichts, und er sagte, ich solle keine Angst haben, wer die Welt aufbaut, fürchtet sich nicht. Aber ich sah die Welt als einen riesigen Rohbau und bekam Angst. Die ganze Nacht kreisten in meinem Kopf Küsse, Spaten, Hacken, Hammer und Sichel. Alles drehte sich, und ich machte mir Vorwürfe: Ich war ein vollkommener Hohlkopf. Ich hatte keine Ahnung von den Ideologien, wie viele es gab und welche die richtige war.
Und da war er wieder, der Knoten. Eine Blutorange, die mir im Hals stecken geblieben war.
Um keinen Knoten mehr zu haben, müsse ich wissen, dass sich etwas Großes ereignen würde, sagte der Kommunist.
Aber ich fühlte den Knoten weiterhin. Auf das Große, das da geschehen sollte, wartete ich, und es kam nicht. Er legte seinen Arm um meinen Hals, und es war, als würde er mich in einen Schraubstock spannen.

Der Kommunist analysierte die Situation und bestand darauf, dass die Liebe der Menschheit gut tat und dass wir uns selbst befreien

müssten, damit alle Tabus fallen. Als ich sie fallen ließ, kam die Liebe plötzlich wie ein Eisen, das etwas unterhalb des Bauches glühte. Wir gossen Wasser auf das glühende Eisen und verharrten in den Wasserdämpfen. Er durchforschte vergeblich diese Gegend, um das Jungfernhäutchen zu finden. Erschöpft steckte er sich eine Zigarette an. »Da ist kein Jungfernhäutchen«, sagte er, und das war ein Problem. »Für die bürgerliche Ideologie ist es ein Problem«, fuhr er nach einigem Nachdenken fort, »aber für unsere Ideologie sollte es keins sein!«, betonte er und schaute mich wieder triumphierend an. Und dann sagten wir uns, wir bleiben jetzt für immer da drinnen, in den Wasserdämpfen, um eine bessere Welt aufzubauen, und wenn schon, auch ohne Jungfernhäutchen.
Diese Kommunisten mit ihren andauernden Drang nach Erklärungen. Immerzu kümmerten sie sich darum, ihre Ideologie auszulüften, damit sie nicht rostete. Das schrieb die Parteilinie vor. Dass man einen klaren Kopf behalten musste, damit die Liebe einen nicht herunterzog.
Vielleicht fürchteten sie die Wasserdämpfe. Doch irgendetwas lief schief bei ihren Kalkulationen, und schließlich ist doch alles verrostet.

Am nächsten Tag erzählte ich Danae vom Jungfernhäutchen, dem glühenden Eisen und den Dämpfen. Und sie kam wieder mit der gleichen Leier: »Die Kommunisten wollen kämpferisch das Jungfernhäutchen der Menschheit zerreißen. Wenn sie kein Hymen finden, haben sie die gleichen Probleme wie jeder Kleinbürger, aber sie sprechen von Ideologie. Weißt du noch, als ich dich nach den Geschlechtsorganen der Welt gefragt habe?«

Die ganze Nacht träumte ich von einem Jungfernhäutchen, das mir im Gesicht klebte und mir keine Luft ließ.
Der Husten meiner Kindheit kehrte zurück.

Caruso und die Panzer

Mein Hustenknoten löste sich erst wieder mit dem Sänger. Ob die Musik wohl dem Körper hilft? Wir begegneten uns zufällig in einem antiken Amphitheater. Es war schon dunkel, und er hielt eine Taschenlampe in der Hand. Er leuchtete mir in die Augen, wer bist du denn?, und dann geschah etwas. Die Taschenlampe ging aus, weil die Batterie leer war. Er begann, leise zu singen. Ich hörte ihm zu, hörte ihm aufmerksam zu, und lange. Ich glaube, es war das erste Mal, dass ich nur für mich hörte und nicht für meine Mutter, und ich hörte auch nichts über die Ideologie und die große Welt. Meine Ohren funktionierten plötzlich anders. Es war auch das erste Mal, dass mich jemand an der Hand nahm, um mich auf einem hellen Pfad aus einem alten Amphitheater herauszuführen. Das kam mir symbolisch vor.

Bei unserem zweiten Treffen sang er die Arie des Rigoletto, vom Syntagma- bis zum Omonia-Platz, später am Meer bei Mondschein, dann in den Straßen von München und noch später in Verona vor Julias Balkon.

Jedes Mal, wenn ich husten musste, sagte mein Romeo zu mir: »Huste nur, dann bilden wir ein Duett.« Wenn ich im Bett vom Husten geschüttelt wurde und Angst hatte, ihn zu wecken, weckte er mich und ging mit mir hinaus, um mir den Sternenhimmel zu zeigen. Wenn man die Sterne sieht, hustet man nicht, sagte er. Und ich hörte auf zu husten.

»Ich bin kein Sänger, ich bin Tenor«, sagte er eines Tages, als meine Mutter ihn *Sänger* nannte.

Am Tenor blieb ich hängen. Er sprach nicht von der großen Welt, die wie eine Baustelle aussieht, und plötzlich spürte ich, dass ich

auch ohne Hustenknoten auskommen konnte. Diese Freiheit hatte ich vorher nicht gekannt. Vorher war alles in Beschlag genommen: Meine Mutter musste mir ständig auf die Lippen schauen, weil sie nicht hören konnte. Ich musste mich darum kümmern, ihr die Wörter zu vermitteln. Der Kommunist hatte die Zukunft der Menschheit im Blick und musste Solidaritätsprogramme entwerfen.
Der Tenor, den ich von nun an »meinen Caruso« nannte, musste gar nichts. Er war einfach gestrickt, er genoss die Melodien in seinem Kopf, saß mit mir im Arm singend auf der Schaukel und verstand wenig von Ideologien und Theorien. Doch auch er kaufte immer die linke Tageszeitung *Avgi*.
»Aus Tradition bin ich links«, sagte er, »meine ganze Familie ist links, aber ich bin frei!«
Bei seinem Zeitungshändler ließ er sich die Zeitung allerdings so zusammenfalten, dass niemand sehen konnte, dass es die *Avgi* war. Ich lächelte innerlich: »Frei? Was heißt denn hier frei?« Alle fürchteten sich damals vor neugierigen und verräterischen Blicken. Dass man sie als »Linke« denunzieren könnte. Auch mein Tenor.

Die meisten Mieter waren von meiner Mutter geweckt worden, als sie mitbekam, dass der Panzer vor dem Tor unseres Hauses stand. Sie wollte im Laden hinter dem Rathaus Milch holen gehen, so wie immer. Als sie den Panzer sah, wich sie sofort zurück, nahm dann zwei Stufen auf einmal auf der Holztreppe zum ersten Stock und begann, an die Türen zu klopfen: »Staatsstreich, Panzer, Militär!« Bei diesen Worten wurde auch ich wach, ich sprang auf und machte das Radio an: Märsche, Volkslieder und eine Stimme, die im Stakkato verkündete, dass das Militär ab sofort die Regierung des Landes übernommen habe: »Griechenland ist schwer krank«, polterte die Stimme, »wir haben die Aufgabe, seine Genesung zu bewirken. Es muss erst einmal in Gips gelegt werden.«
Für diesen Tag sei ein Ausgehverbot verhängt. Ich ging wie die anderen hinunter zum Eingang. Überrascht war ich nicht, und ich wunderte mich auch nicht.

Meine Mutter und ich wohnten in dem großen Gebäude, das die Ecke Stadiou- und Aeolou-Straße abrundete, mit weichen Linien, Stürzen und Balkonen von französischer Finesse und einer gealterten, verrußten Front. Vor hundert Jahren hatte es seine Glanzzeit erlebt, bekannt als »Attikon«, ein zentrales Athener Hotel. Inzwischen wirkte das Gebäude erbärmlich, voller Staub, mit zerfetzten Markisen, verrußten Marmorplatten und abbröckelndem Putz. In seinem Inneren führte eine Holztreppe zu Räumen mit Schneidereien und Hemdengeschäften, Fotolabors, Ikonenmalern, heruntergekommenen Primadonnen, alten Lehrern und einsamen Handelsvertretern.
Ziemlich verschlafen standen sie jetzt im Treppenhaus hinter dem Tor des großen Gebäudes versammelt, gerieten aber beim Anblick der bedrohlichen Erscheinung des Panzers draußen überhaupt nicht in Panik. Sie erzählten sich Geschichten von früher, gruben ähnliche Fälle von Belagerungszuständen in Athen aus, erinnerten sich daran, wie die linken Partisanen im Januar '45 in das Gebäude stürmten und nach einem Unterschlupf suchten, wie die Männer von den Sicherheitsbataillonen im Anschluss eindrangen, wie ihnen die Engländer am nächsten Tag folgten und am brutalsten von allen waren. Jemand erwähnte die Verschwörungspläne und ihre antiken Namen, Plan Perikles, Diogenes, Aspida.

Ohnehin wurde in den linken Organisationen viel darüber diskutiert. Bestimmt bereiten sie irgendetwas vor, sagte der Parteivorstand. Verdächtige Aktivitäten beim Militär! Deshalb blieben die Nachbarn so gelassen und kommentierten die Vergangenheit. Denn die Gegenwart, die kannten sie schon längst. Es geschieht immer das Gleiche in diesem Land, beharrten sie. Sie kamen mir so erniedrigt vor, immer wieder aufs Neue entwürdigt. So sehr, dass sie sogar bereit waren, sich eingipsen zu lassen.
Die Demütigung fühlten wir in den nachfolgenden Tagen bis ins Mark. Wie betäubt liefen wir durch die Straßen von Athen und wagten es nicht, den anderen in die Augen zu sehen. An den Haltestel-

len, in den Warteschlangen, in den Bussen standen wir mit gesenkten Köpfen, als wäre nichts geschehen. Die Panzer waren nicht nur in die Stadt eingedrungen, sondern auch in unsere Köpfe, und sie vergifteten alles.
»Was sagen sie? Was hast du gehört?«, fragte mich meine Mutter.
»Nichts. Sie sagen nichts. Niemand sagt etwas.«
»Dann sind alle, die etwas sagen wollten, weggeschafft worden«, sagte meine Mutter, »und die anderen sind erstarrt. Ich sehe sie, wie sie auf der Straße woanders hinschauen, wie ihr Blick ins Leere geht.«

An jenem Tag, dem 21. April 1967, waren mein Caruso und ich um 12 Uhr Mittag vor dem Lambropoulos-Kaufhaus verabredet. Er war gegen zehn Uhr morgens ahnungslos vom Amerikis-Platz aufgebrochen. Er ging auf die Patission-Straße und sah weit hinten im fahlen Aprillicht den Akropolis-Hügel, gekrönt von der eleganten Erscheinung des Parthenon-Tempels, jedoch mit einem grauen Panzer im Vordergrund. Es kam ihm wie ein Bühnenbild vor, das einen erschaudern lässt. Ob sie auf der Patission-Straße eine Oper aufführten? Vielleicht *Aida?* Er bog in die Kodrigtonos-Straße ein, in Richtung Aristotelous-Straße, ging weiter in die Agiou-Konstantinou- und die Pireos-Straße, dann in die Menandrou-Straße, und danach bog er in die Lykourgou-Straße ein. Er überquerte die Athinas-Straße und ging weiter bis zur nächsten Ecke. Hier und dort Soldaten. Er schaute zum Rathaus und sah Militärjeeps, in Richtung Omonia-Platz, Soldaten mit vorgehaltener Waffe, die die Leute wegscheuchten. Als er in der Aeolou-Straße ankam, sah er den Panzer an der Stadiou-Kreuzung, genau vor unserem Gebäude mit der großen Holztür. Vielleicht erkannte er hinter dem Türgitter auch meinen Kopf.

Vor der Tür hatte sich ein Soldat aufgebaut. Mit ihm versuchte ich ein Gespräch zu beginnen. Ich dachte, ich könnte ihm ein paar Informationen entlocken, was denn da in der vergangenen Nacht passiert sei. Er hatte keine Ahnung, sie waren im Morgengrauen geweckt worden, man hatte sie auf Militärfahrzeuge geladen und hier und da im Stadtzentrum postiert. Er war vielleicht gerade mal zwanzig, und es langweilte ihn sehr, wie er da so regungslos vor unserer Tür stehen musste. Mit meinen Fragen vertrieb ich ihm die Zeit, und er machte sich ein bisschen wichtig, ein bisschen nützlich, ließ uns ab und zu den einen Türflügel öffnen und hinausschauen. Wir warfen einen verstohlenen Blick auf den Omonia-Platz. Dort waren noch mehr Panzer. Von gegenüber gab mir mein Caruso Zeichen, er schickte mit seinen Gesten Worte herüber, denn er wusste, dass ich ihn sah. Und er wusste, dass ich Gesten, die Worte bilden, verstehen konnte.

Wir saßen alle im Eingang auf den Marmorstufen, ein Nachbar brachte sogar ein Tablett mit Kaffee und Wasser. Keiner von uns bemerkte, wann meine Mutter auf die Straße stürmte. Wir hörten nur den militärischen Befehl, »halt oder ich schieße«, brüllte ein Offizier vom Panzer aus, der die Aufsicht über die Kreuzung hatte, und er hob seine Waffe. Alle schauten wir nach draußen, um zu sehen, was vor sich ging. Wir sahen meine Mutter, wie sie zur gegenüberliegenden Straßenseite lief, in Richtung des Lambropoulos-Kaufhauses: Nur einer der Nachbarn bewies Mut, er riss den schweren Türflügel weit auf, rannte in die Mitte der Kreuzung und rief: »Stopp, aufhören, die Frau ist taub. Sie kann nicht hören!«
Danach lief er zu meiner Mutter, nahm sie in die Arme und erklärte ihr alles, mit seinen Händen und mit seinem Mund, den er auf und zu machte. Aber sie wollte nicht verstehen: »Staatsstreich, sagst du? Na und? Was geht mich das an? Das ist unsere Straße. Die Straße ist für alle da. Ich will jetzt meine Milch holen!«
Der Nachbar zog sie mit Gewalt ins Haus, und wir stürzten uns alle auf sie, um sie zu beruhigen. »BEINAHE HÄTTEN SIE DICH ERSCHOSSEN!«
Und sie: »Ach, kommt schon, das würden sie nicht wagen! Aber was zum Teufel wollen die? Wir müssen doch zu unserer Arbeit! Wie lang soll dieser Zustand denn anhalten?«

Der »Zustand« hielt noch lange an. Vielleicht hält er sogar immer noch an, bloß dass keiner darüber spricht.

Während alle besänftigend auf meine Mutter einredeten, schallte über die Kreuzung die Arie aus *Rigoletto*. Der Offizier sprang wie wild vom Panzer und nahm seine Waffe in Anschlag. Doch Caruso entfernte sich, und mit ihm auch die Arie. »Halt oder ich schieße!«, rief der Offizier, aber er wusste nicht, auf wen er schießen sollte, auf die Arie vielleicht, die von Weitem zu hören war? Kurz darauf war sie wieder ganz nah. Sie muss in einer Arkade in der Lykourgou-Straße gewesen sein, danach in einem alten Haus in der Aeolou-Straße, später im Eingang des Nähmaschinengeschäfts Singer in der Stadiou-Straße. Der Offizier drehte sich mit vorgehaltener Waffe wie ein aufgezogenes Spielzeug um die eigene Achse. Er wollte unbedingt herausfinden, woher das Lied kam. Er rannte in Richtung Omonia-Platz, aber das Lied verschwand. Caruso stand inzwischen schon wieder vor dem Lambropoulos-Kaufhaus und gab mir Zeichen. Zeichen sind Wortsignale, und dazu sagt niemand Halt, weil niemand genau versteht, was sich da tut. Die Wortsignale bedeuteten: »Lass uns zusammen weggehen, dorthin, wo wir frei singen können! Hier sehe ich kein Leben mehr.«
Ich antwortete ihm mit Zeichen: »Wann immer du willst, auch sofort.«
Das Signal erfasste auch meine Mutter, die neben mir stand. Sie war sehr verwirrt: »Wer ist das, der dich mitnehmen will?«

Die Nachbarn und ich erwarteten, dass es an diesem Tag auf der Stadiou-Straße zu einer Protestdemonstration kommen würde. Letztlich geschah nichts. Alles war verstummt, nichts rührte sich. Der einzige Widerstand an diesem Tag war eine gehörlose Frau, die in Pantoffeln auf die Straße lief, und eine Arie, die nicht geortet werden konnte.

Vertrackte Pläne

Caruso schmiedete Pläne für unsere gemeinsame Ausreise. Meine Mutter schmiedete ebenfalls Pläne für unsere gemeinsame Ausreise. Die große weite Welt in Europa, das hatte für uns alle einen magischen Klang.

Die alten Freunde erreichte man nicht einmal mehr telefonisch. Besonders die Kommunisten nicht. Einige zogen sich in ihre Dörfer zurück, andere gingen ins Ausland, wieder andere hielten sich versteckt. Die wichtigsten von ihnen wurden auf der Rennbahn zusammengepfercht und danach »zur Sommerfrische« auf die Felseninseln verbannt. Das hatte Tradition in Griechenland: Schon nach dem Bürgerkrieg wurden die Kommunisten auf trockene, steinige Inseln inmitten der Ägäis geschickt. Nichts Grünes wuchs auf deren schroffen Felsen. Nur giftige Skorpione krabbelten umher, und Schlangen zeigten ihre schnelle giftige Zunge. Auf den Athener Straßen herrschte allgemein eine tiefe Lähmung. Es war verboten, dass mehr als drei Personen zusammenstanden. An den alten Treffpunkten, in den Kellerkneipen im Plaka-Viertel, wo wir uns sonst immer versammelten hatten, tranken und sangen, blieb alles leer. Ebenso in den kleinen Lokalen in der Sina- und der Massalias-Straße, wo wir am Nachmittag auf einen Kaffee gegangen waren und am Abend auf einen Wermut und einen Gin Fizz.

»Mit diesen dumpfen Militärs kommt unser Land nicht voran. Sie lassen uns auf der Stelle treten«, sagte meine Mutter, die es nicht versäumte, jeden Tag die Zeitung zu lesen. »Bei diesem Stillstand kommst du auch nicht voran. Du musst im Ausland studieren. Was willst du in einem Land, in dem die Macht in den Händen von rigiden Militärs liegt? Ich komme auch mit, vielleicht mache ich am Anfang Hüte und verkaufe sie. Hüte sind im Ausland in Mode, siehst du nicht, dass in den ausländischen Zeitschriften alle Hüte

tragen? Wer weiß, vielleicht ist diese Handwerkskunst in Deutschland ja gefragt.«
»Mama, wie willst du denn in einem fremden Land ohne Sprache zurechtkommen?«
»Wieso, habe ich hier vielleicht eine Sprache? Und ich komme trotzdem bestens zurecht. Und so werde ich es dort auch machen. Ohne Sprache. Die vielen Menschen, die nach Deutschland auswandern – kennen sie denn die Sprache? Der Mensch kommt auch ohne Sprache aus, man muss nur Geduld haben und schauen, was um einen herum passiert. Ich habe gelesen, dass die Menschen dort höflich sind. Du kannst natürlich sagen, dass ein ganzer Hitler über sie hinweggezogen ist, und bei der Niederlage, die sie einstecken mussten, wie sollten sie da jetzt nicht höflich sein? Lassen wir also das lange Gerede. Wir probieren es einfach aus! Wir haben nichts zu verlieren! Wir sind zusammen und wir haben uns.«
Dieses *Wir haben uns* fürchtete ich sehr.
Das sagte auch Caruso zu mir. »Wir probieren es aus, wir haben ja uns. In München gibt es eine Oper, den Rundfunk, die Musikhochschule. Ich setze mein Studium fort und suche mir eine Arbeit. Und du studierst«, sagte er.
»Und du studierst«, sagte auch meine Mutter. Und dann: »Sag mal, was ist denn eigentlich aus dem Tenor geworden?«
»Der ist schon nach Deutschland gefahren.«
»Dann gehen wir auch. Alle gehen weg. Und dieser nette Kerl, dein Kommunist, ist der auch weg?«

Die letzte Frage stellte sie, weil sie genau wusste, dass der Kommunist nicht mehr *mein* Kommunist war. Für meine Mutter waren alle Männer nette Kerle, sobald ich mich nicht mehr für sie interessierte. Caruso war ihr noch gefährlich, weil sie ahnte, dass ich an ihn dachte, weil sie wusste, dass wir gemeinsame Pläne für Deutschland geschmiedet hatten.
»Was willst du mit einem Sänger? Wollt ihr vielleicht Noten essen? Warum studiert er nicht etwas Praktisches, mit dem er Geld verdie-

nen kann? Statt Opern und so einen Quatsch. Ich sage dir, dass er nicht schlau genug ist, um zu studieren, und dass er nur Flausen im Kopf hat!«

Aber es gab noch einen anderen, unausgesprochenen Grund für ihre Reisepläne. Der hatte mit der unauslöschlichen Sehnsucht meiner Mutter nach dem Seiltänzer zu tun. Sie wollte ihn besitzen, auf Gedeih und Verderb. Sie wollte mit ihm gemeinsam über dem Abgrund tanzen. An die Gefahr dachte sie kein einziges Mal. Schließlich würde sie ja alles mit ihm gemeinsam probieren. Auch das Fallen!

Und sie fiel! Sie fiel mitten hinein in dicken schwarzen Kaffeesatz und neben ein rätselhaftes gelbes Pulver.

Die schrecklichen Folgen des Baklavas

Höchstwahrscheinlich haben wir meinen Vater am Sonntag, den 10. August 1960, vergiftet. An diesem Tag hatte ich Geburtstag, ich wurde zehn Jahre alt.

Ein paar Wochen zuvor waren wir wieder einmal in die Ippokratous-Straße zu Kyria Eftychia gegangen. Wir stiegen drei Steinstufen hoch und öffneten die Glastür, die nie verschlossen war. Im kleinen Vorraum saßen wie gewöhnlich ein paar Frauen um einen Tisch. Sie machten sich einen Kaffee auf einem Gaskocher, der rechts vom Eingang auf einem niedrigen Schränkchen mit Marmorplatte stand. Neben dem Gaskocher standen immer eine Kaffee- und eine Zuckerdose. Ab und zu ging die Schiebetür auf, die den Vorraum vom hinteren Zimmer abtrennte, eine Frau kam heraus, und die nächste ging hinein. Bis wir an der Reihe waren, trank meine Mutter ihren Kaffee. Danach deckte sie die Mokkatasse mit der Untertasse ab, hielt sie fest und machte kreisende Bewegungen, damit sich der Kaffeesatz gut verteilte und an der Tassenwand ein Muster bildete. Dann kippte sie den Satz auf die Untertasse und setzte die Mokkatasse auf der Zeitung ab, die ausgebreitet auf dem Tisch lag und schon Dutzende Abdrücke der vorherigen Tassen aufwies.
Irgendwann waren wir dran, und auch wir gingen hinein zu Kyria Eftychia, deren Name *Glück* bedeutete. Meine Mutter nahm die inzwischen getrocknete Mokkatasse mit. Kyria Eftychia thronte auf einem pompösen Diwan, an dessen Rückenlehne bestickte Kissen aufgereiht waren. An der Wand hing ein großer Läufer aus dickem braunem Canvasstoff, darauf ein gesticktes Reh vor saftig grünen Wiesen und schneebedeckten Berggipfeln. Vor allem das Auge des Rehs zog meinen Blick an, denn wegen eines kleinen Fehlers in der Stickarbeit sah es so aus, als würde es schielen. Vor dem Diwan stand

ein Tisch mit einem weinroten Tischtuch. Darauf lag ein Kartenspiel. Kyria Eftychia begrüßte meine Mutter herzlich, mir warf sie wie immer einen gleichgültigen Blick zu und behandelte mich wie ein Instrument zur Verständigung mit ihrer Besucherin.

»Na wie läuft's?«, fragte sie meine Mutter.

»Gerade läuft es überhaupt nicht gut«, antwortete meine Mutter. »Wir haben Streit, wir haben ihn verärgert«, sagte sie mit traurigem Gesicht.

»Warte, erzähl mir nichts«, meinte Kyria Eftychia, begutachtete erst einmal das Muster an der Wand der Mokkatasse und wiegte bedeutungsvoll den Kopf. »In der Tasse sehe ich Schlangen, die euch fressen wollen«, sagte sie mit heiserer Stimme. »Aber sie werden es nicht schaffen. Denn da sehe ich auch einen langen Weg. Habt ihr eine Reise vor? Frag mal deine Mutter!«

Ich fragte sie, und sie verneinte. Währenddessen griff Kyria Eftychia nach den Karten und mischte sie mit einer solchen Geschwindigkeit, dass ich meine Augen weit aufreißen musste, um ihren Bewegungen zu folgen.

»Also erzähl! Was ist passiert?«

»Er hat dem Kind ein Radio geschenkt«, sagte meine Mutter.

»Na bitte!«, meinte Kyria Eftychia, »das ist doch ein Fortschritt! Langsam liebt er euch.«

Ein Radio nur für mich

An einem Sonntagmorgen war der Seiltänzer wieder zu seinem üblichen Besuch angetanzt. Er hatte sich angewöhnt, sonntags zu uns zu kommen, aber nicht etwa, um mich zu sehen, sondern um meine Mutter zu überreden, in die Scheidung einzuwilligen, das heißt in seine Freiheit. Wie immer brachte er mir geröstete Pistazien mit, die ich gern aß.

Es war heiß, und aus dem offenen Fenster der Nachbarn klang Musik zu uns herüber. Eine kratzig-dunkle Stimme sang einen Blues. Mein Seiltänzer-Vater horchte einige Sekunden auf und richtete plötzlich das Wort an mich:

»Gefällt dir dieses Krächzen? Weißt du, wer da so erkältet singt?«, scherzte er mit vollem Mund. Er schaute mich mit einem verschmitzten Lächeln an. Er war sich sicher, dass ich es nicht wissen konnte.

»Klar kenne ich den«, antwortete ich siegesgewiss, »das ist Louis Armstrong.«

Kurz zuvor hatten meine Mutter und ich im Kino den berühmten Film mit dem schwarzen Trompeter gesehen. Meine Mutter war von seinen Grimassen begeistert, weil sie diese verstand und dadurch das Gefühl hatte, auch ein wenig von der Musik und ihrem Rhythmus zu erleben. Was es mir besonders angetan hatte, waren die elegante Grace Kelly, Frank Sinatra und die ganze High Society um sie herum.

Der Seiltänzer schaute mich überrascht an, und seine Augen leuchteten.

»Außerdem lerne ich Englisch und ich finde Jazz sehr schön«, fügte ich altklug hinzu, mit meinen gerade mal zehn Jahren.

Er schien beeindruckt. Dann fragte er mich, ob ich gern Musik hörte. Ich erwiderte, dass das nicht so einfach sei, weil uns dazu ein Radio fehlte.

»Ich werde dir ein Radio schenken«, sagte er spontan und stand auf, als wollte er sich in diesem Moment direkt auf den Weg machen, um es zu besorgen, oder als würde er sich selbst über diesen Einfall freuen. Ich spürte zum ersten Mal, wie es sein musste, wenn Väter stolz auf ihre Töchter sind. Er hatte mich gesehen! Und ich ihn! Nur für diesen einen Augenblick. Ich zehn Jahre alt und er vierzig. Auf einmal hatten wir etwas gemeinsam: Wir mochten Jazz.
Meine Mutter schaute uns an, mal den einen, dann den anderen, und versuchte zu erfassen, was los war und um was sich das Gespräch drehte.
Der Seiltänzer bewegte sich in Richtung Tür, doch bevor er hinausging, legte er seinen Arm um die Taille meiner Mutter, zog sie unmerklich an sich heran und drückte sie irgendwie merkwürdig, mit Gefühl ... So etwas waren wir bei ihm nicht gewöhnt. Normalerweise sprach er von Scheidung. Wie kam es plötzlich, dass er sich an sie heranmachen wollte? Danach hob er die Hand, er bewegte sie kreisförmig und machte den Mund auf und zu, was bedeutete: *Nächsten Sonntag, ja, nächsten Sonntag, ... wir beide zusammen.* Er küsste mich auf beide Wangen. Heißt das jetzt, dass er uns lieb hat?, dachte ich. Mich oder die Mama oder uns beide? Dann blieb er kurz im Türrahmen stehen, »ich bring dir bald das Radio! Vielleicht schon morgen!«, machte in meine Richtung eine unbeholfene Abschiedsgeste und zog die Tür hinter sich zu. Dabei vergaß er ganz, dass er mit mir doch sprechen konnte. Die Gebärden waren für meine Mutter. Oder verwechselte er vielleicht, wer sie war und wer ich?

»Jetzt sag bloß, er fängt an, uns zu lieben.« Meine Mutter aber wollte, dass er sie liebte. Denn sie glaubte, dass er, wenn er sie liebte, automatisch auch mich lieben würde. Gleichzeitig impfte sie mir die Überzeugung ein, dass er mich nicht lieb hatte. Doch das konnte sie gar nicht wissen. Oder wahrscheinlich wollte sie sich nicht das Gegenteil vorstellen.
Mir war es ziemlich egal, ob er mich lieb hatte. Das glaubte ich damals wenigstens. Er ging mir wohl auf die Nerven, dieser Seiltänzer,

der immer sonntagmorgens kam, wenn ich mich mit meinen Spielsachen oder meinen Büchern beschäftigen wollte, dann aber geschniegelt und gespornt in meinem *Sonntagsstaat* dastehen musste, *damit wir deinen Papa empfangen.* Was ich wollte, war, dass er aufhörte, andauernd über die Scheidung von meiner Mutter zu sprechen, und sie sollte aufhören, so abhängig von ihm zu sein.

»Worüber habt ihr die ganze Zeit geredet?«, unterbrach sie meine Gedanken. »Über Louis Armstrong und seine Trompete«, erklärte ich ihr, und dass der Seiltänzer-Papa mir ein Radiogerät mitbringen würde, damit ich Musik hören könnte. Meine Mutter sagte nichts. Trompeten, Radiogeräte, das war ihr alles gleichgültig. Nur dass ich Klavier lernen sollte, das war ihr wichtig, weil es für Mädchen zum guten Ton gehörte, Klavier spielen zu können.
»Er bringt dir also ein Grammophon«, sagte sie schließlich.
»Ein Radio!«
»Na gut, kein großer Unterschied. Ein Gerät, das Musik macht. Grammophon, das ist doch dieses Gerät mit dem Schalltrichter und dem Hund, der zuhört!«
Ich nickte, und ich stellte mir vor, dass sie Angst davor hatte, selbst in den Schalltrichter von *His master's voice* zu stürzen, und dass ein gewaltiger Strudel sie und ihre Tochter schlucken würde. Vielleicht war das hier eine Falle, aufgestellt vom Seiltänzer.

Am Nachmittag des nächsten Tages brachte mein Vater voller Begeisterung das Radio vorbei. Er zeigte mir, wie es funktionierte, und wir saßen ziemlich lange da und hörten Radio. Ich war glücklich.
Als der Seiltänzer weg war, regte sich meine Mutter auf: »Eine unbekannte Marke! Dieses Radio ist nichts als eine Blechkiste«, sagte sie giftig. Und sie sagte noch mehr: »Radio, Jazz und Hirngespinste! Wenn sich dein Vater einmal herablässt, uns ein Geschenk zu machen, dann zeigt sich wieder sein wahres, geiziges Gesicht. Es hat ihm um das schöne Geld leidgetan, und er hat uns die billigste Marke ins Haus geschleppt, die es auf dem Markt zu finden gibt. Wir

gehen jetzt sofort zusammen los, um es umzutauschen, und ich lege noch etwas drauf und kaufe dir ein Radio von Grundig, von Philips, dann haben wir wenigstens ein anständiges Radiogerät!«

Brachte uns, haben wir … Ich war verwirrt. Dann begriff ich, dass meine Mutter ihn ganz für sich beanspruchte, nicht nur ihren Mann, sondern auch meinen Vater. Wie sollte ich ihr aber sagen, dass das Radio nur für mich war? Und dass ich *ich* bin?

»Als er dann eine Woche später wieder zu uns kam«, erklärte ich Kyria Eftychia, »und mich fragte, ob ich jetzt oft Musik hörte, sagte ich: ›Ja, aber nicht aus deinem Radio, Mama hat mir ein besseres gekauft!‹ Da sprang er wütend auf, ging hinaus und schlug die Tür hinter sich zu. Mama ist untröstlich.«

»Ich finde es gut, dass er dir das Radio gebracht hat«, sagte Kyria Eftychia. »Und dass er danach beleidigt war, ist doch verständlich. Aber wir kriegen ihn wieder ins Spiel! … Mal sehen, was die Karten heute sagen.«

Sie legte den Stapel vor meiner Mutter ab, um sie abheben zu lassen. »Sag deiner Mutter, dass sie fest an das denken soll, was sie von mir wissen möchte, und mit diesem Gedanken im Kopf soll sie dann abheben und drei Stapel machen.« Nachdem meine Mutter abgehoben hatte, packte Kyria Eftychia die drei Stapel mit professioneller Miene wieder zusammen und mischte neu. Danach legte sie die Karten nebeneinander in Reihen aus. Ich glaube, es waren meistens drei oder vier Reihen. Manchmal legte sie mit den Karten ein Kreuz. Wenn in diesem Moment draußen eine Straßenbahn vorbeifuhr, klirrten die Scheiben in Kyria Eftychias Tür, und die Karten tanzten auf dem Tisch.

Meine Mutter mochte Kyria Eftychia sehr, denn von all dem, was sie ihr prophezeite, traf das meiste ein, meinte meine Mutter. Und dass Kyria Eftychia ihr alles immer so gut erklärte. Aber natürlich erklärte sie es zuerst mir, und ich übersetzte es.

»Sag deiner Mutter, dass da eine andere ist, die sich deinen Vater geködert hat. Das heißt, sie hat ihn fest an der Angel, aber deine

Mutter soll nicht traurig sein, am Ende wird er wieder zu ihr zurückkommen, denn die andere will verwöhnt werden, sie bedrängt ihn und zieht ihm das Geld aus der Tasche. Irgendwann wird er aufwachen und zur Vernunft kommen. Bis dahin wird die andere ihn zwar um einiges erleichtert haben, aber er wird zu deiner Mutter zurückkehren. Bravo, mein Kind, wie gut du deiner Mutter das alles erklärst!«, sagte Kyria Eftychia, strich mir über den Kopf und gab mir Karamellbonbons, die in Papier eingewickelt waren. Sie hatten genau die senfbraune Farbe des Stoffes mit dem gestickten Reh, und wenn ich sie in den Mund steckte, klebten sie mir zwischen den Zähnen, und ich hatte stundenlang damit zu tun. Seitdem mag ich keine Karamellbonbons.

»Dein Mann wird wieder zurückkommen. Aber damit er diese Kränkung mit dem Radio vergisst und mit seinem Herzen bei dir ist, muss Mimas ein wenig nachhelfen. Mit seinem Wunderpülverchen. Das wirkt hundertprozentig! Alle Frauen bestätigen das. Sag das deiner Mutter.« Ich sagte es ihr.

»Und wo finde ich diesen Mimas?«, fragte meine Mutter, das heißt, fragte ich an ihrer Stelle.

»Irgendwo in Koukouvaounes, genau weiß ich das auch nicht, ihr müsst nach ihm fragen«, sagte Kyria Eftychia. »Aber vorsichtig, verstanden? Fragt am Kiosk bei der Bushaltestelle, die können es euch erklären! Dieses Mittel wirkt Wunder.«

Eine Gewürznelke für die Liebe

Meine Mutter streute das gelbe Pulver auf die Ecke des Baklavas und legte den Blätterteig wieder darüber. Die Stelle markierte sie mit einer Gewürznelke.

Der Seiltänzer war tatsächlich wieder und wieder gekommen. Und jedes Mal stand das Gespräch über die Scheidung im Mittelpunkt. Während die beiden sich mit Gesten und bösen Blicken stritten, übernahm ich es, meinen Vater mit dem Stück Baklava, in dem das Pulver steckte, zu füttern. Ich hatte schnell eine Art Routine dabei entwickelt. Mir war diese Rolle zuwider, ihn spielerisch füttern zu müssen, aber ich tat es meiner Mutter zuliebe. Ich spießte die Kuchengabel in die entscheidende Ecke, trennte einen Bissen ab, mit der anderen Hand entfernte ich die Gewürznelke und ... »Komm, lieber Papa, du kriegst das beste Stück vom ganzen Blech! Nur für dich!«

»Und warum ist das das beste Stück?«, fragte er arglos und witzelte mit mir herum.

»Darum!«, sagte ich und musste schlucken. Ich war schrecklich aufgeregt und brachte beinahe keinen Ton mehr heraus. Doch dann stammelte ich etwas: »Weil, ja, weil, weil ich dort mit eigenen Händen eine Nelke hingetan habe, und die hat alles schön gewürzt!« Ich zeigte ihm die Gewürznelke, die ich gerade entfernt hatte. Daraufhin öffnete er bereitwillig seinen Mund und aß das wunderbare Stück Baklava mit dem Geschmack von Cognac, Gewürznelke, Walnuss, Honig und gelbem Pulver. Dem perfekten Liebeszaubermittel. So wie Mimas uns geraten hatte, brauchten wir jetzt nichts weiter zu tun als abzuwarten.

Wir waren darin geübt, meine Mutter und ich. Mimas hatte empfohlen, das Pulver sechs bis zehn Mal zu verabreichen. Damit es wirkte, müsse man es ziemlich oft anwenden. »Das fünfte Mal ist

entscheidend«, hatte er gesagt. Danach sollten wir bereits eine kleine Veränderung feststellen.
Sechs Sonntage waren vergangen, und keinerlei Veränderung zeichnete sich ab. Also suchten wir Mimas erneut auf, um uns zu beschweren, und siehe da: Es gab ein neues gelbes Pulver.
»Das wirkt auf jeden Fall«, sagte Mimas und zog meiner Mutter zwei Hunderter aus der Tasche. Er erklärte ihr, es sei das pulverisierte Herz seltener, getrockneter Pilze, das durch vierzig Wellen, sieben Monde und fünfzehn Morgensterne gegangen war, dann war es auf die richtige Art verarbeitet worden, und zwar von ihm selbst, Mimas höchstpersönlich, »und es bewirkt, dass er dich begehren wird, wie niemanden sonst, und dass er an nichts anderes mehr denken kann als nur an dich«, sagte er mir, damit ich es ihr sagte.
Ich wollte auch, dass der Seiltänzer sie begehrte, noch besser: liebte. Denn dann würde er mich vielleicht von der Last ihrer Liebe zu mir befreien. Aber vielleicht wollte ich im tiefsten Innern meines Herzens auch, dass er mich liebte. Punktum.

Punktum, das machte der Seiltänzer. Er kam nie wieder zu uns nach Hause. Seit meinem Geburtstag, an dem er das Pilzpulver, das durch Wellen, Monde und Morgensterne gegangen war, gegessen hatte, blieb er verschwunden.
Wir warteten einen Monat ab. Danach gingen wir zu ihm nach Hause, einem Einfamilienhaus im Kypseli-Viertel, und klingelten. Keiner machte auf. Eine Nachbarin sagte, dass er weg sei, umgezogen. In seinen früheren Stammlokalen, wo er zum Kartenspielen hinging, hatten sie ihn in letzter Zeit auch nicht gesehen. Das Geschäft mit den Käsetaschen und dem Eis in der Waffel, das er in der Panepistimiou-/Ecke Ippokratous-Straße eröffnet hatte, war ebenfalls geschlossen. Jemand sagte, er sei pleitegegangen und habe sich versteckt, ein anderer, er sei wohl gestorben … durch eine Vergiftung, von diesen schmierigen Käsetaschen, die er in seinem Geschäft verkaufte.
Meine Mutter erschrak. Ich bin mir sicher, sie dachte, dass wir ihn vergiftet hatten. Ich dachte das auch. Doch wir sprachen nicht dar-

über. In den nächsten zehn Jahren machte meine Mutter kein einziges Baklava. Wir mussten erst zweitausend Kilometer entfernt sein und weit weg von Athen Fuß gefasst haben, bis sie wieder ein Baklava machte.

Zehn Hüte für zwei Pässe

Nachdem wir uns dazu entschlossen hatten, nach Deutschland zu gehen, fragten wir uns, wie wir an Reisepässe kommen sollten. Da fiel meiner Mutter Matina ein. Sie war ihre beste Kundin. Ihre Wohnung lag im noblen Kolonaki-Viertel. Ich war stets beeindruckt von der schönen Veranda mit der Hollywoodschaukel aus Schmiedeeisen und den vielen Blumentöpfen. Als meine Mutter schwanger war, hatte Matina verkündet, dass sie die Patenschaft übernehmen würde. Meine Mutter wollte nichts lieber als das. So bekam ich mit Matina eine Patentante, die wohlhabend war und die Sommer wie Winter Hüte trug. Sie bestellte bis zu zehn Hüte pro Saison. Matina mochte meine Mutter und wollte immer erfahren, was gerade bei ihr los war. Vor allem bewunderte sie, dass es ihr so gut gelang, sich um die Ausbildung ihrer Tochter zu kümmern, und das, obwohl sie doch behindert war, wie sie betonte. Mich hat sie nie danach gefragt, wie ich mit meiner Mutter fertig wurde. Sie brachte mir aber viele Geschenke mit und fragte immer, wie es mir in der Schule ginge. »Und mit dem Französischen? Bravo, bravo! Und Englisch lernst du auch? Bravo, bravo!«

Matina kochte uns Kaffee, setzte sich zu uns und versuchte, mit meiner Mutter zu reden. Meiner Mutter fiel es sehr leicht, die Silben von den Lippen zu lesen, es reichte, wenn man sich bemühte, langsam und deutlich zu sprechen. Unmöglich wurde es, wenn jemand stocksteif war und es peinlich fand, den Mund auf und zu zu machen und dabei Grimassen zu schneiden, oder wenn er Angst hatte, Falten zu bekommen oder die steife Haltung aufzugeben. Matina hatte Angst vor Falten, und es wurde ihr schnell alles zu viel.

»Ach, deine Mutter ist zu anstrengend für mich, sie versteht mich nicht, sag du es ihr.« Dann übernahm ich die Rolle der Dolmetscherin.

»Weißt du noch, wie ich dir früher immer ein Blatt Papier gegeben habe, wenn du mit deiner Mutter kamst, damit du die Bestellungen aufschreibst? Weil ich wollte, dass du alles aufschreibst, um sicherzugehen, dass deine Mutter genau versteht, was ich will: welches Modell, die Farbe, die Maße und die Stoffqualität.«
Meine Mutter, also ich, sprach mit ihr über den Grund unseres Besuchs. Matinas Mann hatte früher im Außenministerium gearbeitet. Früher, das heißt, bevor die Junta kam. Danach hatten sie ihn entlassen, aber er wüsste bestimmt, an wen man sich wegen Pässen wenden musste und wie die ganze Prozedur ablief.
»Da drinnen sitzen jetzt lauter Militärhengste, sagt mein Mann. Simeonidis heißt einer, ein Major aus Kalamata, der fragt meinen Mann ständig, wie dies und jenes geht, und vor Kurzem haben sie uns sogar zu sich nach Hause zum Essen eingeladen. Das heißt, irgendetwas wollten sie von meinem Mann, etwas Dienstliches, und dieser Simeonidis fragt ihn nach seiner Meinung, weil er doch so viel Erfahrung mitbringt. Und mein werter Gemahl, der steht immer mit Rat und Tat bereit, statt ihn zum Teufel zu schicken. Er fühlt sich wohl geschmeichelt, weil er gebraucht wird … Ah, ich habe eine gute Idee! Ich werde seine Frau anrufen. Bei diesem Abendessen war sie nämlich ganz verrückt nach meinem Hut, woher ich ihn hätte und ob sie ihn mal aufsetzen dürfe. Also, ich kümmere mich jetzt darum, dass ihr Mann euch zwei Reisepässe besorgt. Auf dem kleinen Dienstweg. Deine Mutter soll ihr Hüte machen. Ich werde sie fragen, wie viele. Verstehst du? Sag das jetzt deiner Mutter.«
Sag das jetzt deiner Mutter. Wie oft hatte ich das gehört und würde es noch hören, dieses … *Sag das jetzt deiner Mutter*.
In den kommenden Wochen fand bei uns zu Hause die reinste Arbeitsorgie statt. Meine Mutter tat ihr Bestes, um zehn ihrer schönsten Hüte anzufertigen. So viele wollte die Frau Majorin nämlich haben. Sie rechnete sich aus, dass sich für sie mit diesen Hüten auf dem Kopf die Türen zur besseren Gesellschaft von Athen öffnen würden.

Unsere Wohnung sah wie ein richtiges Hutgeschäft aus, so wie früher das Atelier von Tante Aliki. Sie hatte das Geschäft vor einigen Monaten aufgegeben und lebte nun mit ihrem Mann und ihrem kleinen Sohn auf Zypern. Ihr Mann lehrte dort Mathematik an einem griechischen Gymnasium. Tante Aliki hatte beschlossen, sich ganz ihrem Sohn zu widmen, der oft kränkelte. »Auf Zypern ist es einfach wärmer, das wird ihm gut tun«, hatte sie gemeint und nicht gezögert, ihren Laden zu schließen, der in dem kleinen Stadtviertel schon eine Institution war.

Im Schaufenster posierte auf einer Gipspuppe immer der jeweilige Lieblingshut meiner Mutter, das exquisiteste Stück der aktuellen Produktion der beiden Schwestern. Normalerweise waren es Bestellungen für Hochzeiten. Meine Mutter mochte diese Aufträge sehr, weil sie dann mit den teuersten Materialien hantieren konnte, mit Samt und Satin, Flor und Schleiern, Seidenblumen und Bändern, die ihre Phantasie beflügelten und ihre Hände zu den schönsten Modellen verführten.

Die einfachen Alltagshüte ruhten auf Holzständern in den Regalen des Ladens. Obwohl meine Mutter und ihre Schwester aus einem Dorf kamen, hatten sie einen unvergleichlich guten Geschmack, was die Zusammenstellung von Farben und Stoffen anging. Meine Mutter fühlte sich wohl an der Seite von Tante Aliki. Von dem Geld, das sie verdiente, kaufte sie Stoffe, entwarf sich ihre eigenen Kleider und ließ sie sich dann bei der Schneiderin nähen. Sie war eine der bestgekleideten Athenerinnen, obwohl sie überhaupt nicht wie eine Athenerin aussah. Mit ihren blonden Haaren wirkte sie wie eine Tschechin oder Schwedin. Sie war groß, von schlanker Gestalt und immer elegant angezogen. Wenn wir gemeinsam auf der Straße spazierten, wurde ich oft gefragt: Kommt die Dame aus dem Ausland? Das nervte, aber ich erklärte es dann. Doch mit der Zeit antwortete ich immer öfter, dass sie tatsächlich eine Ausländerin sei und kein Griechisch spreche. Wenn ich einfach nur sagte: *»Nein, sie ist keine Ausländerin«*, dann machten die anderen weiter: *»Ja, aber warum spricht sie dann mit Akzent? Und die blonden Haare? Die blauen Au-*

gen?« Ich vermied es zu sagen, dass sie gehörlos war oder dass sie *nur* gehörlos war. Ich ging einfach weiter, ohne etwas zu sagen, so als wäre ich auch Ausländerin. Meine Mutter sah nicht nur fremd aus, sie ging auch durch ihr Leben, als sei sie ganz woanders. Als ginge sie durch einen unbekannten Wald, in dem die Menschen stille Bäume waren, die zur Landschaft einfach nur dazugehörten. Sie schenkte den Menschen keine Beachtung. Sie achtete nur darauf, nicht über sie zu stolpern. Das Einzige, das sie in dieser Landschaft interessierte, war ich.

Vom Wert der Dinge

Nach dem Tod ihrer Mutter und ihres Vaters fuhr meine Mutter einmal im Jahr nach Kymi und blieb dort zwei, drei Monate. Sie fuhr Anfang September hin, um die Feigen zu ernten, sie zu trocknen und Marmelade zu kochen. Später sammelte sie bis in den November hinein Oliven. Ich fuhr mit ihr mit und wurde für diese Zeit in der kleinen Schule von Kymi eingeschrieben. Sie wiederholte oft, wenn sie müde war, dass sie das Haus ihrer Eltern verkaufen sollte, aber jedes Mal, wenn sie dort war, blühte sie auf. Sie öffnete die Fensterläden, fegte den Staub aus den Zimmern, lief barfuß über die Steinplatten, schrubbte die Terrassen, spritzte mit dem Gartenschlauch alles ab und tapste mit ihren großen Füßen vergnügt über den nassen Boden. Sie war glücklich wie ein kleines Kind. Das war deutlich zu sehen. Dieses Haus machte sie glücklich, weil es ganz allein ihr gehörte. Sorgfältig hütete sie alles, was sie an ihre Kindheit erinnerte, und wickelte es in zwei Lagen Papier ein. Im Keller verwahrte sie den Webstuhl mit allem Zubehör, neben Weinfässern, Marmorplatten und Steinbassins, einer Federwaage, mit der die Olivenöl-Kanister gewogen wurden, und einer Balkenwaage für die Walnüsse und die Feigen.

Am wichtigsten war die Erinnerung an ihre Mutter, und sie schenkte den gerahmten Familienfotos große Aufmerksamkeit. Damit sie nicht von der Sonne ausgeblichen wurden, packte sie sie in Zeitungspapier ein und hängte sie mit dem Gesicht zur Wand. Nie packte sie die Fotografien aus. »Für diese kurze Zeit«, sagte sie, »lohnt sich das nicht.« Aber auch wenn sie drei Monate blieb, ließ sie die Fotos dort so hängen, mit dem Gesicht zur Wand. Ich wickelte sie aus, als meine Mutter gestorben war, und es ist mir immer noch gleichgültig, ob sie ausbleichen oder ob sie es überleben und in die

dritte und vierte Generation übergehen. Es genügt, wenn ich sie sehe. Meine Mutter wollte in dem Haus in Kymi nichts verändern. Vielleicht hatte sie Angst, die Geister zu wecken.
Mama, sollten wir den ganzen Krempel aus dem Keller nicht wegwerfen?
Nein, die Sachen bleiben dort, die haben ihren Wert.
Mama, sollten wir nicht endlich eine Toilette einbauen, mit Kloschlüssel und Bidet, damit wir nicht mehr aufs Plumpsklo müssen? Sie schaute weg.
Letztendlich passierte nichts. Meine Mutter mit ihrem feinen Geschmack für Pariser Hüte mit hauchzartem Tüll, mit den eleganten Kleidern und den Schneiderinnen, sie wurde in ihrem Dorf zur Bäuerin. Alles sollte so bleiben wie in ihrer Kindheit.
Sie liebte es, wenn sie die Leute im Dorf auf der Straße erkannten und sie grüßten. Ein paar Frauen erklärten ihr, dass sie entfernte Cousinen seien, Kinder von der und der Tante, die eine Cousine der Schwester der Großmutter meiner Mutter war, und dass ihnen meine Mutter früher einmal Hüte geschenkt habe. Meine Mutter verschenkte Hüte an alle. Hüte für Kinder, Hüte für ältere Frauen. Hüte waren das, was sie immer hatte. Die entfernten Verwandten, die sie traf, lobten sie immer für ihre Tochter, für ihre Rolle als Mutter, so als würden sie nicht erwarten, dass eine gehörlose Frau auch Mutter sein kann, und sie wiederholten ihre Bewunderung für ihr hübsches Kindchen. Das Kindchen war ich, und ich stand neben meiner Mutter und neben mir selbst und übersetzte. *Du sollst deine Mama immer lieb haben, bei all dem, was sie für dich tut!* Diesen Satz hörte ich oft.

Auf den Feldern mit den Olivenbäumen war meine Mutter in ihrem Element. Dort gab es auch einige Feigen- und Walnussbäume. Meistens von den Alten gepflanzt, um die Begrenzungen des Feldes zu markieren. »Dort, wo der Walnussbaum steht, hört unser Feld auf. Auf der anderen Seite ist das Feld von Tante Vangelini«, sagte sie zu mir, und sie sagte es jedes Mal, wenn wir auf diesen Feldern waren, denn sie wollte, dass ich mich daran erinnerte, sie war besorgt, dass ich all das vergessen könnte, wenn sie nicht mehr da wäre. Ich muss gestehen, dass ich mich bei ihren Erläuterungen fürchterlich langweilte und große Schwierigkeiten hatte, mir alles zu merken. Immer nahm sie einen ihrer vielen Körbe mit und pflückte Feigen von unseren Bäumen oder sie klaute Königsfeigen von den fremden Bäumen. »Das sind Königsfeigen«, sagte sie, »die sind leckerer als unsere eigenen«, aber ich war mir keineswegs sicher, ob sie wirklich besser waren oder ob sie nur besser schmeckten, weil sie geklaut waren. Wenn meine Mutter über das Feld rannte, waren ihre Füße eins mit der Erde. Sie schaute ihre Bäume an, als würde sie deren Sprache verstehen. Sie wusste immer, ob sie in diesem Jahr reichlich Oliven tragen würden, sie jammerte, dass das viel Arbeit für sie bedeutete, aber sie freute sich auch, dass es ihr viel Olivenöl einbringen würde. Wenn die Oliven nicht genug Öl hergaben, jammerte sie noch mehr. Ihre Widersprüchlichkeiten verwirrten mich. Während ich dachte, dass sie im Dorf immer viel glücklicher war, behauptete sie das Gegenteil. Es gefiele ihr nicht im Dorf, sagte sie, und dass sie nie dort leben könne, weil im Winter vor lauter Feuchtigkeit das Wasser von den Wänden liefe und regelrechte Bäche von den Dächern stürzten, weil die Straßen sich in Flüsse verwandelten und alles dunkel sei. »Nicht einmal einen Ofen gibt es im Haus! Aber zum Glück gibt es die Petroleumlampen meiner Mutter«, sagte meine Mutter und hatte überall in den Schubladen Streichholzschachteln griffbereit. Und auf den Regalen standen Kerzen, falls das Petroleum einmal ausgehen sollte.

Wolkenschleier und Perlenspitze

Beladen mit Hüten gingen wir ins Kolonaki-Viertel und klingelten in der Anagnostopoulou-Straße bei Matina. Sie kam herunter, rief ein Taxi, und wir fuhren Richtung Messogion-Straße, um zu liefern. Zehn Hüte für den Herrn Major, der uns dafür die Pässe geben würde. Die Hüte waren fertig, und sie waren herrlich. Meine Mutter hatte ihre ganze Kunst hineingelegt und sie über Gebühr sorgfältig gearbeitet: Florentinerhüte mit Seidenbändern, andere mit Frühlingsblumen, Hüte aus Velours mit duftigen Wolkenschleiern, die mit der Perlenspitze einer Anstecknadel befestigt waren, Hüte aus teurem Satin, drapiert mit leichten Seidenstoffen, deren Enden im Wind flatterten, kleine Barette aus Samt mit zwei Blümchen über dem Ohr, wunderbare, einzigartige Hüte. Ich hätte zu gern gesehen, wie Frau Majorin sie bei den Festen der Militärs trug, wie sie die eleganten Hüte, die meine Mutter mit ihren geschickten Händen geschaffen hatte, vor den versammelten Landpomeranzen, Schwiegermüttern und anderen provinziellen Schwestern und Cousinen von Herrn Major, allesamt grobschlächtig und plump, vorführte. Und woher sollte Frau Majorin wissen, wie sie diese wunderbaren Hüte mit dem Schleier zu tragen hatte? Und den einen mit dem filigranen Federkranz? »Wo ist vorn und wo ist hinten?«, fragte ich meine Mutter. »Sollen ihr doch die Augen aus dem Kopf fallen, bis sie es herausfindet«, sagte sie vergnügt.

Zehn Hüte für zwei Pässe. Madame Matina hatte mit dem Herrn Major alles geregelt. Sie hatte ihm einen Zettel mit unseren Namen gegeben, dazu unsere Fotos, und einen Termin vereinbart. Wir würden uns am soundsovielten des Monats um soundsoviel Uhr in der Messogion-/Ecke Papagou-Straße treffen. Und natürlich geschah alles unter dem Siegel der absoluten Verschwiegenheit. Das griechische Wort dafür, *echemythia,* kam mir auf einmal wie etwas Uraltes vor, wie ein Reptil oder eine urzeitliche Schildkröte.

Meine Mutter und ich trugen vier große Taschen. Wir blieben in der Papagou-Straße an der Bushaltestelle stehen. Er kam in Zivil, den Filzhut ins Gesicht gezogen. Ein kleines Männlein, das nervös verstohlene Blicke um sich warf. *Aha, das war also der Herr Major! Und vor dem machten sich die Bataillone in die Hose?*
Das Männlein übergab den Umschlag mit den Reisepässen Madame Matina – an uns richtete er kein einziges Wort – und flüsterte ihr zu, dass wir warten müssten, bis fünf Minuten vergangen wären. Danach sollten wir die vier Taschen an der Haltestelle abstellen und gehen. Er würde in einiger Entfernung warten und sie dann holen. Niemand dürfe sehen, dass er etwas von uns entgegennahm. Wir müssten verschwinden, ohne uns umzudrehen und zurückzuschauen.
Ich dachte an Sodom und Gomorra, und es schauderte mich. Madame Matina händigte uns den Umschlag mit den beiden Pässen aus, gab einem Taxi ein Zeichen, stieg ein und verschwand. Sie fragte uns nicht einmal, ob wir wollten, dass sie auf uns wartete, damit wir mit ihr zusammen ins Zentrum zurückfuhren, nichts, rein gar nichts. Sie machte sich aus dem Staub, als sei ihr das alles furchtbar lästig. Irgendwie verstanden wir sie sogar. Nach fünf Minuten stellten wir die Taschen ab und gingen schnellen Schrittes zur nächsten Bushaltestelle des Bezirks Cholargos. Wir drehten uns nicht um, um nicht zu Salzsäulen zu erstarren, und ich drückte die Hand meiner Mutter und zog sie hinter mir her, weil ich Angst hatte, dass sie sich doch umdrehen könnte. Ich wusste, wie neugierig und widerspenstig sie war. In diesem speziellen Fall beugte sie sich aber den Notwendigkeiten. Ja, noch mehr, mit jedem Schritt besserte sich ihre Laune. Schnurstracks ging sie auf die Konditorei an der Ecke der fünften Haltestelle von Cholargos zu und zog nun mich hinterher. Sie wusste, dass die Konditorei für ihr Eisparfait bekannt war, und sagte, wir sollten feiern und in Ruhe unsere Pässe begutachten. Zuerst nach München, besprachen wir. Später dann vielleicht nach Paris.

Am nächsten Tag bestand meine Mutter darauf, zur Buchhandlung Kauffmann zu gehen, um eine Deutschlandkarte zu kaufen. Zu Hause breiteten wir die Karte auf dem Tisch aus und suchten das Wort München im Süden Deutschlands. Das kannten wir. »Die Alpen!«, rief meine Mutter. Unsere Phantasie galoppierte mit uns davon, und wir waren bereit, uns in das große Abenteuer zu stürzen, das da hieß: Europa.

Schwersüße Abreise

Am 20. Februar 1970 nahmen meine Mutter und ich den Zug vom Bahnhof Larissis nach München; zwei Tage und eine Nacht zusammen mit vier anderen Auswanderern in einem Abteil, das vollgepackt war mit Kisten, Koffern und Körben.
Meine Mutter hatte für die Fahrt kleine Tüten mit Brot, Schafskäse, Hackfleischbällchen mitgenommen, Hühnchen in Ölpapier und eine große Flasche Wasser. Es gab auch etwas Süßes: zwei Stück Ravani, ein Maisgrießkuchen mit Sirup getränkt.

Ravani machte meine Mutter, seitdem sie das Baklava hatte sein lassen, und weil sie auf diese Errungenschaft stolz war, bot sie mir gleich davon an. Nein, ich hätte jetzt keinen Hunger, »morgen«, vertröstete ich sie. Dann schaute ich aus dem Fenster. Ich war lustlos und traurig. Aber auch sie hatte keine Lust auf lange Gespräche. Wir schwiegen. Bei Katerini stiegen zwei aus, offenbar keine Auswanderer, und nahmen ihr Gepäck mit. Wir atmeten erleichtert auf, schafften es aber nicht, uns auszubreiten, denn da betrat schon ein dicker Pope das Abteil, setzte sich geräuschvoll hin und musterte uns einen nach dem anderen. »Ich fahre zur Taufe meiner Nichte nach Thessaloniki«, sagte er zu uns, ohne dass wir ihn gefragt hätten. Der Pope wollte Unterhaltung. Bald fragte er mich, ob wir nach Deutschland fuhren, und als ich nickte, fragte er, ob wir einen Arbeitsvertrag mit einer deutschen Firma hätten. »Nein, haben wir nicht«, antwortete ich knapp. »Familie in Deutschland?«, fragte er noch einmal hartnäckig. »Auch nicht«, sagte ich ohne weitere Erklärungen und wandte mich ab. Danach tat ich so, als würde ich schlafen. Dass der Zug den Olymp hinter sich gelassen hatte, erfuhr ich aus dem Gespräch der anderen. Die Abenddämmerung wurde dichter. Wann der Pope ausstieg, habe ich nicht mitbekommen. Gegen Mitternacht kamen die Grenzbeamten durch die Waggons, Jugoslawen und Griechen. Sie kontrollierten Pässe und Gepäck, öffneten Koffer und Kartons einiger Passagiere. Unsere zum Glück nicht, denn wir befürchteten, dass sie die schönen Hüte, die wir dabei hatten, konfiszieren würden. Der Zug fuhr weiter, und wir passierten die letzten griechischen Posten. Draußen tiefe Dunkelheit. Unendlich oft hielt der Zug an kleinen, ärmlichen Bahnhöfen mit schlechter Beleuchtung und Bänken, auf denen schlafende Menschen lagen. Meine Mutter und ich saßen uns gegenüber. Wir zogen unsere Sitze etwas vor, sodass die Rückenlehne geneigt wurde, damit wir bequemer schlafen konnten. Von Schlaf konnte bei mir jedoch nicht die Rede sein. Das abrupte Bremsen, das quietschende Anfahren des Zuges machte mir Angst. *Wer weiß, wie lange wir in Deutschland bleiben werden? Ob wir eine Arbeit finden? Eine Wohnung? Unser Geld ist gezählt, 800 deutsche Mark Devisen, mehr haben sie uns nicht erlaubt. Wie lange kommt man mit 800 Mark in München aus?* Meine Mutter merkte ab und zu, dass ich noch wach lag, und machte mir Zeichen, dass ich doch schlafen solle und dass ich mir keine Sorgen zu machen bräuchte. Dann ließ ich mich vom rhythmischen Geräusch der Bahnräder endlich in den Schlaf wiegen.

Beim ersten längeren Halt am nächsten Morgen wurden wir alle schlagartig wach, denn plötzlich füllte sich der Zug mit jugoslawischen Soldaten. Meine Mutter beschloss, dass wir nun erst einmal in Ruhe frühstücken sollten. Sie holte die Plastiktüte mit ihrem Ravani hervor und überredete mich, ein Stück davon zu nehmen. Der Sirup triefte mir von den Fingern, wie ich es schon befürchtet hatte. Ich ärgerte mich, kämpfte mich durch das Gedränge zur Toilette, um meinen Pulli vor den Siruptropfen zu retten, doch da gab es kein fließendes Wasser, dafür eine Überschwemmung auf dem Fußboden. Bei so vielen Soldaten waren die Toiletten verstopft.
In der Zwischenzeit hatte es meine Mutter mit Müh und Not geschafft, meinen Platz gegen einen serbischen Greis mit Hirtenstab zu verteidigen. Sie feuchtete ein Tuch an, um mir den Sirup von den

Fingern abzuwischen, während sie gleichzeitig dem Alten auf Griechisch zurief, dass der Platz besetzt sei und er es nicht wagen solle, sich zu setzen, weil wir bis nach München dafür bezahlt hätten. Wie sie das rief? Erschreckend und furchterregend! Auf ihre atonale Art. Der Serbe rief so ähnlich. Nachdem meine Mutter in diesem Kampf den Sieg davongetragen hatte, schob sie die Tasche mit dem Essen unter ihren Sitz, und dann hatte sie Lust, sich zu unterhalten. Alle im Abteil beäugten uns neugierig. Ich drehte meinen Kopf zum Fenster und schaute nach draußen. Ich hasste dieses Mitleid in den Blicken. Sie fragte mich, ob ich gut geschlafen hätte.

»Nein, ich hatte Alpträume«, erwiderte ich. »Dass uns das Geld ausgehen wird und dass wir keine Arbeit finden.«

»Wir werden sofort Arbeit finden, und eine Wohnung sowieso«, antwortete sie, und sie schien nicht beunruhigt zu sein. »Alles wird gut gehen«, wiederholte sie voller Zuversicht und klopfte mir aufmunternd aufs Knie. »Wir haben es immer geschafft. Arbeit gibt es genug in Deutschland, das sagen alle. Wenn ich arbeiten kann, habe ich keine Angst«, sagte sie und schaute aus dem Fenster.

TEIL 2

»Mich faszinieren Gespräche zwischen Menschen,
die sich nicht hören können.«
RAYMOND CARVER

München-Hauptbahnhof

»Gibt es hier denn kein Weißbrot? Frag doch mal nach Weißbrot!« Nein, ich wollte nicht fragen. Denn das bedeutete für mich: heraus aus meiner eigenen Sphäre, hinein in eine andere, fragende Blicke aushalten, antworten müssen, die Antwort weitergeben.
Meine Mutter kümmerte sich nicht um meine Sphäre. Das waren für sie Nebensächlichkeiten. Sie ging die meisten Dinge eher im Groben an. Sie begriff nur eine einzige Dimension: alles, was sichtbar war, und wie weit sich der Mund öffnete, um A und O zu sagen. Danach stellte sie ständig Fragen und hörte sich Meinungen an. Nur so konnte sie verstehen, wie die Dinge funktionierten. Durch die vielen Meinungen bildete sie ihre eigene. Wenn man nicht hören kann, fehlen einem Informationen, und man will pausenlos Fragen stellen. Ich sagte ihr, dass wir zunächst selbst versuchen sollten, eine Lösung zu finden, und dass die dauernde Fragerei überflüssig sei. »Ja, aber Fragen kostet nichts«, antwortete sie. Was nichts kostete, war für meine Mutter von Bedeutung. Die vielen Fragen hatten auch mit ihrem stark ausgeprägten Misstrauen zu tun: Und wenn uns einer reinlegen will? Und wenn er einfach Blödsinn erzählt? Lieber noch jemanden fragen.

In München wurde mir schon am ersten Tag bewusst, dass ich hier ständig würde fragen und erklären müssen. *Nein, ich frage nicht!* Wo es doch klar war: Weißbrot gab es ganz offensichtlich nicht, jedenfalls kein weißes Stangenbrot, das einem französischen Baguette ähnelte, so wie wir es aus Athen kannten. Der Mangel an Baguette war für mich ein Zeichen für den provinziellen Charakter der neuen Stadt, ein Mangel an Offenheit. Vielleicht war es aber auch nur ein Zeichen für den Einfluss der französischen Kultur auf das Athen der sechziger Jahre oder ein Zeichen dafür, dass ich Heimweh hatte.

Ich deutete mit dem Finger auf ein etwas helleres Brot. »Das hier?«, fragte mich die Verkäuferin und zeigte auf dasselbe Brot. Sie merkte, dass wir Ausländerinnen waren, »gut, gut, das sehr gut«, sagte sie, und sie erinnerte mich an meine Grundschullehrerin, die aus unserem ersten Schulbuch immer laut vorlas: »Lola, komm, da ist das Brot, Lola, komm, das Brot ist gut«, und sich generell darum bemühte, dass wir etwas begriffen. Seitdem war es mir zuwider, wenn sich jemand darum bemühte, dass ich etwas verstand. Jemandem etwas begreiflich machen, das war etwas, was ich seit meiner Kindheit nur zu gut kannte. Jetzt nickte ich, und die junge Verkäuferin packte das Brot ein, ich bezahlte und zerrte meine Mutter aus dem Geschäft. »Aber haben die hier denn kein richtiges Weißbrot?«, beschwerte sie sich. Ich holte tief Luft, sie blieb mir im Hals stecken. Immer blieb mir der Atem im Hals stecken, wenn meine Mutter laut fragte. Drei Damen, die in Miniröcken und Netzstrümpfen auf hohen Absätzen auf dem Bürgersteig vor einem dunkelrötlichen Eingang standen, drehten sich unwillkürlich zu uns um. Sofort war ich bereit zur Verteidigung. Ich blieb stehen und begann sie herausfordernd von oben bis unten zu mustern. Auch meine Mutter starrte sie an. Wir waren zwei eigenartige feindliche Lager. Die Stille zwischen uns wurde nur durch das Knistern des Papiers gestört, in das das Brot eingepackt war. Meine Mutter hatte das Papier aufgerissen und brach sich einen Brocken Brot ab. Während sie kaute, reichte sie mir auch ein Stück. Es waren die gleichen Handbewegungen wie in Athen, wenn wir zum Bäcker gingen, der gerade das warme Brot aus dem Ofen geholt hatte. Wir kauten auf dem Brot herum und stellten fest, dass es anders schmeckte als das in Athen. Dieses hier war kalt und zäh. »Richtig eklig!«, schimpfte meine Mutter, »aber jetzt mal ehrlich: Können die denn hier kein normales Brot backen? Die Deutschen sind doch bekannt für ihr gutes Brot.«
»Nächstes Mal kaufen wir das Schwarzbrot«, erwiderte ich mit Gesten und Lippen. Die drei halbnackten Frauen hatten die Augen weit aufgerissen. Sie wunderten sich wohl, dass wir so merkwürdig sprachen, und versuchten zu verstehen, in welcher Sprache wir redeten und ob die eine taub war und die andere stumm.

Meine Mutter zuckte die Achseln und ging weiter zum Eingang des Hotels, in dem wir wohnten.
Mit dem Brot in den Händen wanderten wir an der Rezeption vorbei in Richtung Fahrstuhl. Der Portier beobachtete uns neugierig, bis sich die Fahrstuhltür hinter uns schloss.

Es war unsere zweite Nacht in diesem Hotel.
»Geht rüber in die Schillerstraße! Dort gibt es billige Hotels«, hatten uns ein paar von unseren Landsleuten geraten, die am Eingang des Hauptbahnhofs herumstanden. Wir waren gerade erst angekommen und liefen mit unseren Koffern in der Hand verloren durch die Halle. Unsere Mitreisenden, die mit Arbeitsverträgen gekommen waren, wurden mit einer Flüstertüte auf Griechisch aufgerufen, sich in das Untergeschoss des Bahnhofs zu begeben.
»Wir auch?«, fragte ich den Griechen mit der Flüstertüte.
»Habt ihr denn einen Arbeitsvertrag? Dorthin werden nur diejenigen geschickt, die dann weiter müssen: nach Stuttgart, Frankfurt, Köln, Hamburg und anderswohin.«
Aha. Diejenigen, die in München bleiben sollten, um bei BMW, Siemens, Kodak, Agfa und MAN zu arbeiten, mussten sich in einer Ecke versammeln und auf den Bus warten. Einen Moment lang schauderte es mich. Die Menschenschlangen mit Koffern, Kisten und Körben erinnerten mich an Bilder des Krieges und der Flucht.
Meine Mutter und ich gingen weiter in die Mitte des Bahnhofs, denn wir hatten keinen Vertrag mit irgendeiner Firma. Niemand interessierte sich für uns. Einen Seiltänzer-Vater gab es auch nicht. Nur meinen Caruso würde ich hoffentlich schon bald wiedersehen.
Kurz vor dem Hauptausgang stießen wir auf verschiedene Grüppchen. Ich spitzte die Ohren. Sie sprachen Italienisch, Spanisch, aber auch andere Sprachen, die ich nicht verstand. Wir wandten uns an die Griechen und fragten sie nach billigen Hotels. Sie wollten zu gern mehr über uns erfahren, wo wir herkamen, wo wir hinwollten, ob wir vor der Junta geflüchtet waren und so weiter. Doch meine Mutter wollte sich nicht auf ein Gespräch einlassen. Sie fragte mich

nicht einmal, was sie sagten. Sie betrachtete sie wie einen Wald, drehte ihnen den Rücken zu, und wir gingen weiter. Ich beruhigte mich, denn so bekamen sie nichts von unserem Makel mit, und ich musste keine merkwürdigen Blicke aushalten.
Schiller kannte ich aus der Schule. Doch ich konnte mir nicht vorstellen, dass er jemals in Begleitung von drei Damen in superkurzen Lederröcken und Netzstrümpfen war, die vor Läden mit verdächtigen roten Lichtern und Nacktfotos standen. Das Hotel war jedenfalls wirklich billig.

Am nächsten Tag beschlossen wir, das Viertel, in dem die Universität lag, zu durchforsten, in der Hoffnung, dort Schilder mit der Aufschrift *Zu vermieten* zu finden.
Ein älterer Mann mit kurzer Lederhose, Hosenträgern, Kniestrümpfen und festem Schuhwerk hatte sein Auto vor einer Einfahrt geparkt und staubte die Ledersitze ab. »Frag mal«, sagte meine Mutter, genau, wie ich es immer befürchtete. Schließlich fragte ich. Als der Mann sich um eine Antwort bemühte, begriff ich als Erstes, dass es einen bayerischen Dialekt gab, der mir Schwierigkeiten bereitete, und zweitens, dass Mietangebote in der Zeitung standen, und zwar bei den Anzeigen der Maklerbüros. Meiner Mutter klappte die Kinnlade herunter. Makler? In Athen hing doch an jeder Tür ein *Zu vermieten*-Schild. »Das ist hier bestimmt verboten, weil es unschön aussieht. Hier sorgen sie dafür, dass die Wände sauber bleiben«, sagte ich zu meiner Mutter. »Ach was! Hier ist die Hochburg des Kapitalismus!«, antwortete sie. »Natürlich will der Makler auch seinen Anteil!«
Ich war genervt. Immer war ich von meiner Mutter genervt, wenn sie mit ihrer Kapitalismuskritik anfing.
Am Nachmittag gingen wir in unser Hotelzimmer und breiteten die Zeitung auf dem Bett aus. Ich ließ mich auf den Bauch fallen und kreiste die Anzeigen ein, die für uns infrage kamen.

Stachus – das Tor zur Stadt

»Der Stachus ist … hier …«, sagte der ältere Herr an der Rezeption des Hotels und zeichnete mit einem Bleistift einen Kreis auf den Stadtplan. »Und hier ist das Hutgeschäft in der Kaufingerstraße.« Auch das kreiste er ein.

»Sta-chus«, dieses Wort kam mir fast griechisch vor.

Ich murmelte es vor mich hin, bis wir dort ankamen, eine Kreuzung, groß wie ein Platz, mit einer weiträumigen Baustelle in der Mitte, die von Bauzäunen umgeben war, über die die Metallarme kleiner und großer Kräne herausragten. Die Passanten wurden durch hölzerne Absperrungen auf eine stabile Treppe geleitet. Nur so konnten wir auf die andere Seite der Kreuzung gelangen. Wir stiegen die Treppe hoch, gingen über die Holzbrücke und sahen von oben die breite Sonnenstraße. Unter uns klaffte eine riesige Baugrube, voll mit Fahrzeugen, Betonmischern, Lastendreirädern voller Erde, Holzstützen und gewaltigen Baggern. Überall Männer mit orangen Helmen, Presslufthämmern und Spaten in den Händen. Riesengroße Schilder gaben Auskunft über das Tiefbauprojekt: Rechtzeitig vor Beginn der Olympischen Spiele von 1972 sollte die U-Bahn eröffnet werden. Ich war richtig stolz, dass ich diese historischen ersten Schritte in München miterleben durfte. In Athen hatte ich schon als kleines Kind die Erwachsenen vom Traum einer Athener U-Bahn schwärmen gehört. Die meisten waren sich sicher, dass die Stadt nur durch eine Untergrundbahn vor dem Verkehr und den Abgasen gerettet werden konnte. Andere waren jedoch der Meinung, dass eine U-Bahn in Athen die antike Stadt unter der Stadt zerstören würde.

Während wir über die Brücke gingen, stieß mir meine Mutter mit dem Ellbogen leicht in die Seite und zeigte auf die beiden Türme der Frauenkirche, die vor unseren Augen gen Himmel ragten. »Wie schön die sind«, rief sie, »wie glänzende Zwiebeln oder orientalische Fese. Oder wie große Brüste!« Ich blickte zu den Glockentürmen und dann automatisch wieder nach unten, wo die Baugrube mit den gelben Männchen und den orangen Helmen klaffte. So, wie sie dort versammelt waren, mit den Presslufthämmern in ihren Händen, kam es mir vor, als ob sie mitten in das Herz der Stadt hineinbohrten. Ratta-ta-ta, Ratta-ta-ta, aber es war wahrscheinlich unser Herz, das meiner Mutter und meines. Was die Männer da unten betraf, riefen sie sich Sätze auf Italienisch zu. Ich wunderte mich. So viele italienische Arbeiter in der Baugrube? Ich spürte, wie mich die Hand meiner Mutter wegzog. Wir gingen mit der Menschenmenge weiter und auf der anderen Seite die Treppe hinunter. Vor uns erhob sich ein mittelalterliches Tor, dahinter begann eine belebte Straße. »Hier war früher bestimmt der Eingang zur Stadt? Wie heißt der Platz noch mal?«, fragte meine Mutter.

»Sta-chus!«, sagte ich und schrieb das Wort gleichzeitig auf ihre Handfläche. »Sta-chus«, las sie und wiederholte es: »Stachus. Und was soll das heißen?» Ich zuckte die Achseln. Ich wusste es nicht. »Wie hieß das noch mal? Sta-chus? Ach was, das habe ich doch gleich wieder vergessen.«

Sie hing an meinem Arm, während sie in der rechten Hand eine runde Schachtel aus feinem Karton trug. Das Hutgeschäft, nach dem wir suchten, lag auf der linken Seite der Kaufingerstraße, und es war leicht zu finden. »Wir sind beinahe direkt unter den aufgestellten Brüsten!«, sagte sie und lachte. Doch das, was wir im Schaufenster des Geschäfts zu sehen bekamen, war überhaupt nicht zum Lachen. Die reinste Enttäuschung. Steife Herrenhüte, Strickmützen, in Grau und Braun, und ein paar andere mit Ohrenklappen aus Fell, die unter dem Kinn gebunden wurden. In Athen hatten wir solche Hüte noch nie gesehen. »Die hier, die aus Pelz, das verstehe ich ja, hier schneit es und es ist richtig kalt. Aber die anderen? Und wo sind die eleganten Damenhüte?«, sagte meine Mutter zu mir.

»Für Damen haben wir nur Strickmützen und diese hier aus Wildleder«, erklärte uns der höfliche Angestellte des Geschäfts, als ich ihn zögernd auf Deutsch danach fragte. »Komm, zeigen wir ihm unsere Hüte«, schlug meine Mutter vor, »lass uns fragen, ob sie sie kaufen wollen. Und ob sie jemanden in ihrer Werkstatt brauchen. Fragen kostet nichts.« Schon wieder die alte Leier, Fragen kostet nichts, während uns der Angestellte bereits neugierig musterte, denn die Sprache meiner Mutter war natürlich nichts, was man verstehen konnte, sie war wie eine ausgeleierte Sprungfeder, einmal laut und einmal leise. Ich nahm meinen ganzen Mut zusammen. »Wir kommen aus Athen«, erklärte ich. »Meine Mutter hat dort als Hutmacherin gearbeitet.« Er schaute mich schläfrig an. Ich wünschte mir, im Erdboden zu versinken. Schließlich schaffte ich es, ihn zu fragen, ob sie auch Hüte anfertigten, so wie unsere, und öffnete dabei die Hutschachtel. Ich zeigte ihm die drei prächtigen Hüte, die wir mitgebracht hatten: der eine in blassem Pistaziengrün, der andere vanillefarben, der dritte in Mokka, und alle verziert mit Bändern, Blumen und zartem Tüll. Er schien beeindruckt. »Brauchen Sie denn vielleicht jemanden in Ihrer Werkstatt?«, fragte ich. Der Angestellte rief einen älteren Herrn, der im hinteren Teil des Geschäfts an einem Schreibtisch saß. Der betrachtete nun interessiert die Hüte und dann lächelte er meine Mutter an. »Hochelegant! Aber so etwas haben wir hier nicht im Angebot. Das kauft hier niemand. Unsere Kundinnen tragen Strickmützen, Baskenmützen und Pelzkappen gegen die Kälte. Ihre Hüte sind sehr extravagant! Wie aus der Pariser Haute-Couture. Wir verkaufen eine andere Art von Produkten, mehr Alltagsware, praktischer. Wir stellen Menschen ein, die Erfahrung mit unseren Maschinen haben. Sie können vermutlich nicht mit diesen komplizierten Maschinen für Mützen umgehen. Und noch etwas: Haben Sie überhaupt eine Arbeitserlaubnis?«

Ich schaute ihn an und versuchte zu verstehen, was er meinte. »Ohne Arbeitserlaubnis«, sagte er, »können Sie nirgendwo in Deutschland arbeiten.« Das erklärte ich meiner Mutter nicht, ich nickte nur und gab ihr unauffällig Zeichen, indem ich ihren Arm drückte, dass sie kein Interesse an uns hätten und dass wir gehen sollten, alles andere … draußen … später, deutete ich ihr an. Ich legte den Deckel auf die Hutschachtel, band sie zu, und wir gingen hinaus. Draußen vor dem Geschäft wollte sie alles ganz genau erfahren. Und sie unterbrach mich ständig:

»Wie jetzt? Du hättest nicht so schnell aufgeben dürfen! Komm, wir gehen noch mal hinein und du fragst, ob sie mich nicht in ihrer Werkstatt anlernen können. Ohne Geld. Und was ist diese Arbeitserlaubnis? Wozu eine Arbeitserlaubnis?«

Die Passanten gafften uns an, und ich packte sie ungeduldig am Ärmel, um sie zum Weitergehen zu bewegen.

»Zu schade!«, sagte sie, als wir uns auf den Weg in Richtung Hotel machten. »Du hast zu schnell aufgegeben!«

»Lass uns erst mal eine Wohnung finden und dann sehen wir weiter!«

»Gibt es denn keine anderen Geschäfte mit Hüten? Ist das das einzige?«

»Ich glaube, ja. Es gibt nur kleine Hutabteilungen in den großen Kaufhäusern«, sagte ich, obwohl ich auch das nicht ganz sicher wusste. Ich hatte es von dem alten Portier im Hotel gehört. Plötzlich blieb sie stehen und machte eine Kehrtwendung.

»Komm, gehen wir zu dieser großen Kirche mit den Fes-Kappen und beten zu den Ikonen. Vielleicht hilft ein Gebet zur katholischen Maria ja auch.«

Als wir wieder herauskamen, war sie enttäuscht.

»Was für eine eiskalte Kirche! Keine einzige Ikone. Und elegante Hüte haben sie hier auch nicht! Ist das die Möglichkeit? Was hast du gesagt? Hutabteilungen in den großen Kaufhäusern?«, rief sie, schüttelte den Kopf und verzog verzweifelt das Gesicht.

»Ich hatte gehofft, dass ich hier mit den Hüten eine Arbeit finden würde.«

Die Hüte waren für meine Mutter ein Wundermittel, das alle Türen öffnete. Sie verschenkte Hüte, um Leute zu schmieren, um sich jemanden zu verpflichten und Verpflichtungen einzulösen. So wie andere Leute in Griechenland ganze Kanister mit Olivenöl, Schafskäse und Ouzo verschenkten, so hatten wir die Hüte. Und schließlich hatten wir es den Hüten zu verdanken, dass es uns gelungen war, Griechenland zu verlassen und den Obristen zu entkommen.

Athen–München: 2000 Kilometer

»Hier retten uns nicht einmal unsere Hüte!«, rief meine Mutter aus, als sie feststellen musste, wie schwierig es war, in dieser Stadt eine Unterkunft zu finden.

Unsere erste Wohnung, oder besser gesagt unser erstes Zimmer, lag hinter der Universität. Den Straßennamen und die Nummer habe ich geliebt: Amalienstraße 93.

Wir hatten das ganze Viertel abgesucht, bis uns klar wurde, dass es an den Haustüren tatsächlich kein einziges Schild mit der Aufschrift *Zu vermieten* gab. Beim Gehen hüpfte ich von einer Bürgersteigplatte zur nächsten und achtete darauf, nicht auf die Ritzen zu treten. Das erinnerte mich daran, wie wir in Athen Hüpfkästchen spielten und ein »Wenn-dann-Gedankenspiel« machten. Also sprach ich mit mir: »Wenn ich auf den Rand der Platten trete, dann wird der Tag schiefgehen, wenn ich aber die Mitte treffe, dann werden wir heute Glück haben.« Ich zählte meine Schritte und dachte dabei immer, dass die Strecke Athen-München zweitausend Kilometer betrug. Wenn ein großer Schritt ein Meter war, brauchte ich zweitausendmal tausend solcher Schritte, um nach Athen zu gelangen, wo ich besser nicht hingehen sollte, denn was sollte ich dort, wo auch die Obristen meine Schritte zählten?

Zweitausendmal tausend Schritte, also zwei Millionen Schritte. Ich zog meine Mutter am Arm weiter, denn sie schaute sich um und fragte mich unaufhörlich, was hier und was dort geschrieben stand und wie die Straße hieß, und wenn ich es ihr sagte, war es ihr nicht möglich, es zu verstehen, und sie blieb stehen und holte einen Zettel aus der Tasche, damit ich es ihr aufschrieb und die Zeit verging, während mein Körper gespannt war wie ein Drahtseil. »Ich möchte, dass du mir das deutsche Alphabet aufschreibst, und wie die Buchstaben ausgesprochen werden«, sagte sie, und ich gebärdete ihr: »Ja,

aber zuerst müssen wir eine Wohnung finden und danach alles andere.« Und ließ mich erschöpft auf die niedrige Mauer eines Vorgartens in der Elisabethstraße fallen.
Die Elisabethstraße merkte sie sich sofort, weil es dort schöne Häuser gab und weil sie wie alle Griechen die Kaiserin Elisabeth, Sissi, mochte. Es war, als hätte sie bereits eine Freundin in München. »Hier, in dieser schönen Straße von Elisabeth, werden wir eine Wohnung finden«, sagte sie. Ich widersprach nicht.
Wir gingen weiter, und sie blieb oft stehen und musterte die Türmchen und die Steinfiguren. Sie stützten mit ihren Köpfen die Balkone und verzierten die Fenster. Es waren fremde, märchenhafte Wesen. Mich faszinierten die Drachen, und ich war mir sicher, dass sie uns Glück bringen würden.
»Die Drachen sind uns wohlgesonnen«, sagte meine Mutter, als hätte sie mein »Wenn-dann-Gedankenspiel« gelesen, und ich freute mich, dass wir die gleichen Gedanken hatten.

Wir kehrten in die Schillerstraße zurück, wo es keine solchen Drachen gab. Rote Lichter schon, und vielleicht lauerten die Drachen im Innern der düsteren Bars oder in den Geschäften mit den Uhren und den Transistorradios und zwischen den Schenkeln mit den schwarzen Netzstrümpfen.

Krumme Geschäfte

Die Adresse in der Amalienstraße – nach Elisabeth wurde Amalie die zweite Freundin meiner Mutter – schrieb uns der Makler auf einen Zettel, und zwar nach einem handfesten Streit mit meiner Mutter. Er hatte uns zuerst zu einem anderen Zimmer geschickt. Kaum waren wir dort mit unseren Koffern angelangt, erfuhren wir, dass es bereits vermietet war. Andere waren schneller gewesen, keiner hatte auf uns gewartet, und der Makler hatte auch keinen Anruf gemacht, um mitzuteilen, dass wir auf dem Weg waren. Wir kehrten also mit unseren Koffern und all den Taschen, Hutschachteln und Päckchen zurück in dieses widerliche Maklerbüro mit der plüschig-barocken Tapete, dem schwarzen Ledersofa, dem tieftraurigen Bücherregal und ihm selbst mit seiner goldenen Uhr hinter einem gewaltigen Schreibtisch, wo er sich in Pose warf, als wäre er der frisch gewählte Bürgermeister. Wir hatten ihm bereits 50 Mark bezahlt, richtig viel Geld für uns, und wir wollten, dass er uns eine neue Adresse gab. »Dieses Mal aber eine gültige. Oder wir verlangen unser Geld zurück!«, sagten wir zu ihm. Er aber behauptete, dass es keine andere Adresse gäbe und dass das Geld die Provision sei. Wir sollten nächste Woche wieder vorbeikommen, vielleicht hätte er bis dahin ein neues freies Zimmer aufgetrieben. Zum Glück klingelte das Telefon, und während er in die Muschel sprach, hatte ich Zeit, meiner Mutter alles zu erklären. Da fing sie laut zu schreien an: »Heißt das, dass wir eine Woche lang im Hotel bleiben sollen?«, rief sie, und ihre Faust krachte auf den Tisch. Ein Betrüger, ja, das sei er! Er bekam einen solchen Schreck, dass er den Telefonhörer sofort auflegte, den 50-Mark-Schein aus seinem Portemonnaie holte und ihn auf den Papierstapel vor sich legte. »Da habt ihr euer Geld zurück!« Ich erklärte es ihr. Meine Mutter aber machte sich daraufhin auf dem Ledersofa breit und sagte, dass sie das Büro nicht verlassen würde, bevor er nicht ein

Zimmer für uns gefunden hätte. Ich übersetzte. Er wirkte entsetzt. Der Kampf ging in die nächste Runde. »Wenn das so ist, werde ich die Polizei rufen müssen …«, doch dann überlegte er es sich plötzlich anders. »Wir finden schon etwas«, sagte er beschwichtigend, »nur noch einen Moment, dann habe ich ein Zimmer«, und griff zum Telefonhörer. Er murmelte etwas auf Bayerisch, was ich nicht verstand, notierte eine Adresse auf einen Zettel und lächelte uns zuckersüß an: »Ein Zimmer in der allerbesten Gegend! Amalienstraße 93, gleich hinter der Universität! Ein Zimmer bei Frau Ahlers.«
Er hielt uns den Zettel hin, und noch bevor ich seine Frage beantworten konnte, ob wir auch alles verstanden hätten, hatte meine Mutter ihn sich schon geschnappt. Zufrieden eilte sie in Richtung Tür. Während wir die Treppe hinunterstiegen, hörten wir ihn von oben poltern, er werde jetzt die Polizei benachrichtigen, wir hätten ihn erpresst … Meine Mutter sagte, ich solle ein Taxi anhalten. Ich wunderte mich. Hatten wir denn Geld für ein Taxi? Wir luden jedenfalls die Koffer ein und gaben dem Taxifahrer den Zettel mit der Adresse: Amalienstraße 93. Meine Mutter lächelte.
»Wenn es mit dem Zimmer klappt, fahren wir zurück, und er bekommt sein Geld.«
»Welches Geld?«, fragte ich sie.
»Meinst du etwa, ich habe ihm die 50 Mark Provision dagelassen? Er hat das Geld auf seinen Schreibtisch gelegt, und als er telefonierte, habe ich es eingesteckt.«
»Mama, du hast es geklaut!«, rief ich entsetzt. »Darum hat er uns mit der Polizei gedroht!«
»Beruhig dich!«
Das konnte ich nicht, ich schämte mich für sie. Doch als wir mit unseren Koffern vor dem Haus in der Amalienstraße standen, hatte ich unsere erste krumme Geschichte in München schon wieder vergessen.

Frau Ahlers war groß, hatte weiße Haare und ein strenges Gesicht, in dem sich auch nicht die Spur eines Lächelns andeutete. Ihr gehörte die zweite Etage in der Amalienstraße 93. Wenn man mehr als fünf Minuten mit ihr zusammenstand, gefror man zu einem Eiszapfen. Das Zimmer war in Ordnung, mit Doppelbett, Kommode, Schrank und einem kleinen Tisch. Das Fenster ging auf einen Hinterhof mit Bäumen. Am Ende des Flurs befand sich das Gemeinschaftsbad. Es gab noch drei weitere Zimmer, die an Studenten und an ein Pärchen aus England vermietet waren. Frau Ahlers warnte uns, dass es eine Hausordnung gebe, und fing an, die Verbote aufzuzählen:

»Es ist verboten, Speisen zu kochen, die starke Gerüche verbreiten, besonders solche mit Knoblauch. Die beiden Kochplatten, die ich Ihnen hier auf eine Marmorplatte gestellt habe, sind dazu da, um Tee zu kochen oder ab und zu eine Suppe«, sagte Frau Ahlers. Und dann: »Es ist nicht erlaubt, öfter als zwei Mal in der Woche zu duschen, Haare waschen ist nur am Samstag gestattet. Besuche von Freunden nach zehn Uhr abends sind verboten.«

»Meine Mutter hört nicht. Sie ist taub«, sagte ich, als hätte ich auf das Wort *verboten* geantwortet.

Frau Ahlers sagte daraufhin nichts.

Zum Glück sagte auch meine Mutter nichts. Zu groß war ihre Angst, dass uns Frau Ahlers das Zimmer nicht geben könnte. Wir waren so froh, dass uns ihre ganzen Verbote überhaupt nichts ausmachten. Freunde hatten wir in München sowieso nicht – wer sollte uns abends besuchen? Auf einmal dachte ich an meinen Tenor. Es wird alles gut gehen, sagte ich mir. Was das Bad anging, na ja, in Athen hatten wir auch kein Badezimmer. Wir stellten jeden Samstag den Waschtrog mitten in die Küche und machten Wasser im Topf heiß. Frau Ahlers' Zimmer war für uns der reinste Luxus. Als ich mit meinen Erklärungen in meinem nicht ganz so guten Deutsch fertig war, dass meine Mutter gehörlos sei, dass wir mit Gesten und Gesichtsausdrücken miteinander redeten und dass sie alles von den Lippen las, und als ich sah, wie diese deutsche Walküre ausdruckslos mit dem Kopf nickte, ohne etwas zu sagen, da atmete ich auf.

»Ich mag unsere Wohnung«, sagte meine Mutter später, nachdem wir unsere Koffer ausgepackt hatten.
»Ich mag unser Viertel«, sagte sie am nächsten Tag, als wir spazieren gingen. »Alle Straßen hier haben Frauennamen: nach Elisabeth und Amalie jetzt auch noch Luisa und Agnes! Nur die Türkenstraße verstehe ich nicht. Was wollen hier die Türken?«

Fliegender Teppich am Hauptbahnhof

Ich spürte das Herzklopfen bis in die Zähne. Es war der zehnte Tag nach unserer Ankunft, und ich sollte auf dem Hauptbahnhof sein, wie Caruso und ich es vereinbart hatten. Ich war früh gekommen und beobachtete das Geschehen um mich herum. In der großen Halle, beim Kiosk mit der internationalen Presse, standen wieder Grüppchen von Ausländern, Italiener, Türken und einige Jugoslawen. Die Griechen standen wieder im vorderen Teil der Halle, in der Nähe des Eingangs. Es war anscheinend ihr Treffpunkt.

»Was stehen sie denn hier herum?«, hatte meine Mutter ausgerufen, als wir tags zuvor am Bahnhof waren, um eine griechische Zeitung zu kaufen. »Haben die denn nichts zu tun? Haben die denn Zeit, hier herumzustehen?« Sie mochte niemanden, der herumstand.

»Jetzt mal ehrlich, die sind doch zum Arbeiten nach Deutschland gekommen, oder?«

Sie selbst hatte nie Zeit, stand nie herum, immer musste sie sich beeilen, um weiterzukommen, um zu ihrer Arbeit zu gehen oder irgendwohin zu gehen, um nach Arbeit zu fragen … oder um überhaupt zu fragen. Wie dies, wie jenes? Warum wird es so und nicht anders gemacht? Doch auch wenn sie Zeit hatte, war sie ständig in Bewegung. Selbst wenn sie an der Bushaltestelle wartete, konnte sie nicht ruhig stehen bleiben. »*Komm, gehen wir dorthin, lass mal schauen, was das da ist? Guck mal, das Schaufenster auf der anderen Straßenseite!*« Es war für sie ein Ding der Unmöglichkeit, einfach stillzustehen, ohne sich irgendetwas anzuschauen. Vielleicht kann ein gehörloser Mensch nicht stillstehen, weil die Stille in seinen Ohren unerträglich ist? Vielleicht braucht man Umgebungsgeräusche, um sich auf ein bestimmtes Ziel zu konzentrieren?

»Wahrscheinlich warten sie darauf, dass sich etwas ändert, damit sie wieder weg können«, sagte ich zu ihr.

Ich näherte mich dem Grüppchen von Griechen und lauschte. Sie waren deutlich zu verstehen, da sie lautstark über Politik diskutierten. Es ging um Juntaspitzel, die in München beim Konzert der griechischen Volkssängerin Sofia Vembo aufgetaucht waren. Es kam zu Ausschreitungen, wie ich erfuhr. Die Sängerin wurde von den Juntaschergen benutzt und in die Fremde geschickt, um Propaganda zu machen und zu sagen, dass in Griechenland alles Friede, Freude, Eierkuchen sei. Meine Landsleute beschäftigten auch einige Arbeiterfragen, etwa ihre Rechte in der Fabrik, Krankentage, Ärzte. Ein großes Thema war die Vanillekarte, wobei ich nicht verstand, was das sein sollte. Später begriff ich, dass die Vanillekarte die Invalidenkarte war, der Behindertenausweis. Je nach dem Prozentsatz auf der Vanillekarte hatte man das Recht, bei der Arbeit früher Schluss zu machen oder vorzeitig in Rente zu gehen.
Ich beobachtete all diejenigen im Umkreis, die unentschlossen und allein dastanden, wie ich auch. Körper zwischen unzähligen Koffern im Wartesaal, alte Mütterchen mit Körben, auf die sie mit groben Stichen ein Stück Stoff genäht hatten, um sie abzudecken, und dazwischen Polizisten auf Streife, die alle kontrollierten, die auf den Bänken im Bahnhof schliefen. Sie stupsten sie mit dem Polizeiknüppel an, um sie zu wecken, und wenn sie keine Fahrkarte hatten, brachten sie sie nach draußen. In den zugigen Ecken standen Frauen in langen Mänteln und hielten den *Wachturm* der Zeugen Jehovas vor sich hin.
Am Kiosk mit der internationalen Presse lagen die griechischen Blätter vom Vortag mit Papadopoulos und Patakos auf der Titelseite. Sie wurden ständig mit Maurerkellen gezeigt, dazu der Satz: »Griechenland ist krank – wir haben den Patienten eingegipst und werden das Land neu aufbauen.« Im Griechenland der Obristen war es verboten herumzustehen und Grüppchen zu bilden. Sie stellten eine Gefahr für die öffentliche Ordnung und Sicherheit dar.

Ich ging zum Bahnsteig 11, wo wir angekommen waren. »Die Züge aus dem Süden Europas kommen immer hier an, auf diesem Bahnsteig«, hatte mir der Grieche mit der Flüstertüte am Tag unserer Ankunft erklärt. Irgendwie schien er sich damals zu freuen, dass meine Mutter und ich großstädtischer aussahen als die anderen Griechen vom Land, die als Gastarbeiter kamen. Jetzt sah ich ihn wieder, wieder mit der Flüstertüte in der Hand.

»Oh, Madame, guten Tag! Wie geht es Ihnen?«, fragte er mich lächelnd. »Warten Sie auf jemanden?«

Ich nickte schweigend.

Er fuhr unvermindert heiter fort: »Erlauben Sie, dass ich mich vorstelle …«, und nannte mir seinen Namen, den ich gleich wieder vergaß, denn zugleich hielt ich Ausschau nach meinem Tenor.

»Ich bin Sozialarbeiter«, erklärte er mir, »und empfange hier dreimal in der Woche die Griechen, um ihnen zu helfen und ihre Arbeitsverträge zu kontrollieren. Jeder bekommt eine eingepackte Brotzeit, Wasser und ein Kuchenteilchen, und danach – ab in die Fabriken.«

Neben uns rief ein anderer Mann durch seine Flüstertüte die neu Eingetroffenen auf. Sie wurden von mehreren Leuten direkt vom Bahnsteig 11 eine Treppe hinuntergeführt.

»Das sind Spanier«, sagte mein Grieche. »In den Katakomben werden ihre Papiere überprüft, dann werden sie mit Zügen oder Bussen abtransportiert. Vielleicht nach Augsburg, Nürnberg oder Frankfurt. Die Katakomben dienten im Krieg als Luftschutzbunker. Aber diesen Bahnsteig 11 hier, den haben die Italiener ›Bahnsteig der Hoffnung‹ genannt.«

Ich gab ihm die Hand, »man sieht sich«, und verabschiedete mich rasch, denn plötzlich hüpfte mein Herz, weil ich Carusos Stimme hörte. Suchend schaute ich mich um. Mein Tenor spinnt, dachte ich, er hat überhaupt keine Hemmungen, überall zu singen. Dieses Mal hatte sein Singen sogar einen praktischen Zweck, nämlich mich auf dem großen Bahnhof zu finden … und ich wurde zur *Donna mobile,* zu einer unbeschwerten, schwerelosen Frau. Ich spürte, wie mein unruhiges Herz von Rigolettos Arie federleicht hochgeweht und getragen wurde. Carusos sanfte Stimme breitete einen fliegenden Teppich aus, um uns darauf auf und davon zu fliegen. Das

Lied kam immer näher, bis sich alle nach uns umdrehten. Er beachtete sie nicht, umarmte mich, sang seine Arie in meinem Ohr leise zu Ende und bedeckte mich mit Küssen. Ich lief rot an, aber mehr noch schmolz ich vor lauter Freude. Alles wird gut, dachte ich, während ich ihn fest drückte, und wir konnten schwer voneinander lassen.

Die Griechen um uns herum fingen an zu pfeifen. »Passt auf, ihr beiden Turteltäubchen, sonst erwischen euch noch die Bullen«, rief uns jemand zu.
»Ich kenne ein Hotel hier gegenüber«, flüsterte ich ihm ins Ohr, bereit, ihn zur Schillerstraße mitzuschleppen.
»Und ich kenne ein Zimmer gegenüber dem 60er-Stadion, einem Fußballstadion mit langer Tradition, an der Grünwalder Straße. Lass mich dich dorthin bringen, damit du auch meine Wohnung siehst. Wir werden ein Tor schießen und gewinnen! Du wirst schon sehen: La Donna e mobile!«

Ich kehrte erst spät in die Amalienstraße zurück. Zum ersten Mal hatte ich meine Mutter allein zu Hause gelassen, aber es war auch das erste Mal, dass ich nicht die Last fühlte, mit ihr allein in der fremden Stadt zu sein. »Ich gehe los, um uns Arbeit zu suchen«, hatte ich ihr gesagt. Und als ich zurückkam, fragte sie mich sofort: »Hast du Arbeit gefunden oder den Sänger?«
»Beides«, antwortete ich. Meiner Mutter entging einfach nichts.
»Er hat Arbeit für uns! Putzen in den Büros des ADAC, des Autofahrer-Clubs.« Danach erklärte ich ihr, dass wir uns am nächsten Tag vor diesen Büros treffen würden, um mit der Arbeit zu beginnen. Und dass die Büros in unserem Viertel lagen und wir zu Fuß dorthin gehen konnten.
»Und weißt du was? Wir brauchen unbedingt wärmere Kleidung. Es kann hier noch viel kälter werden, und wenn es anfängt zu schneien? Wir brauchen unbedingt Stiefel und warme Mäntel. Caruso hat sich schon einen gekauft.«

»Wir kaufen etwas, wenn wir unseren ersten Lohn bekommen haben«, entschied sie, und das ärgerte mich. »Die nächste Miete müssen wir ja auch noch sichern« fügte sie hinzu, als sie merkte, dass ich mein Gesicht verzog.

Am nächsten Morgen wollte ich früher los, um herauszubekommen, wo das Sekretariat der Uni lag. Meiner Mutter zeichnete ich die Straßen auf, notierte die Buchstaben ADAC und »Treffen in zwei Stunden dort«. Ob sie das Gebäude wohl finden würde?, fragte ich mich, während ich mich anzog. Ob sie alles verstehen würde, was ich ihr aufgeschrieben hatte? Oder würden Caruso und ich die Büros allein putzen müssen? Und wenn sie sich in der fremden Stadt verliefe? Unsinn, ich hatte ihr Zettel vorbereitet, mit Notizen auf Deutsch in allen Variationen:
Ich bin die soundso,
Straße und Hausnummer soundso,
ich spreche Griechisch, kann aber nicht hören.
Auf dem anderen Zettel stand:
Ich bin gehörlos. Zeigen Sie mir bitte mit einer Handbewegung, in welcher Richtung die Amalienstraße liegt.
Ohnehin war sie schon ziemlich oft vor die Tür gegangen. »Ich kann bis zum Englischen Garten gehen«, hatte sie gesagt. »Aber weiter wage ich es nicht. Da habe ich Angst, dass ich mich verlaufen könnte. Alles ist grün und alle Wege gleich. Ich kann mir im Park keine Stellen merken. In den Straßen ist es einfacher.«
»Diese Frau ist mit allen Wassern gewaschen und hat den Orientierungssinn im Blut«, sagte ich mir und versuchte mich zu beruhigen. »Außerdem hat sie meine Zettel in ihrer Tasche.«

Auf dem Weg zur Königinstraße

Ich fühle mich in der Falle. Wie diese kleinen Tiere, die wir gestern in einem Schaufenster gesehen haben. Ewig rennen sie in ihrem Rad. Nur ganz langsam setze ich einen Fuß vor den anderen und fühle mich schwer. Genauso schwer ist auch die Zunge in meinem Mund. Warum sollte ich sie auch bewegen? Um was zu sagen? Mit wem soll ich sprechen? Jetzt stehe ich vor der schweren Holztür in der Straße von Amalie und schaue mich um. Die Leute, die an mir vorbeigehen, sprechen anders. Deutsch. Es sind Fremde. Aber sind Passanten nicht immer fremd für mich gewesen? Auch in Athen. Oder besser gesagt, bin ich nicht fremd für sie? Denn ich vergesse immer, dass ich eine seltsame Aussprache habe, und spreche sie laut an, stelle ihnen Fragen. Dann schauen sie mich verwundert an. Manche gehen schnell weiter. Ich versuche, leise zu sprechen, wie die Kleine es mir rät, ich möchte sie ja nicht erschrecken, sondern zu ihnen gehören, also muss ich leise sprechen. Doch wenn ich in Gedanken bin, vergesse ich mich, kann die Lautstärke meiner Stimme nicht kontrollieren. Ich möchte ihre Stadt verstehen, sie mir zu eigen machen, sie erobern. Ich muss es schaffen, so wie ich es auch in Athen geschafft habe, als ich dort aus Kymi ankam. Ich muss mir alle Details einprägen, in die Linien und Rundungen der Stadt eindringen. Die Inschriften studieren. Ich muss das Alphabet lernen! Außerdem habe ich die Notizen. Die Kleine hat sie mir gemacht. Sie hat Angst, dass ich mich verirre. Aber warum sollte ich mich verirren? Ich muss ja nicht so weit weggehen. Und selbst wenn ich mich in diesen fremden Straßen verlaufe, wen kümmert das schon? Die Kleine? Vielleicht. Aber langsam geht auch sie mir aus dem Weg. Sie will ihre Freiheit, keine Bleikugel an den Füßen. Ich bin für sie eine Last. Wie eine Last fühle ich jetzt auch meinen Körper. Sein Wanken ist stärker geworden. Es ist meine Angst. Ich schwinge wie ein Pendel hin und her. Ich spüre, wie unregelmäßig mein Herz schlägt. Die Watte in meinen Ohren ist dichter geworden.

Die Gesichter der Passanten sind ausdruckslos, nicht eines ist vertraut. Andere Gesichter sind das, anders die Farbe ihrer Augen, wässrig. Die Sonne ist kalt. Das Universitätsgebäude trostlos und abweisend. Als wollte es Macht gewinnen, noch bevor man mit dem Studium begonnen hat. Seine Rückseite an der Amalienstraße hat nichts Anziehendes an sich. Gestern hat mich die Kleine auf die andere Seite mitgenommen, zur Fassade mit dem großen Springbrunnen. Der war aber mit Holzbrettern verkleidet, »zum Schutz vor dem Frost«, erklärte mir die Kleine. Ja, dort hatte es etwas! Trotz der Kälte war dieser Platz voller Leben und wunderbarer Leichtigkeit. Studenten mit bunten Mützen, Hosen und Stiefeln unterhielten sich lebhaft. Einige Mädchen trugen lange Lammfelljacken, aber auch … ganz kurze Röcke! Was sollte das? Zum Glück hatten die meisten dazu dicke wollene Strumpfhosen an. Sehr vernünftig, aber schön sah das nicht aus. Eher komisch! Hier achten sie überhaupt nicht auf weibliches Aussehen. Sich praktisch zu kleiden ist in München das A und O. Vielleicht auch wegen dem Klima. Manche kamen sogar mit ihren Fahrrädern. Die Kälte machte ihnen nichts aus, die Sonne war hervorgekommen, das Siegestor, die breite Straße, alles verströmte einen Hauch von Freiheit, den ich heute nicht spüre. Die Rückseite der Universität vermittelt ein Gefühl von Strenge. Es ist das andere deutsche Gesicht. Graue Steine, die mich an einen mittelalterlichen Turm erinnern, auch wenn sie nicht aus dieser Zeit stammen. Die riesige Holztür des Gebäudes lässt sich nur mit Mühe öffnen. Schwer, sehr schwer. Und dahinter ein Labyrinth. Auch das ist symbolisch. Um hier hineinzukommen, muss man seine ganze Kraft aufwenden. Wer weiß, wie viele Studenten Generation um Generation diese Tür mit dem Rücken aufgeschoben haben. Hier fängt die Kleine an zu studieren, und sie braucht noch nicht einmal die Straßenbahn! Nicht mal eine Minute bis zum Eingang! Aber wird sie sich in diesem Labyrinth zurechtfinden können? Wird sie es mit der deutschen Sprache schaffen? Sie muss eine Sprachprüfung ablegen, heißt es. Danach weitere Prüfungen, damit ihr Abschlusszeugnis des griechischen Gymnasiums anerkannt wird. Unseren Zeugnissen trauen sie nicht. Sie wollen nicht alle Nieten aus dem Süden an ihren Universitäten! Die Prüfungen sind schwer in Bayern.

»Nach Berlin!«, hat sie plötzlich gemeint, »alle gehen nach Berlin und machen dort die Prüfungen, um ihre Zeugnisse anerkennen zu lassen.« Dort werden junge Leute gebraucht, damit sie es mit der östlichen Seite aufnehmen können, deshalb ist dort alles einfacher und billiger. Soll ich sie nach Berlin gehen lassen? Wir müssen Geld verdienen, habe ich zu ihr gesagt. »Ach, Mama, darum geht es jetzt nicht«, hat sie gesagt. Aber wir müssen doch Geld verdienen. Vielleicht geht es mit uns voran, wenn ich auch hier in der Uni putze …
Huch! Warum starren mich die beiden an? Wahrscheinlich habe ich laut Selbstgespräche geführt. Das passiert mir, wenn ich tief in Gedanken bin und mich dabei aufrege. Auch die Kleine meint immer, ich solle besser darauf achten. Aber ich merke nicht, wenn es anfängt. Wo ich doch allein bin, gefangen in der Falle, und niemanden habe, mit dem ich reden kann … also führe ich Selbstgespräche. Mit wem soll ich sonst sprechen? Ja, ich würde gern die Treppen dieser Universität putzen, die meine Tochter dann hinaufgeht … und sie wird immer höher steigen! So viel ist sicher. Jetzt gehe ich weiter zum Innenhof, rechts und links Treppen, zwei große Statuen. Mir ist noch immer mulmig, wenn ich daran denke, was sie mir gestern Abend erzählt hat. Über die Gruppe von Studenten und Professoren, die Widerstand gegen Hitler geleistet haben. Von dieser Empore warfen sie ihre Flugblätter herunter. Alle wurden festgenommen, alle hingerichtet. Nein, ich will nicht an solche Dinge denken, kaum dass wir in diesem Land angekommen sind. Besser, ich gehe wieder hinaus, wieder auf die Amalienstraße und überquere sie. Diese Straßenseite ist langweilig, aber gegenüber gibt es lauter kleine Geschäfte, Cafés, Antiquitätenläden, Buchhandlungen. Vor einem Gebäude stehen wieder viele junge Leute und reden miteinander. Das ist die Dolmetscherschule, hat mir die Kleine erklärt. Auf mich machen die Menschen hier einen freundlichen, fröhlichen Eindruck. Aber ihr Land ist mir ein Rätsel: Hutgeschäfte wie in Athen gibt es nicht, sondern nur große Hutfabriken, die mit Maschinen arbeiten. Und dann wollen sie auch noch, heißt es, eine Arbeitserlaubnis. Keine Ahnung, woher wir die bekommen sollen. Und wenn die Obristen zwanzig Jahre an der Macht bleiben? Bleiben wir dann auch, wohl oder übel, zwanzig Jahre in

Deutschland? Ich will ja nichts sagen, die Stadt ist schön, mir gefällt die Ordnung hier. Die Schellingstraße, in die ich gerade eingebogen bin, ist so, als hätte sie jemand mit Bleistift und Lineal gezogen. Da vorne, wo die Straße endet, erheben sich die Türme der Ludwigskirche, wie auf den Zentimeter genau eingepasst. Kein Vergleich zu den durcheinandergewürfelten Häusern in Athen, seinen staubigen Bürgersteigen und dem Verkehrschaos. Und kein bisschen Grün! Hier soll es überall Parks geben und grünen Rasen, auf dem man sogar gehen und sich hinlegen darf! Dort ist das verboten. Ich muss kurz auf den Zettel schauen … Oh, das hat wehgetan! Was war das? Ein junger Mann, er ist mir auf die Fersen getreten und jetzt entschuldigt er sich offenbar. Er hat nicht erwartet, dass ich plötzlich stehen bleibe, und ich habe seine Schritte nicht gehört. Er lächelt und nickt mir zu. »Macht nichts, mein Junge, ich habe mich nur ein wenig erschreckt«, sage ich auf Griechisch, und nun starrt er mich verwundert an. Dann geht er weiter. Wahrscheinlich hat er sich über meine Stimme gewundert. Er hat mich für eine Ausländerin gehalten, aber nicht für gehörlos. Das ist doch auch schon etwas.

Noch ein kleines Stück, bis ich zu St. Ludwig komme. Ein verrückter König, der die Griechen liebte, hat der Kirche und der Straße seinen Namen gegeben: Ludwig. Sie hat es mir auch in lateinischen Buchstaben notiert, damit ich mich daran gewöhne, diese Schrift zu lesen. »Mama, wenn du nicht anfängst, die lateinische Schrift zu lesen, wirst du dich in München nie zurechtfinden!« Ich werfe einen Blick auf das Straßenschild. Ludwigstraße. Ich bin stolz, dass ich es erkannt habe. Das L, das U und das D habe ich gestern Abend gelernt. »Mama, pass auf, dass du dich nicht verläufst!«, rät sie mir andauernd zu. Meine Güte, was hat dieses Mädchen für einen Stress. Warum sollte ich mich verlaufen? Für mich ist alles in bester Ordnung, und ich merke mir bestimmte Punkte. Nur in seiner Umarmung habe ich mich verloren. Da konnte ich die Zeichen nicht lesen. Total blind war ich. Was wohl aus ihm geworden ist, wer weiß. Aber dieses Mädchen will auch gar nichts unternehmen, damit wir die Wahrheit über ihren Vater erfahren.

Ich mag diese Stadt, aber auf alles müssen wir aufpassen. Dass wir nicht stören, dass ich nicht laut spreche, dass ich nicht koche, dass ich kein

Wasser verschwende. Das mit dem Wasser ist nicht so schwierig, ich war immer schon sparsam mit Wasser und Strom. Die größte Schwierigkeit ist die Sprache. Ich muss lernen, sie zu lesen. Ich muss mir die Straßen merken, mir die Straßenbahnen und die Busse einprägen. Ich muss, ich muss … jetzt muss ich die Ludwigstraße überqueren – so steht es auf dem Plan –, damit ich dann rechts in die Veterinärstraße einbiegen kann. Und danach in die Königinstraße. Ein paar Schritte weiter werde ich den Automobilclub ADAC sehen, »da siehst du dann das Schild, Mama!«, hat sie ungeduldig gesagt, weil sie weg wollte. Sie wird mit ihrem Sänger kommen. Sie hatten sich verabredet, bevor wir aus Athen losfuhren, und sie haben sich gestern Abend getroffen. Ein hübscher Kerl, da kann man nicht meckern. Aber ein Künstler. Ein Tenor! Was soll denn das für eine Arbeit sein? Wo arbeiten Operntenöre? War das nötig, etwas mit einem Künstler anzufangen? Er wird eine Aufnahmeprüfung für den Rundfunkchor machen. Als ob sie auf ihn warten würden! Ob die Deutschen wohl jemanden aus einem Konservatorium in Athen nehmen? Das hängt natürlich alles von der Stimme ab. Wer weiß? Vielleicht hat er ja eine schöne Stimme. Ich kann das nicht beurteilen. Aber es geht mir auf die Nerven, dass die Kleine ihn zum Freund hat. Als ob sie das extra gemacht hätte, einen Sänger! Damit ich keine Meinung zu seiner Stimme äußern kann. Damit ich außen vor bleibe. Sein Gesang verschließt mir die Tür. Jedenfalls hat er uns jetzt die Tür zu dieser Arbeit geöffnet. Er arbeitet auch vorübergehend dort. Bis sie ihn bei dem Chor nehmen. In aller Herrgottsfrühe geht er noch dazu in eine große Bäckerei, wie die Kleine mir erzählt hat. Er lädt die Brote auf, die die Bäckerei in Kisten verlassen und dann in die Transporter kommen, damit sie ausgeliefert werden. Und am Nachmittag Putzen in den Büros des Automobilclubs. Er hat ihr eine Tüte mit Müller-Brot mitgebracht. Das ist ja auch etwas. Vor der Arbeit scheint sich der junge Mann jedenfalls nicht zu fürchten. Was soll's. Wir müssen dringend mehr Geld verdienen. Die erste Miete ist bezahlt. Aber die nächste?

Jetzt bin ich bald da. Links der Englische Garten, und sie? … Sie sind noch nicht da.

Melodien der Stadt

Als ich aus dem Zimmer kam, stieß ich auf Frau Ahlers, die auch in Richtung Ausgang ging. Sie grüßte mich frostig und fragte, ob ich mich schon an der Uni eingeschrieben hätte. Ich wunderte mich über ihr Interesse. Ich erklärte ihr, dass wir zuerst Arbeit suchen müssten und ich danach Sprachkurse belegen würde. Das Erste hatte absolute Priorität. »Stimmt, stimmt, Arbeit muss sein«, murmelte diese wuchtige Dame und wartete an der Etagentür auf mich. »Und Ihre Mutter? Wie geht es ihr?«, fragte sie mich, wahrscheinlich aus höflicher Verlegenheit. »Danke gut«, sagte ich nervös, denn nun gelang es mir nicht, den haarfeinen Faden an unserer Türklinke anzubringen, den ich dort normalerweise befestigte, um zu überprüfen, ob jemand unser Zimmer betrat, wenn wir nicht da waren. Ich war zu dem Schluss gekommen, dass sie natürlich hineinging und kontrollierte. Im Erdgeschoss hielt ich ihr die Tür auf, so wie sie es oben für mich getan hatte. Alle hielten hier die Türen für die anderen auf. In Athen hatte ich nie so viel Höflichkeit erlebt. Natürlich nicht! Die griechischen Türen fallen ja nicht schwungvoll zu, nur ganz wenige haben einen Türschließer. Ob meine Mutter wohl den Weg finden würde? Wie wird sie in diesem Land zurechtkommen, ohne seine Geräusche?

Unschlüssig blieb ich in der Amalienstraße stehen, warf einen Blick auf die Uhr und beschloss, mir für den Moment keine Sorgen um meine Mutter zu machen. Besser, ich machte jetzt das Sekretariat der Uni ausfindig. Ich überquerte die Straße und nahm meine ganze Kraft zusammen, um die schwere Holztür aufzudrücken. Während ich die Marmortreppen hinauf und hinunterlief, blickte ich durch die offenen Türen in Seminarräume und Vorlesungssäle, sah Studenten, Flure, Labyrinthe, Chaos. Mir wurde schwindlig. Schließlich fand ich das Büro, das ich in Zukunft brauchen würde, aber ich ging nicht hinein, weil ich mir meine Fragen erst noch besser überlegen wollte, sondern auf der anderen Seite des Gebäudes wieder hinaus. Studenten saßen vor der Uni auf den Bänken, diskutierten und verteilten Flugblätter. Links das Siegestor, dahinter ging die Ludwigstraße in die Leopoldstraße über, gesäumt von hohen Pappeln, gleichmäßig angepflanzt, eine nach der anderen. Im Sommer würden dort die Künstler ihre Bilder ausstellen, hatte ich in einem kleinen Buch über München gelesen. Wie farbenfroh und lebhaft musste dann die Stimmung sein!

Ich lauschte dem Stimmengewirr um mich herum. Ein Mädchen lachte laut auf. »Kommst du zu unserer Versammlung?«, rief eine andere und marschierte auf mich zu, um mir ein Flugblatt zu geben. Vorne an der Straße wurden manche Sätze vom brausenden Autoverkehr verschluckt. Während ich über den großen Platz schritt, dachte ich unaufhörlich über die Eigenheiten von Stimmen und Geräuschen nach … vielleicht war das meine Art, mir eine Umgebung vertraut zu machen, all das zu hören, was meine Mutter nicht hören konnte.

In Athen hatte ich mir einmal Wachs in die Ohren gesteckt und war in vollkommener Taubheit durch das lärmende Stadtzentrum gegangen. Ich wollte begreifen, wie es ist, wenn man nichts hört. In der absoluten Stille spürte ich auch die Angst, die die schnellen Schritte der Passanten auslösten. Als plötzlich ein Lastwagen an mir vorbeifuhr, spürte ich nur den Windhauch, den er verursachte. Frauen berührten mich mit ihren Einkaufstüten, Straßenhändler breiteten wild gestikulierend ihre Waren vor meinen Augen aus, und ein Hund tauchte auf und fing an zu bellen. Ich sah, wie sein Maul auf- und zuklappte und er mir seine scharfen Zähne zeigte. Alles kam mir bedrohlich vor, und ich spürte, wie mein Kiefer und meine Muskeln sich fast unerträglich anspannten. Schnell befreite ich meine Ohren von dem Wachs. Jetzt verstand ich besser, warum meine Mutter auf der Straße nie wie all die andern gehen konnte. Sie lief mit großen schnellen Schritten durch die Menge, als würde jemand sie verfolgen. Verkrampft, feindselig, immer auf der Hut.

Caruso überraschte mich durch einen Kuss in den Nacken, und sofort atmete ich erleichtert aus.
»Du bist ja viel früher da, als ich dachte!«
»Du aber auch!«, antwortete er. »Und du brauchst einen Schal! Es ist viel zu kalt hier«, und er nahm seinen ab und wickelte ihn mir um den Hals.
»Jetzt wirst du aber frieren!« Er umarmte mich wieder, und ich drückte ihn fest an mich. »Gleich da drüben gibt es ein Café, das dir gefallen wird … Lass uns doch eine Weile dort sitzen und einen Kaffee trinken. Wir haben Zeit. Deine Mutter ist bestimmt noch nicht da. Wir werden sie schon sehen, wenn sie vorbeigeht. Bist du sicher, dass sie sich nicht verirrt?«
»Sicher kann ich nicht sein.«
»Machst du dir Sorgen? Sollen wir uns auf den Weg zu euch machen, um sie zu finden?«
»Nein, lass uns einen Kaffee trinken. Sie wird es schon schaffen«, sagte ich. Es berührte mich sehr, wie er sich um uns kümmerte. Dass er für uns Arbeit suchte, dass er meine Mutter ohne irgendwelche Einwände akzeptierte.
»Du warst eben so in Gedanken vertieft. Woran hast du gedacht?«, fragte er mich im Gehen.
»Ach, Kindereien, Kindheitserinnerungen … seit wir hier sind, versuche ich immer wieder, die Geräusche dieser Stadt zu analysieren.«
Wir gingen auf den Englischen Garten zu, und er deutete nach links.
»Voilà, das Café Monopteros.«
Unglaublich! Ein Café mit einem griechisch klingenden Namen, »das gibt's doch nicht«, rief ich begeistert aus.
»Doch, in dieser Stadt gibt es alles! Vor allem viele griechische Namen und griechische Bauten. Du wirst sehen. Ich zeige dir alles, was ich bis jetzt gesehen habe.«

Ich versank wieder in Gedanken ... Mono-pteros. *Monos*, also allein, wie auch wir in dieser Stadt es waren, und *pteron*, also Flügel. Alleinflügler? Flügler mit einem Flügel? Ein behinderter Flügler? Was sollte das bloß sein? Ein Fabelwesen?
Im Café blickten wir auf eine Fotografie mit einem Pavillon. ›Monopteros im Englischen Garten‹ stand darunter.
»Aha, so sieht ein Monopteros also aus – ein Pavillon ist das! Ein antikes Peripteron. Nur sagen wir nicht *monos*, sondern *peri*, also ein Rundherumflügler. So ähnlich sieht auch das Lysikrates-Denkmal in Athen aus«, rief ich entzückt. »Wenn wir morgen mehr Zeit haben, gehen wir spazieren und schauen uns dieses Peripteron aus der Nähe an.«
Die jungen Leute an den Nebentischen drehten sich zu uns um, vielleicht um herauszufinden, welche Sprache wir sprachen. Seltsam, wie sie alle unsere Sprache nicht kannten. Und auch nicht das Wort *monos*, allein. *Monopteros* war für sie ein Fremdwort.
»Du hängst schon wieder deinen Gedanken nach«, sagte Caruso, »genauso wie vorhin auf der Straße! Woran denkst du denn?«
»An *monos* und *pteron*. An einen behinderten Engel, der nur einen Flügel hat?« Ich streckte meine Arme aus und streichelte seinen Kopf. »Du bist mein Engel mit den vielen Flügeln, und alle deine Flügel sollen mich umarmen«, sagte ich zärtlich.
»Alle meine Flügel sind deine!«, sagte er, und wir küssten uns schon wieder. »Aber deine behinderte Einflüglerin ist gerade in die Königinstraße eingebogen«, witzelte er und zeigte auf meine Mutter, die ... sich tatsächlich schwankend voranbewegte wie eine ... *Einflüglerin* oder ein verwundeter Strauß.
»Ich zahle«, sagte Caruso, »geh du zu ihr.«
Ich lief ihr nach und umarmte sie von der Seite, damit sie nicht erschrak. Als sie mich sah, rief sie freudig aus: »Ach, woher kommst du denn auf einmal?«
Ich deutete auf das Café. »Hier saß ich kurz mit Caruso.« Er war inzwischen auch herangekommen und gab meiner Mutter die Hand.

»Jetzt lernt ihr euren neuen Arbeitsplatz kennen!«, rief er triumphierend und trällerte etwas auf Italienisch vor sich hin: »Avanti popolo, alla riscossa, bandiera rossa, bandiera rossa!«
Wie oft hatten wir dieses Revolutionslied in Athen gesungen!
»Hoffentlich fängt deine Mutter nicht sofort an zu sprechen. Ich habe ihnen nicht gesagt, dass sie nicht hören kann«, sagte Caruso, und ich holte tief Luft.
»Ah, sei unbesorgt, es wird alles klappen«, sagte er und drückte meine Hand.

Als wir vor dem Pförtner standen und Caruso uns anmeldete, drückte ich den Oberarm meiner Mutter, was bedeutete: Wir beide sprechen hier erst einmal überhaupt nicht. Bald kam derjenige, der für die Sauberkeit des Gebäudes zuständig war. Wir fuhren in den zweiten Stock, und er zeigte uns dort die Besenkammer mit den Putzmitteln und dann die beiden Stockwerke, die wir putzen sollten. Aschenbecher und Papierkörbe ausleeren, Schreibtische abstauben, und zum Schluss erklärte er uns, wie die große elektrische Kehr- und Wischmaschine funktionierte. Meine Mutter nickte ständig mit dem Kopf. »In drei Stunden müssen Sie mit den beiden Etagen fertig sein«, sagte der Deutsche in dem Blaumann und ging. Meine Mutter, die schon viele Rechtsanwaltskanzleien in Athen in alten, rußgeschwärzten Gebäuden geputzt hatte, war von der ganzen Organisation und der Kultur der Deutschen, was das Putzen betrifft, hellauf begeistert. »Hier, ja, das nenne ich Perfektion! Hier hast du das Gefühl, dass du eine Verantwortung übernimmst und die Pflicht hast, dich mit den Putzmitteln und den Maschinen vertraut zu machen, damit sie dir die Arbeit erleichtern.«
Auf jeden Fall war die Arbeit leicht, die Büroräume waren gepflegt und einigermaßen aufgeräumt. Caruso sang hingebungsvoll und leise vor sich hin, *Va, pensiero, sull'ali dorate*. Meiner Mutter ging er zur Hand, schenkte ihr Gesten, Grimassen und verwandelte sich dabei in einen erfindungsreichen, schelmischen Hampelmann. Nach drei Stunden waren wir fertig. Die beiden verstanden sich inzwischen

blendend. Sie schubsten sich, fassten sich an, zeigten sich die unzähligen Straßenkarten in den Regalen und ließen sogar ein paar Stadtführer von Paris und Rom mitgehen, Städte, von denen wir träumten. Ich schüttelte entsetzt den Kopf und war damit überhaupt nicht einverstanden, aber sie lachten mich aus. Meine Mutter freute sich sichtlich, dass sie einen Verbündeten gefunden hatte. Bevor wir nach draußen gingen, nahm ich eine Zeitung, die aufgeschlagen auf einen Schreibtisch lag, und steckte sie in meine Tasche. Caruso spielte den Entsetzten, schüttelte den Kopf und bedeutete meiner Mutter mit dem Finger: Schau, was sie da macht! Wir drei stellten eine richtige Opera buffa dar.

Unglaublicher Service

Zu dritt gingen wir hinaus in die Königinstraße und weiter zu Fuß zum Nikolaiplatz. Wir stiegen mit Caruso in die Straßenbahn der Linie 22, die zum Rotkreuzplatz fuhr. Gebannt verfolgte ich die Ansage der Haltestellen: »Nächster Halt, Nordbad!« In der Straßenbahn wurde die nächste Haltestelle angesagt! Ich war von diesem unglaublichen Service begeistert. In Athen war man den Launen eines jeden mürrischen Fahrers ausgesetzt, wenn man eine Auskunft brauchte. Und ich hatte dazu immer noch meine ungeduldige Mutter an der Seite, mit der ewig gleichen Leier: »Frag nach der Haltestelle. Hast du nach der Haltestelle gefragt? Sind wir noch nicht da?« Hier waren die Fahrer so freundlich, eine Auskunft zu geben, bevor man überhaupt gefragt hatte. Und zwar in breitestem Bayerisch, begleitet von einem Glöckchen, das wie ein Refrain ertönte: »Nächster Halt, Leonrodplatz! Klingeling! Nächster Halt, Rotkreuzplatz! Klingeling!« Dort gab mir Caruso einen flüchtigen Kuss, umarmte meine Mutter und nahm eine andere Straßenbahn, um nach Hause zu fahren. Wir gingen auf die andere Straßenseite, um die gleiche Straßenbahn in umgekehrter Richtung zu nehmen. Ob wohl alle Fahrer die Haltestellen auf dieselbe Weise ansagten, im gleichen Dialekt, mit den gleichen Färbungen der Stimme? Schade, dass meine Mutter diesen ganz besonderen Service nicht hören konnte. Es hätte ihr gefallen. Ich wollte ihr sagen, dass die Straßenbahnschaffner hier im bayerischen Dialekt sprachen, aber ich hielt mich zurück. Wie sollte ich ihr jetzt erklären, was ein Dialekt ist?

»Wo fahren wir hin?«, fragte sie mich. Ich machte eine Gebärde, dass wir zurückfahren würden und dass alles bestens sei, und begann, die Fahrpläne zu studieren. Als ich sah, dass dort auch die Ankunftszeiten der nächsten Straßenbahn geschrieben standen, blieb mir der

Mund offen stehen. Drei Uhr zweiundvierzig und danach alle zehn Minuten! Das hieß, ich konnte erfahren, wann die nächste Straßenbahn kam, sogar einen kleinen Spaziergang machen und wieder zurückkehren! Endlich befanden wir uns inmitten einer zivilisierten Welt, weit weg vom Staub, Gestank und Chaos meiner Geburtsstadt. Ade, endloses Warten an den Haltestellen, ade, Lärm und Gequetsche in den abgewrackten, schmierigen Athener Bussen.

»Was ist? Was liest du denn da?«, fragte meine Mutter.

»Wann die nächste Straßenbahn kommt«, sagte ich und zeigte mit dem Finger auf den Plan.

»Die nächste Bahn? Und wie wollen sie das wissen? Und wenn sie Verspätung hat? Wenn es viel Verkehr gibt in der Stadt? Woher wollen sie wissen, dass die Straßenbahn so pünktlich ist? Das glaube ich nicht.«

»Hier steht aber trotzdem, dass sie in zehn Minuten kommt.«

Meine Mutter schaute den Plan und mich voller Bewunderung an.

»Sag bloß, dieser Staat ist so fortschrittlich und zivilisiert, und wir wissen es bloß noch nicht?«

Die Straßenbahn von München und ihr auf die Minute genauer Fahrplan faszinierten uns.

Weil meine Mutter nicht untätig herumstehen konnte, setzte sie sich auf die Bank und holte den Stadtführer von Paris aus ihrer Tasche.

Ich schubste sie. »Wie fandest du den heutigen Tag? Und Caruso?«

»Es gefiel mir, und die Arbeit war leicht! Wenn das Putzen überall so ist, mache ich es gerne. Können wir nicht noch mehr Arbeit in dieser Richtung finden?«

»Caruso wird mit der Putzvermittlungsfirma reden.«

»Ich mag ihn, jetzt habe ich ihn ja etwas besser kennengelernt. Blödelt er immer so viel herum? Ist das eine Eigenschaft von Sängern? Jedenfalls konnte ich ihn gut verstehen. Aber was mir am meisten gefällt, ist, dass er sich nicht vor der Arbeit scheut.« Sie schaute auf die Uhr und stand auf. »Komm, zehn Minuten sind vorbei.«. Und schon sahen wir die Straßenbahn auf uns zukommen. Wir stiegen ein, stempelten unsere Karten, und ich konzentrierte mich wieder auf die Stimme des Fahrers. Sie war anders als die des ersten. »Nächster Hoalt, Leeeonrod-Platz!« Die Fahrgäste waren ruhig. Zwei junge Leute sprachen leise miteinander. In den Athener Bussen waren die Menschen immer laut. Athen war voller Lärm, München voll Ruhe. Doch hier, das hatte ich inzwischen begriffen, wurde eine enorme Anstrengung unternommen, um diese Ruhe zu erreichen, und die Klänge der Stadt lagen miteinander im Wettstreit: die leisen Stimmen, die zurückhaltenden Gespräche, das holprige Rollen der Autoreifen auf den quadratischen Fahrbahnplatten, das melodische, beinahe fröhliche Klingeln der Fahrräder, das schrille Glöckchen der Straßenbahn, das Wummern ihrer Räder auf den Metallschienen … also unternahmen nur die Menschen Anstrengungen, um keinen Lärm zu machen. In Athen hielt niemand sich zurück. Und wenn ich meine Freunde dort ermahnen würde, sie sollten im Bus leiser sein, weil es in anderen Städten üblich sei, seine Stimme im Bus zu drosseln, würden sie mich auslachen. Ich sprach in Gebärden mit meiner Mutter, um ihr zu sagen, dass hier alle sehr leise seien und kaum miteinander sprachen. »Ist das wahr?«, rief sie und guckte um sich. Keiner der Fahrgäste drehte sich zu uns um, oder vielleicht doch, aber nur kurz und gleichgültig, als hätten sie schon öfters gesehen, wie jemand mit einem tauben Menschen redet. Was für eine Erleichterung! Ich brauchte mich nicht mehr zu schämen. Die Scham kannte ich zur Genüge, und sie war von jeher eine Qual. Immer hatte ich versucht, meine Mutter und mich zu verstecken, wenn wir miteinander redeten. Uns in zwei Kichererbsen zu verwandeln, die ich in der Tiefe meiner Jackentasche kullern lassen konnte.

Jenseits von uns die Fremden

In Athen waren die Blicke unverschämt an uns haften geblieben. Die Leute wunderten sich über unser Hin und Her von Bewegungen und Grimassen. Oft drückte ich die Hand meiner Mutter, presste meine Nägel in ihre Handfläche, schob meinen Ellbogen in ihre Seite, legte meinen Finger auf die Lippen, damit sie merkte, dass sie ihre Stimme senken musste oder aufhören musste zu sprechen, weil uns alle anstarrten. Die anderen sollten uns nicht sehen, wenn wir sprachen. Ich spürte, wie die Scham mir in den Kopf stieg und mir die Wangen violett färbte.

Ich schämte mich schon sehr früh für meine Mutter, und das war das quälendste Gefühl von allen. Sich für einen anderen zu schämen, der immer um einen herum ist, das ist unüberwindbar. Es gibt kein Entkommen. Die Scham habe ich zum ersten Mal gespürt, als ich anfing, mich und die anderen zu unterscheiden, als ich begriff, dass »ich« und »sie« eine Zwangsgemeinschaft bildeten. Jenseits von uns begann das Fremde, »die anderen«, die vielen, die Verwandten, die Nachbarn, die Passanten. Freunde gab es nicht, durfte es nicht geben. Schon früh wurde mir bewusst, dass unsere Beziehung sehr eigenartig funktionierte, auf jeden Fall anders als all das, was außerhalb von uns lag. Geschah das alles mit uns wegen ihrer Besonderheit oder vielleicht wegen mir? Das habe ich mich immer wieder gefragt. Auch damals war ich mir nicht sicher, ob sie schuld war, da sie nun einmal nicht hören konnte, oder ich. Sicher war, dass sie sich mit der Welt ringsum nicht verständigen konnte und dass diese Schwäche auch mich betraf.
Wenn sie sprach, drehten sich alle um und starrten uns an. Wenn sie mit ihr redeten, wandte sie sich mit einem fragenden Gesichtsausdruck an mich, und ich musste ihr erklären, was der andere wollte,

oder dem anderen sagen, dass meine Mutter gehörlos war. Sie und ich bildeten den Mittelpunkt, auf den die Fremden ihre Neugierde richteten. Wir zogen die Blicke auf uns, im Bus, auf der Straße, im Kino, es war ausweglos. In mir spielten sich viele Dinge gleichzeitig ab: Wut über die Blicke, die an uns hafteten, die Mühsal, meiner Mutter so schnell wie möglich zu vermitteln, was sie verstehen sollte, und dazu meine Verzweiflung, wenn sie nicht verstand, was ich ihr sagte. Wenn ich wütend wurde, schwieg ich, wenn sie wütend wurde, schrie sie mit einer Stimme, die sie nicht beherrschen konnte. Warum spricht deine Mama so komisch?, fragten mich meine Freundinnen.

Ist deine Mama Ausländerin?

Ich antwortete höflich, nein, sie ist taub, sie kann nicht hören, aber sie spricht, sie hat gelernt zu sprechen. Das erklärte ich alles auf die natürlichste und höflichste Weise der Welt, wobei ich gleichzeitig das Gefühl hatte, vor Wut zu platzen, und dachte, dass ich letztendlich auch nicht normal sei, da ich die Last einer Mutter, die nicht hören und nicht normal sprechen konnte, auf mich genommen hatte. Das gaben mir auch die anderen zu verstehen, da sie mich normalerweise mitleidig und verständnisvoll anschauten oder meine guten Manieren und meine Reife lobten. Ich fühlte mich wie eine Lügnerin, denn am liebsten hätte ich ihnen eine aufs Maul gegeben, hätte sie angebrüllt, dass sie mich mit ihren Fragen in Ruhe lassen und sich um ihren eigenen Kram kümmern sollten. Ein ganzes Leben ging das so, mit diesem und jenem, mit Erklärungen, mit Gesten, mit langsamen, lautlosen Gesprächen, mit den Lippen, die Vokale bildeten und Konsonanten. Wir waren kommunizierende Röhren, bei denen es kein Entrinnen gab, so sehr ich es auch wollte.

Als ich älter wurde, mir mein eigenes Leben aufbaute und neue Freunde fand, ließ mich das Gefühl der quälenden Scham immer öfter verzweifeln. Und natürlich versuchte ich es zu vermeiden, meine Mutter anderen vorzustellen, damit sie nicht begriffen, dass etwas mit mir, mit ihr, mit uns nicht in Ordnung sein könnte.

Einmal, als ich noch klein war, fielen mir in Athen im Bus zwei ältere Damen auf, die uns gegenübersaßen, uns unverfroren beobachteten und ständig die Köpfe zusammensteckten, um über uns herzuziehen. Ich spürte, wie der violette Knoten in meinem Hals hämmerte. Ich stand auf und begann, vor ihnen Gesten zu machen, während meine Lippen lautlos Silben formten: »Unverschämte, idiotische alte Weiber! Wenn ich könnte, würde ich euch hochkant aus dem Bus werfen!« Meine Phantasie blühte auf. Ich sah sie plötzlich aus der offenen Tür fliegen, der alte Bus stöhnte fürchterlich auf, als würde er sich erleichtert fühlen. Ich rannte nach hinten und stellte mich an die Heckscheibe. Mit weit aufgerissenen Augen starrte ich auf den Asphalt, der sich wie ein Band unter dem Bus aufrollte. Ich hörte das Gegacker der beiden Alten. Sie lagen jetzt auf dem Asphalt. Das Fahrzeug war über sie hinweggerollt. Sie lagen da mit ausgebreiteten Armen und Beinen in einer Blutlache. Wie rote Abziehbildchen, wie die getrockneten Blumen, die ich zwischen den Seiten meiner Bücher presste. Auch der Knoten in meinem Hals sprang aus dem Bus und wurde zu einem Heer von schwarzen Wortkäfern, die auf die platten Kadaver kletterten und sie anknabberten. Da musste ich lachen. Die beiden verbiesterten Alten, platt wie eine Briefmarke!

Diktaturen und Proteste

Von der Friedensdemo erfuhren Caruso und ich, als wir die Plakate an den Litfaßsäulen lasen. Ostermontag auf dem Maximiliansplatz, beim Platz der Opfer des Nationalsozialismus. Seltsam, von einem solchen Platz hatte ich noch nie gehört. Aber es musste wohl ein sehr großer Platz sein.

Wir hatten beschlossen, ohne meine Mutter hinzugehen. Was sollen wir sie mitschleppen, bei all den Leuten geht sie uns am Ende noch verloren, meinten wir. Doch als wir dort ankamen, war alles menschenleer. Die Massen, die wir erwartet hatten, die wir von den Demos in Athen kannten, waren nicht zu sehen. Ob wir uns in der Uhrzeit geirrt hatten? Da entdeckten wir in einer Ecke mit einem Rasenfleckchen einige geparkte Autos und rundherum an die zwanzig, dreißig junge Leute mit Transparenten gegen den Vietnamkrieg. Wenn die Griechen nicht auch noch aufgetaucht wären, etwa siebzig Leute, die »Nieder mit der Junta« skandierten, und zusammen mit ihnen noch einige Spanier gegen Franco, etwa zwanzig Iraner gegen den Schah und fünf, sechs Portugiesen gegen Salazar, dann wäre die Friedensdemo ein echtes Fiasko geworden. Diesen schlaffen kämpferischen Cocktail sollte ich noch oft auf Münchens Straßen zu sehen bekommen. Manche meinten, dass die Beteiligung im Mai '68 größer gewesen war, besonders in Berlin. Doch hier konnte man die Demonstranten fast an den zehn Fingern abzählen. Präsent waren auch Männer des deutschen Geheimdienstes. Sie ähnelten unseren unübersehbaren Spitzeln überhaupt nicht. Diese hier waren salopp gekleidet, trugen keine Sonnenbrille und machten pausenlos Fotos. Die Gesichter der Demonstranten kamen nachher gleich in die Kartei, und so wussten sie, wer wann an welcher Demo teilgenommen hatte. Das sollte uns bald Theo erklären, ein junger Grieche, der zusammen mit einem jungen Mädchen ein Banner hochhielt, auf

dem stand: »Kein Urlaub in Griechenland, keine deutsche Mark für die Obristen!«
Caruso und ich waren begeistert. Griechische Demonstranten! Und wir riefen auch »Junta raus« und »Nieder mit den Obristen«. Theo stellte sich uns vor. »Und das ist meine Freundin Helga«, sagte er, »die bei keiner Demo gegen die Junta fehlt.« Er sprach unglaublich schnell und etwas schlampig, als würde er die Wörter ineinanderschieben. Wir drückten den beiden die Hand. Helga wurde plötzlich ziemlich rot und sagte in gebrochenem Griechisch: »Aber … spreche … leider kein … Griechisch.« Dann fragte Theo uns aus, wer wir waren und wann wir in München angekommen seien … Klick!, blitzte es. »Jetzt seid ihr leider nicht mehr unbekannt in München«, rief er und grinste. »Gerade wurden wir vom deutschen Geheimdienst fotografiert. Einer von denen hat mich vorhin wie einen alten Freund begrüßt. So geht das immer, und dann nennen sie mich Berufschaot und fragen, ob ich jetzt schon auf mehreren Demos gleichzeitig sein kann … und neuerdings hat einer mir geflüstert, dass sie eine wunderbare Akte für mich erstellt haben. Ist mir doch egal! Sollen sie mir den Buckel runterrutschen!«, fluchte Theo und zuckte nervös mit den Schultern. Dann fragte er uns, ob wir nicht zum Treffen der griechischen antidiktatorischen Gemeinde kommen wollten. »Immer Sonntagmittag«, und er nannte uns die Adresse. Die Gaststätte sei in der Nähe des Stachus.
»Stellst du mir deine Freunde vor?«, fragte ihn ein älterer Grieche, der zu uns getreten war. Er war elegant gekleidet und wirkte auf mich wie ein Professor.
»Na klar! Ich habe sie gerade kennengelernt. Hoffe, dass sie keine Obristenspitzel sind!«, rief Theo frech.
Uns rief er zu: »Das ist Kostas! Mein wertester Herr Papa! Und tschüs! Also bis bald! Wir demonstrieren jetzt weiter!« Helga wollte noch etwas sagen, aber Theo hatte seine Seite des Banners schon angehoben und zog sie abrupt hinter sich her. Die beiden folgten den anderen Richtung Odeonsplatz. »Nieder mit der Junta!«, skandierten sie, und »Eleftheria, Freiheit für Griechenland,

Freiheit für Vietnam!« und … »Schon der alte Plato war gegen die NATO!«

Herr Kostas, wie wir ihn von nun an nannten, blieb bei uns stehen und fragte uns auch aus. Wir erzählten in Kurzfassung unsere Geschichte, und ich glaube, wir waren ihm sofort sympathisch. Er uns auch. Caruso und er sprachen über Musik und die Münchner Oper. Herr Kostas hatte sogar ein Opernabonnement! Wir waren beeindruckt. Auch er meinte, wir sollten uns am Sonntag darauf bei der Versammlung der Griechischen Gemeinde treffen. Für den anschließenden Abend lud er uns zu sich nach Hause ein. Seine Frau Niki würde eine Suppe kochen, und dann könnten wir etwas länger über die Geschehnisse in unserer Heimat diskutieren. Er würde uns auch wegen der Aufenthaltserlaubnis informieren, versprach er. Ich stotterte etwas von meiner Mutter … dass wir sie nämlich auch dabei hätten, ja, mit uns in München, und dass wir eine passende Arbeit suchten.
»Dann bringt doch deine Mutter mit«, meinte er.
Ich nickte. »Gut, dann also bis nächsten Sonntag!«
Dass meine Mutter taub war, sagte ich nicht. Das sagte ich ihm erst am nächsten Sonntag, als wir die düstere Gaststätte betraten, in der die antidiktatorische Gemeinde tagte, und uns neben ihn setzten. Er drückte meiner Mutter die Hand und bestellte für uns Kaffee.

Die Griechen in der antidiktatorischen Gemeinde gefielen uns nicht. Sie waren laut und wollten immer das Wort ergreifen, um sich oder ihre politische Richtung darzustellen. Dabei wurden sie andauernd von anderen unterbrochen, die sich auch darstellen wollten, und prompt ging der Streit los. Solche Szenen kannte ich von den politischen Gruppierungen in Athen. Jetzt blickte ich beschämt zum Wirt und zur Bedienung, einer korpulenten Münchnerin mit weißer Schürze und orthopädischen Schuhen. Die beiden schienen wenig irritiert von den hitzigen Griechen. »Die sind an uns gewöhnt«, erklärte mir Herr Kostas leise, und er schien sich zu amüsieren. Meine Mutter fragte, worum es denn gerade ginge. »Um Politik und um die Militärjunta«, erklärte ich ihr. »Ach«, lachte sie, »also um Flöhe im Stroh!« Kostas nickte und klapste ihr zustimmend auf die Hand. Das gefiel ihr, und sie zog in gespielter Verzweiflung die Schultern hoch: »Was soll ich denn sonst sagen?«

Am frühen Abend machten wir uns zu dritt auf den Weg zu Kostas und Niki. Sie wohnten im Westend in der Bergmannstraße. Wir waren noch auf der Suche nach der Hausnummer, als wir aus der halb offenen Tür eines Lokals eine bekannte Stimme hörten. »Heeep!«, rief Theo uns zu. Er und Helga saßen in einem schlichten Kafenion und spielten Backgammon. Zwei ältere Griechen schauten ihnen zu, »*Jassas!*«, sagten sie und kippten ihren Ouzo.
»Geht ihr zu meinen Eltern? Das Haus nebenan! Wir kommen gleich hinauf!«, rief Theo. »Einen Moment nur! Ich will Helga noch zeigen, wer hier der Herr ist!«, und schon krachten seine Würfel auf das Spielbrett. Helga grüßte uns mit einer Kopfbewegung und gab ihm eine zärtliche Kopfnuss.

Wir gingen in den zweiten Stock und klingelten. Frau Niki war eine schlanke Frau mit einem offenen Gesicht und hatte eine warme Stimme. Sofort ergriff sie die Hand meiner Mutter, die sich überschwänglich bedankte und eine leicht devote Haltung einnahm, die ich nicht mochte. In solchen Situationen war sie immer dankbar, dass man sie auch eingeladen hatte.
Kostas saß an einem großen dunklen Holztisch und hatte eine Zeitung vor sich ausgebreitet. »Gleich gibt es Suppe! Mögt ihr Linsensuppe?«, fragte er uns. »Aber keine griechische Linsensuppe, sondern eine deutsche«, warf Niki ein. »Das bedeutet, ohne Lorbeerblatt, dafür mit Karotten und Würstchen!«
Wir fühlten uns wohl in ihrer Küchenstube, und noch bevor die Suppe auf dem Tisch stand, waren auch Theo und Helga gekommen. Theo begann sofort, von den bevorstehenden Demos zu erzählen sowie vom Streit zwischen den griechischen Eurokommunisten

und den Russlandtreuen, die Idioten seien … Wir lachten über sein sprudelndes Temperament.

Kostas und seine Familie waren schon bei den großen Demonstrationen der Studentenrevolte dabei gewesen. Sie lebten bereits seit zehn Jahren in München und hatten in der Zeit einiges miterlebt. »Den Putsch der Militärjunta in Athen aber nicht«, sagte Kostas und dann erzählte er, dass in dem alten Haus im Westend auch einige Italiener wohnten. »Sie waren die ersten, die mit Arbeitsverträgen geholt wurden, von BMW und MAN, 1955 aus Sizilien und Kalabrien. Man nennt sie hier auch Messerstecher, Kanaken, Katzelmacher, und man lehnt sie ab. Wir Griechen sind im Vergleich dazu fast schon akzeptiert. Wegen unserer antiken Geschichte!«, lachte er sarkastisch, als hätten wir alle zusammen die Deutschen ausgetrickst.
»In letzter Zeit beginnen Politiker der konservativen CSU, anstatt der Integration die Rotation voranzutreiben«, fuhr er fort. Wir schauten ihn fragend an. »Das heißt, dass das ständig rollende Arbeiterheer aus dem Süden Europas nicht im Land bleiben und Ansprüche erheben soll, sondern dass es regelmäßig durch neue Arbeiterkolonnen ersetzt wird. Bis die Neuen Ansprüche erheben, sind sie schon wieder weg! Versteht ihr? Die bayerischen Konservativen gießen Öl ins Feuer, indem sie Deutschland mit einem überfüllten Boot vergleichen.«
»Wieso Konservative?«, rief Theo, »das sind Faschisten!«
Ich versuchte meiner Mutter die Diskussion zu übersetzen, so gut ich konnte, denn alles ging sehr schnell, und vieles verstand ich selber nicht.
»Wie heißen denn ihre wichtigsten Parteien?«, fragte sie mich, und als ich es ihr sagte, platzte sie heraus: »Das heißt ja, dass fast überall die Wörter Demokratie und Christentum vorkommen. Merkwürdig! Ist das nicht eine unglaubliche Heuchelei?« Theo sprang auf, ergriff ihre Hände und gratulierte ihr begeistert. »Seht ihr, sogar diese taube Frau hat es kapiert!«, rief er aus. »Sie sind Heuchler und Faschisten! Hast du unseren Freunden von ihren neuen Plänen er-

zählt, Papa? Also passt auf, in ihrer neuen Bezirksbestimmung heißt es, dass nur eine beschränkte Zahl von Personen in jeder Wohnung wohnen darf. Das heißt, es werden bestimmte Quadratmeter pro Person erlaubt. Wenn ein Paar ein Kind bekommt und dann mehr Kinder hat, als im Stadtteil erlaubt sind, muss die Familie in einen anderen Stadtteil ziehen! Das ist für die meisten Ausländer im Westend eine Katastrophe!«

Sein Vater klopfte ihm besänftigend auf die Schulter. »Mal langsam, Theo, du bist immer so vorschnell und streitsüchtig. Es wäre tatsächlich eine Katastrophe für die Bürger im Viertel, aber deswegen haben wir das Thema ja in den Bezirksausschuss gebracht. Ich hoffe sehr, dass sie diese idiotische Bestimmung wieder zurücknehmen«, sagte Kostas.

»Weißt du was?«, rief Theo, »in eure Bezirksrunde habe ich überhaupt kein Vertrauen! Ein paar nette Hausfrauen und lauter Spießer sitzen dort, denen es stinkt, dass inzwischen so viele Ausländer ins Westend gezogen sind. Du wirst sehen, die machen nichts! Wir gehen jetzt ins Kino. Dann bringe ich Helga nach Hause. Tschüs! Wahrscheinlich wird es spät«, und schon war Theo aus der Tür.

»Gleich!«, rief Helga und fragte mich hastig, ob wir uns am nächsten Tag treffen könnten.

»Abends arbeiten wir bis sieben Uhr«, sagte ich.

»Dann um zwölf an der Schwanthalerhöhe!«, rief sie mir zu.

Nun waren wir mit unseren Problemen an der Reihe. Meine Mutter und ich brauchten dringend eine zweite Arbeit, die in der Früh begann.

»Vergesst es«, meinte Kostas. »Ohne Aufenthaltserlaubnis könnt ihr bei keiner der großen Firmen arbeiten, ihr wisst schon, BMW oder die Metzeler-Reifenherstellung hier im Westend. Ihr könnt nur schwarzarbeiten, putzen oder abends Gläser spülen. Du bist bei Müller-Brot ja auch als Schwarzarbeiter eingestellt«, sagte er zu Caruso. »Sie werden dich spätestens nach drei Monaten rauswerfen, wenn du ihnen keine Arbeitserlaubnis bringst.«

»Wir sind in einer Sackgasse«, murmelte Caruso, »wir müssen unbedingt eine Arbeitserlaubnis bekommen.«
Ich sagte nichts, aber auch ich hatte das Gefühl, in eine Falle geraten zu sein. In Athen keine Freiheit wegen der Obristen, hier wegen der Paragraphen.
»Zunächst muss das sehr gründlich überlegt sein«, sprach Kostas weiter. »Ihr habt erzählt, dass ihr Griechenland wegen der politischen Situation verlassen habt. Also müsst ihr hier einen Antrag auf politisches Asyl stellen. Dann werdet ihr nach Zirndorf vorgeladen, wo sie euch zu euren politischen Aktivitäten ausfragen werden. Wenn sie euch als politische Flüchtlinge akzeptieren, bekommt ihr sofort einen vorläufigen Pass, eine Aufenthaltserlaubnis und danach eine Arbeitserlaubnis. Überlegt es euch gut, denn es gibt dann kein Zurück. Ihr gebt eure griechischen Pässe ab und müsst warten, bis die Obristenjunta weg ist. So wie es jetzt aussieht, kann das noch lange dauern ... Mit einem Fremdenpass nach Griechenland zu fahren, würde bedeuten, dass ihr sofort einen Passierschein fürs Gefängnis habt. Ihr könnt es natürlich auch in Frankreich oder Schweden probieren, da sind schon viele Griechen. Oder ihr entscheidet euch eben dafür, länger in Deutschland zu bleiben. Darüber sprechen wir aber ausführlich ein andermal. Es ist schon spät.« Dann kramte Kostas aus seiner Hosentasche einen Zettel hervor. Darauf stand die Adresse einer Kneipe in Schwabing, die Gläserwäscher suchte.

Am nächsten Tag traf ich Helga an der Schwanthalerstraße/Ecke Hermann-Lingg-Straße. Sie hatte mich von Weitem schon gesehen, kam aus einem jugoslawischen Stehausschank und zog mich nach einer schnellen Begrüßung auf die andere Straßenseite Richtung Bavaria-Ring. Sie sei Mitglied der SDAJ, erklärte sie mir, und dort befänden sich die Büros der Organisation.

Ich stutzte kurz, aber inzwischen hatte ich mich fast daran gewöhnt, dass man in Deutschland alles Mögliche mit Anfangsbuchstaben bezeichnete. Damit es schnell ging und effektiv. »Praktisch eben«, wie meine Mutter gesagt hätte. Zögernd wagte ich dann doch die Frage: »Helga, entschuldige bitte, was genau heißt das, SDAJ?«

»Sozialistisch-deutsche Arbeiterjugend«, erklärte Helga mir bereitwillig. Sie sprach schnell, aber nicht ganz so schnell wie ihr Freund Theo. »Wir sind Marxisten-Leninisten und mit der DKP verbunden. Die DKP wurde vor zwei Jahren gegründet, und uns gibt's deutschlandweit! Wir sind Mitglied der APO. Weißt du, was die APO ist?«, fragte sie mich. Ich nickte etwas abwesend, denn während sie sprach, hatte ich endlich die Gelegenheit, sie genauer zu betrachten. Sie war eines der hübschesten deutschen Mädchen, das ich bis jetzt in dieser Stadt gesehen hatte. Sehr schlank, sehr kurze blonde Haare, endlos lange Beine und eine strahlend schöne Haut.

Als wir die Räume von Helgas Organisation betraten, also der kämpferischen marxistisch-leninistischen Arbeiterjugend, sah ich an der Wand ein riesiges Plakat, auf dem sie selbst war! Ja, da saß Helga auf einer Wiese und war vollkommen nackt. Sie hatte den Kopf kokett zur Seite geneigt und sich eine Margerite hinters Ohr gesteckt. Unten auf dem Plakat stand: »Ja zur Liebe – nein zum Vietnamkrieg«. Das Plakat schockierte mich enorm, aber ich ließ mir nichts anmerken.

Wir setzten uns an einem Tisch, und sie brachte mir eine Limo vom Automaten. Dann nahm sie von einem Stapel eine Zeitschrift, die *konkret* hieß, und reichte sie mir. Als ich hineinblätterte, stellte ich fest, dass dieses linke Blatt in der Tat mehr als konkret war: Es veröffentlichte Fotos von splitternackten Kämpfern, barbusigen Frauen in den Berliner Kommunen, Fotos von Marx, Engels und Einstein mit herausgestreckter Zunge – letztere waren allerdings richtig angezogen. Dafür waren sie von psychedelischen Wolken umgeben, und ich sah auch einen Artikel mit dem Titel »Liebe zu viert«.
Das war's jetzt, dachte ich, alles ist konkret hier, und ich begreife es nicht, weil ich vom unterentwickelten südlichen Rand Europas komme, wo man nichts konkret betrachtet und außerdem noch kurzsichtig ist.
Während ich meinen Gedanken nachhing, begrüßte Helga ein paar Leute, die ins Zimmer rein- und wieder rausliefen, und dann fragte sie mich, ob ich Mitglied der SDAJ werden wollte. Ich wusste nicht, was ich erwidern sollte. Also sagte ich, es sei wohl noch etwas zu früh für mich, außerdem müsse ich erst besser Deutsch sprechen lernen … »später vielleicht, ja«, und da stürmte plötzlich ein großer schlanker Mann mit wirren Haaren auf uns zu, dem ins Gesicht geschrieben stand, dass er immerfort wichtige Gedanken wälzte. Er küsste Helga wie selbstverständlich auf den Mund und umarmte mich unerwartet herzlich. »Genossin?«, überrumpelte er mich mit seiner Frage. »Noch nicht, aber vielleicht bald! Bald …« stammelte ich.
»Wunderbar!«, rief er, »gehen wir heute Abend ins Domicile und hören Jazz? In der Siegesstraße? Und du kommst auch mit, Helga?« Ihre Augen leuchteten auf. »Machen wir«, sagte sie, »oder?« Ich nickte, denn ich fand, das war eine gute Idee. »Caruso mag auch sehr gerne Jazz«, sagte ich. »Wer? Caruso?«, lachte der Wirrkopf, »dann heiße ich Othello, und … dieser Caruso, gehört er nicht eher in eine italienische Oper?«
»Ja, natürlich, eher …«, stotterte ich, »aber … wir gehen auch gerne … zu Jazz … gerne!« Helmut, dessen Namen ich nun von Helga erfuhr, verstand kein Wort, und Helga übernahm es also nun, ihn

aufzuklären, dass Caruso und ich Griechen seien, frisch aus dem Land der Obristen. Helmut umarmte mich noch einmal kämpferisch, sagte, er liebe die Griechen, und dass er im Domicile auf uns warten würde.

Als wir abends vom Putzen in die Amalienstraße kamen, war Caruso überhaupt nicht begeistert von meiner Idee, Jazz hören zu gehen. Nach der Arbeit bei Müller-Brot und beim ADAC sei er sehr müde, sagte er, und wolle nur noch ins Bett. Und dann wurde er zunehmend verstimmt, weil ich mich gewillt zeigte, später allein zum Domicile aufzubrechen und ihn mit meiner Mutter zu Hause zu lassen. Ja, das war meinerseits vielleicht zu viel von ihm verlangt. Aber dass Caruso eifersüchtig werden konnte, das wusste ich bis dahin noch nicht.
Ich versprach also, zu Hause zu bleiben, und Caruso versprach mir, dass wir an einem anderen Abend in ein Jazzlokal gehen würden, er hätte keine Lust, jetzt mit Helga und diesem Typen deutsch zu sprechen, fügte er hinzu. Dann zog er seinen Mantel an und sagte, er wolle jetzt schleunigst heim. An der Tür umarmte er mich kurz, hob die Hand in Richtung meiner Mutter und ging.
Meine Mutter stellte Käse, Brot und einen Teller mit zwei gekochten Eiern auf den Tisch und legte sich aufs Bett. »Iss du, ich möchte doch nichts, ich schlafe fast schon ein. Aber sag mir, habt ihr Streit gehabt?« Ich schüttelte den Kopf. »Alles in Ordnung?«, fragte sie noch einmal nach. Ich nickte. Diese Frau sieht alles, dachte ich.

Einige Tage später trafen Caruso und ich uns sonntags um die Mittagszeit mit Helga und Theo bei ihrer SDAJ. Es war ein sonniger Tag. Meine Mutter wollte in die Alte Pinakothek, und ich begleitete sie bis zum Eingang. In dem Viertel um unsere Wohnung kannte sie sich inzwischen sehr gut aus, weil sie fast täglich einen Spaziergang machte, und irgendwie hatte sie herausgefunden, dass der Eintritt in die Pinakothek am Sonntag frei war.
Die Museen hatte sie schon in Athen regelmäßig besucht, denn da gab es etwas zu sehen. Der beste Zeitvertreib war für sie, entweder

nachmittags mit mir an der Hand ins Kino zu gehen oder vormittags in ein Museum. Sie liebte das archäologische Museum, das in Athen nicht weit von unserer Wohnung entfernt lag, und wir gingen oft dorthin. Stets bewunderte sie von Neuem die Skulpturen und war begeistert von den Kleidern, den Frisuren und den perfekten Gesichtern der antiken Frauen. Sie ging auch zu Ausstellungen moderner Malerei, aber dort war sie nicht so glücklich. »Das verstehe ich nicht«, beklagte sie sich, »warum müssen sie so malen? Dieser Picasso, was findet er dabei, ein halbes Frauengesicht zu malen mit einem Auge, das in der Luft schwebt?« Caruso übernahm es einmal, ihr die moderne Kunst zu erklären. Ganz geduldig fragte er sie, ob in ihr nicht auch einmal die Lust zum Experimentieren aufgekommen sei. Beim Nähen eines Strohhuts, hatte sie nicht manchmal plötzlich den Impuls, ganz unpassende Farben nebeneinanderzusetzen oder eine völlig neue Form zu entwerfen? Einfach nur, um das Ergebnis zu sehen? »So auch diese Maler! Sie spielen mit den Farben, mit den Mustern, mit den Ornamenten! Experimentieren macht Spaß«, sagte er zu ihr, und sie nickte verwundert, aber auch vergnügt, weil sie alles verstanden hatte. »Also so ist das mit der modernen Kunst!«
Vor der Alten Pinakothek versicherte sie mir, dass sie wieder gut heimkommen würde, das wäre kein Problem, meinte sie.

In der SDAJ wollte Theo uns endlich über die deutschen Organisationen mit sozialistischen Idealen aufklären. Die meisten hatten ebenso schrille Namen wie in Griechenland in der Zeit vor der Junta: Spartakus, Sozialistische Arbeiterjugend, Rote Zellen, Basisgruppen, KPD/ML. »Alle zusammen werden bei uns K-Gruppen genannt.« Er nippte an seiner Cola-Dose und erklärte uns, dass es noch andere linke Organisationen gab, die aber verboten waren. »Die Deutschen sprechen von der außerparlamentarischen Opposition, APO«, betonte er. So eine Bewegung hatten wir in Griechenland nicht. Oder vielmehr, wir hatten schon eine: die verbotene Kommunistische Partei, aber die nannten wir nicht *außerparlamentarisch*, wir nannten sie einfach *verboten*. Ich versuchte, Helga das auf Deutsch zu erklären, aber Theos Redeschwall war nicht zu stoppen. »In der APO, da waren sie alle drin, das heißt die sozialistischen Studenten und die radikalen Linken … und die vom SDS, dem Sozialistischen Deutschen Studentenbund, das war die beachtenswerteste Organisation mit dem größten Einfluss an den Universitäten«, erklärte er uns, »aber jetzt sind sie gerade damit beschäftigt, sich endgültig aufzulösen. Es waren zu viele Opportunisten mit dabei!« Die Bezeichnung Opportunist hatte ich schon in Athen sehr oft gehört. Immer wenn die Linken einem etwas vorwerfen wollten, nannten sie ihn Opportunisten.

Während Theo uns auf Griechisch aufklärte, gähnte Caruso provokativ laut, woraufhin Theo noch schneller sprach. »Die KPD ist 1956 verboten worden, die DKP ist seit 1968 legal …«

»Und was ist der Unterschied?«, gelang mir eine kleine Frage. Er zuckte mit den Schultern. »Ach, fast keiner! Nur wegen dem Namen!« Das verstand ich nicht, also stellte ich ihm gleich die nächste Frage, vor der ich besonders tief Luft holte: »Und was für eine Rolle spielen die Gewerkschaften? Sie kommen mir hier allmächtig vor, und die Griechen, ich meine … die Gastarbeiter, die ich bis jetzt kennengelernt habe, sprechen ehrfürchtig über sie.«

»Die deutschen Gewerkschaftler tun sehr links, aber sie sind nur Konformisten«, antwortete Theo knapp.

Ich musste überlegen, was das Wort Konformist bedeutete. Das hatte ich in Athen nicht so oft gehört. Aber ich brauchte mich nur an meine Französischkenntnisse zu erinnern: *conforme*, also mit der Form gehen, einer bestimmten Form treu bleiben, sich linientreu verhalten … Doch da rüttelte mich Theos laute Stimme schon wieder wach. »Die Konformisten können keine Linken sein! Die geben kleinlaut bei, wie Willy Brandt, unser neuer Kanzler. Den hielten wir für links, aber er hat sich sehr schnell arrangiert. Er ist dafür, dass die beiden deutschen Länder sich näherkommen. Das ist seine berühmte Ostpolitik! Er steht jedenfalls weiter links als alle anderen deutschen Politiker, und deswegen mögen ihn auch die Griechen«, sagte Theo.

Helga schwieg die ganze Zeit. Ich schaute sie an. »Und was hältst du denn von Brandt?«, fragte ich sie.
Theo wartete nicht auf ihre Antwort, sondern schlug vor, dass wir uns am 1. Mai wiedersehen sollten. An jenem Tag fand die Gewerkschaftsdemo auf dem Königsplatz statt. »Ihr wisst schon, der Platz mit den Kopien der antiken Tempel.«
»Können wir nicht auf Deutsch reden? Helga langweilt sich«, warf Caruso ein.
Ach, seit wann interessiert es ihn, wie sich Helga fühlt?, dachte ich und spürte einen kleinen Stich im Herzen. Ich ließ ihn mir aber nicht anmerken.
»Ich will nach draußen in die Sonne«, sagte Caruso entschieden. »Lasst uns zum Englischen Garten fahren. Wir wollten sowieso einmal zu diesem Monopteros.«
»Oh ja«, rief Helga, »das machen wir. Beim Monopteros ist immer etwas los, Musiker sind sicher auch da.«
»Ich bleibe hier«, sagte Theo etwas steif. »Dort kiffen die Hippies, und die Polizei kontrolliert ständig.«
»Verstanden«, meinte Helga ironisch, »du willst nicht, dass dich die Herren vom Geheimdienst als Kiffer abstempeln. Das Etikett des griechischen Revoluzzers passt besser zu dir, aber wenn dir zufällig etwas Marihuana unter die Finger kommt, kiffst du auch gerne!«
Zum ersten Mal erlebten wir, dass Helga ihrem geliebten Revoluzzer Paroli bot.

Als sie sich Caruso beim Monopteros auf den Schoß setzte, spürte ich wieder diesen Stich im Herzen und beschloss, ihm weiterhin keine Aufmerksamkeit zu schenken. Auf keinen Fall wollte ich mich eifersüchtig zeigen. Helga holte Tabak und Zigarettenpapier aus ihrer Hirtentasche sowie eine kleine Dose mit Kräutern und drehte mit flinken Fingern eine Zigarette. Die rauchte sie gemeinsam mit Caruso, und mit der Zeit verstand ich, dass die Dose mit den Kräutern keine Kräuter beinhaltete, sondern Gras, wie sie sagten. Ich zögerte, aber schließlich zog ich auch ein-, zweimal an der Zigarette,

und dann musste ich nur noch husten. Sonst passierte nichts. »Bist du etwa entspannter?«, fragte ich Caruso, der etwas albern lächelte und an Helgas bunt bestickter indischer Weste herumzupfte. Ich wunderte mich ein bisschen, wie schnell es ging, dass er auf einmal mit Helga war und ich mit mir allein. Also versuchte ich mich auf einen Langhaarigen mit Brille zu konzentrieren, der neben uns auf der Flöte spielte. Gleichzeitig erinnerte ich mich an den Artikel im *konkret*-Magazin: »Liebe zu viert«, oder war es »Liebe zu dritt«?
Caruso fragte Helga, seit wann und ob sie oft Gras rauche, wo sie es herbekäme und was es kostete. Ich war perplex. Was sollte das jetzt? Wollten wir denn Gras kaufen? Wir hatten nicht einmal für die Fahrkarten genug Geld. Die Flötenmusik war zu Ende, und ich klatschte besonders laut und lang. Während sich der Flötenspieler für meine Begeisterung bedankte und immer näher rückte, verfolgte ich, wie Caruso sich möglichst unauffällig zwischen ihn und mich setzte. Denn natürlich war ihm unser Flirt nicht entgangen. Der Langhaarige griff daraufhin wieder zu seiner Flöte und spielte die Melodie von *Let it be.* Helga wiegte sich im Rhythmus sanft hin und her, und ich dachte, jetzt würde Caruso sie gleich richtig umarmen und sie würden sich gemeinsam hin und her wiegen. »Glaubst du, Willy Brandt wird mit seiner Ostpolitik erfolgreich sein?«, fragte ich Helga, um der romantischen Träumerei ein schnelles Ende zu setzen. In diesem Moment begann Caruso, das Beatles-Lied laut mitzusingen. Natürlich wollte er mit seiner Stimme etwas angeben, da war ich mir sicher, und jetzt schmolz Helga komplett dahin: »Mensch, Caruso, hast du eine tolle Stimme! Ich liebe dieses Lied und die Beatles! Du hast noch gar nicht erwähnt, dass du so gut singen kannst«, sagte sie. »Jetzt verstehe ich auch den Namen Caruso. Wie heißt du in echt?«
»Takis«, antwortete ich trocken, bevor er etwas erwidern konnte. »Christos, Christakis, Takis! Einfach Takis heißt er in echt.« Ich war ein wenig hämisch, als hätte ich ihr mit dem schlichten ›Takis‹ ein Zeichen gegeben, dass sie ihre Begeisterung besser etwas dämpfen sollte.

Dann sagte ich noch: »Mir ist kalt, lasst uns gehen«, und schweigend traten wir den Rückweg an. Ob die beiden gemerkt hatten, dass ich eifersüchtig war? Als ich mich verabschiedete, um in Richtung Amalienstraße weiterzugehen, umarmte mich Caruso, drückte mich an sich und gab mir einen besonders langen Kuss. Ich war mir nicht sicher, ob der ganze Kuss mir galt oder zum Teil auch Angeberei war, weil Helga uns zuschaute. Die beiden fuhren dann mit der Straßenbahn in Richtung Rotkreuzplatz.

Als ich die schwere Haustür aufdrückte, kehrte mein schlechtes Gewissen mit einem Schlag zurück. Wie jene kalte Welle der Unruhe, die ich aus Athen schon so gut kannte. Ich hatte meine Mutter fast den ganzen Tag allein gelassen. Von 11 Uhr vormittags bis 7 Uhr abends, also ganze acht Stunden. Gut, sie war im Museum gewesen, aber danach? Ob sie sich etwas gekocht hatte? Nachmittags etwas geschlafen hatte?

Als ich das Zimmer betrat, sprang sie vom Stuhl auf und freute sich wie ein kleines Kind. »Wie schön, dass du wieder da bist! In der letzten Stunde habe ich mir Sorgen gemacht. Hast du etwas gegessen?« Sie fragte mich auch, ob Caruso noch kommen würde, und dann erzählte sie, dass sie Keftedes zubereitet hätte, natürlich ohne Knoblauch, wegen Frau Ahlers, aber mit Zwiebeln, das schon! »Sie schmecken gut«, sagte sie, »ich habe für dich auch einen Teller voll. Und dazu habe ich Spinat gemacht. Leider nur diesen tiefgefrorenen pürierten. Wenn du ihn nicht magst, lass ihn stehen. Vielleicht esse ich ihn morgen Mittag, obwohl er nicht das Wahre ist. Spinat muss doch Blätter haben! Diese tiefgefrorene Pampe ist etwas für Babys. Aber du weißt ja, ich kann kein Essen wegschmeißen.« Außerdem würden alle Griechen hier diesen Spinat essen, meinte meine Mutter und schüttelte den Kopf. Einen anderen gäbe es nicht, das hätte man ihr erst heute wieder bestätigt, weil sie nach der Pinakothek nämlich noch bis zum Hauptbahnhof gegangen sei, um eine Zeitung zu kaufen. Dort habe sie ein paar Griechen wiedergesehen, die sie schon kannte, und sie hätten geplaudert, erzählte meine Mutter, und ich freute mich, dass sie so viel unternommen hatte, ohne sich zu verlaufen, und dass sie so selbstständig war.

Ich erzählte ihr auch, wie mein Tag gewesen war, von Helga, Theo, und dass ich im Englischen Garten einem Flötenspieler zugehört hatte, den ich sehr sympathisch fand.
»Und Caruso?«, rief sie. »Wie fand er das?«
»Er war mit einer anderen Freundin beschäftigt«, antwortete ich. Sie zog eine fragende Grimasse, als wollte sie sagen: Und? Ist das alles in Ordnung? Sie sagte aber nichts. Immer, wenn ich ein schlechtes Gewissen hatte, erzählte ich meiner Mutter mehr als sonst, ganze Geschichten mit vielen Informationen. Als ob das ein Trost dafür sein könnte, dass ich sie so lange allein gelassen hatte.

Ein wahres Denkmal für die griechischen Partisanen

Die 1. Mai-Demo war an einem Freitag, und es war immer noch zu kalt.

Dass wieder viele Griechen gekommen waren, erkannten wir auf Anhieb, als wir ihre Transparente sahen.

Caruso und ich hielten uns zunächst etwas abseits, bei den Säulen der Glyptothek, wo wir auf den Marmorstufen sitzen konnten. Manche, mit denen wir bereits auf den letzten Demos ein paar Worte gewechselt hatten, kamen zu uns herüber und wünschten uns frohe Ostern, denn das griechische Osterfest lag erst ein paar Tage zurück. Plötzlich holte eine korpulente Griechin rote Ostereier aus ihrer Tasche und verteilte sie, damit wir damit pecken konnten. »Baldige Freiheit für die Heimat«, sagte sie, und »Nieder mit den Militärs«. Helga war inzwischen auch zu uns gestoßen und verfolgte dieses kleine Ritual ganz genau. »Zu Ostern wünschen wir uns schon aus Tradition eine politische Auferstehung«, erklärte ich ihr. »Das kommt von der Revolution gegen die Osmanen. Damals wünschten die Partisanen einander *kali Anastasi*, gute Auferstehung, und meinten damit: Möge Griechenland bald befreit sein und die Revolution gegen die Osmanen ein gutes Ende nehmen.«

Neben den neuesten Entwicklungen in der Heimat war natürlich auch der Oscar ein großes Thema, den Costa-Gavras für *Z* erhalten hatte, als bester ausländischer Film. Ein älterer Landsmann, der gerade aus Paris gekommen war, erzählte uns, dass er den Film dort bei der Erstaufführung gesehen hätte und wie ergriffen die griechischen Zuschauer gewesen wären. Viele hätten nach dem Abspann Tränen in den Augen gehabt.

»Ist der Film denn eine Schnulze? Warum haben sie geweint?«, fragte Helga, und wir mussten lachen. Ich erklärte ihr, dass es sich um

einen politischen Film handelte und ich ihr die Geschichte, die ihm zugrunde lag, später erzählen würde. »Denn wenn du mit einem Griechen zusammen bist, musst du diese Geschichte kennen.«
»Und ihn hier, ihn solltest du auch kennen!«, rief Theo, der mit einer Trillerpfeife in der Hand plötzlich neben uns stand. »Mein Freund hier ist ein Jurist aus Paris und … ein wahrer Trotzkist!«

Auch unsere Bekannten Kostas und Niki waren auf den Königsplatz gekommen. Kostas erzählte uns von der Geschichte der Propyläen, die der bayerische König Ludwig nach dem Vorbild der Originale auf der Akropolis hatte errichten lassen. »Und stellt euch vor: Auf den Innenwänden der Propyläen ließ er die Namen der wichtigsten griechischen Partisanen der Revolution gegen die Osmanen eintragen, mit griechischen Buchstaben! Nirgendwo in Griechenland gibt es ein solches Denkmal. Keine griechische Regierung hat dafür gesorgt. Nur ein bayerischer König hat daran gedacht, unseren Nationalhelden eine solche Ehre zu erweisen!«
»Papa, das fehlt uns noch, dass du jetzt König Ludwig als Nationalhelden darstellst!«
Das Wortgefecht zwischen Vater und Sohn war wie immer amüsant. Ich schaute auf die vielen Menschen hinunter. Sehr viele hatten sich diesmal versammelt, viel mehr, als ich es von den Demonstrationen in der Stadt gewöhnt war. »Verhindert zwei, drei, viele Griechenlands«, stand auf einem der Transparente, und ich wunderte mich, ob es die Absicht gab, mehrere Diktaturen nach griechischem Muster in Europa zu installieren. Vielleicht eine Verschwörung? Ein CIA-Plan?
Meine Gedanken schweiften nach Athen, in die Vergangenheit. Dort hatten wir auf den Demos immer lautstark gesungen. Doch hier gab es keine Musik, keine Lieder, keine Gedichte, und mit einem Mal fühlte ich mich sehr fremd. Was gingen mich im Grunde diese ganzen Reden an, fragte ich mich, und auch die Reformen von diesem Willy Brandt.

»Habt ihr das schon gehört?«, rief uns plötzlich ein anderer Landsmann zu, »die Obristen haben vor einigen Tagen Seferis die Ausreise verboten. Er war bei einem Literaturfest in Italien eingeladen.«
»Nieder mit der Junta in Griechenland! Nieder mit den Obristen!«, rief Theo.
»Wer ist noch mal dieser Seferis?«, flüsterte mir Helga fragend zu.
»Einer der wichtigsten Dichter des Landes, Nobelpreis 1963«, flüsterte ich zurück.

Bald hatten wir keine Geduld mehr, um den ewig langen Reden auf dem Königsplatz zu lauschen, und entschieden uns zu gehen. Helga schlug ein jugoslawisches Lokal vor, das sich in der Kurfürstenstraße befand. »Fein, ich habe einen Bärenhunger«, streichelte Caruso bestätigend über ihren Rücken.
»Wir haben sehr wenig Geld«, raunte ich ihm zu.
»Bei den Jugos ist es sehr billig«, beruhigte mich Kostas, der unseren Wortwechsel mitbekommen hatte. »Außerdem lade ich euch beide ein, und wir sprechen über euren Antrag auf politisches Asyl.« Ich holte erleichtert tief Luft, bedankte mich im Vorhinein bei ihm, und ein paar Straßenecken später lernte ich meine ersten Ćevapčići kennen, die mich an die griechischen Soutzoukakia erinnerten, die kleinen länglichen Frikadellen in würziger Tomatensoße. Während des Essens fragte Caruso, wie es meiner Mutter ginge und warum sie nicht zur Demo mitgekommen sei. Ich antwortete, dass ich ihr geraten hätte, zu Hause zu bleiben, denn von dem zu erwartenden Gedränge würde sie nicht viel haben. Außerdem sei es ganz schön kalt. Und den Königsplatz, den hätte sie schon längst gesehen. Erstaunlicherweise hatte sie all diese Argumente akzeptiert, ohne auch nur mit der Wimper zu zucken.
»Und wie habt ihr euch nun entschieden?«, fragte Kostas, der uns gegenübersaß.
»Wir glauben, dass wir keinen anderen Ausweg haben, als Asyl zu beantragen«, antwortete Caruso. Ich nickte.

»Dann kommt ihr nächste Woche bei mir vorbei, sagen wir am Donnerstag, und wir formulieren gemeinsam dieses traurige Papier, also den Antrag. Einverstanden?«

Wir waren inklusive meiner abwesenden Mutter sofort einverstanden.

Helga, die neben mir saß, flüsterte mir zu: »Erklärst du mir bitte noch schnell, was das Besondere an diesem *Z* ist?«

»Das Besondere ist die eigentliche Geschichte. Es ist ein Polit-Thriller über die Ermordung eines linken pazifistischen Abgeordneten. Er hieß Grigoris Lambrakis und wurde im Anschluss an eine Demo in Thessaloniki ermordet. Im Mai 1963, durch Handlager der Polizei und des Militärs. Sie haben natürlich versucht, diesen Mord als Unfall darzustellen. Man erzählt auch, dass dunkle Kreise hinter der königlichen Familie, vor allem der Königin Friederike, bei alldem eine Rolle gespielt haben. Es gibt auch ein Buch namens *Z*, vielleicht haben sie das schon ins Deutsche übersetzt.«

»Danke«, hauchte Helga, und in diesem Moment nahm ich ihr Interesse für die Griechen ernst. »Und jetzt habe ich euch allen etwas zu sagen«, rief sie einen Augenblick später aus und schlug mit einem kleinen Löffel an ihr Glas, um unsere Aufmerksamkeit auf sich zu lenken.

»Am kommenden Mittwoch seid ihr alle nach Pasing zum Abendessen eingeladen! Meine Mutter möchte endlich meine neuen griechischen Freunde kennenlernen!« Helga fügte noch hinzu, dass ihre Mutter gerne griechische Lieder hörte und im Sommer oft nach Griechenland fuhr.

»Sie liebt euer Land, und ich habe diese Liebe geerbt«, sagte sie und umarmte Theo.

Es geht mir gut, ja wirklich gut

Als Caruso und ich am darauffolgenden Mittwoch die Wohnung von Helgas Mutter betraten, holte diese nach einer herzlichen Begrüßung gleich ihre Schallplatten mit griechischer Musik aus dem Schrank und legte eine auf.

Dann schenkte sie uns Retsina ein. »Ich habe auch Chianti, wenn jemand Rotwein möchte«, sagte sie und wandte sich mit strahlendem Lächeln an Caruso: »Ich habe gehört, dass Sie ein Sänger sind. Hoffentlich singen Sie uns heute etwas vor!«

Caruso erstarrte für einen Moment und antwortete dann höflich: »Es tut mir leid, ich bin da sehr speziell, ich singe nur, wenn … es von innen kommt! Sie verstehen! Außerdem bin ich Opernsänger.« Helgas Mutter nickte sichtlich enttäuscht, aber gefasst zurück. »Dann ein andermal«, meinte sie, während Helga schon den Tisch deckte. Seine Eltern wären gern gekommen, bemerkte Theo, aber Kostas hatte sich auf der Demo eine Erkältung geholt.

Das Abendessen, das uns serviert wurde, bestand aus Brot, Salami, Leberwurst und dünnen Scheiben Schnittkäse, dazu Essiggurken und Krautsalat. Von wegen Abendessen! Es gab auch einen Salat mit riesigen grünen Blättern, ertränkt in Zucker-Essigwasser mit ein paar Tropfen Sonnenblumenöl. Da taten mir die Deutschen zum ersten Mal wirklich leid. Denn ich merkte, dass ihnen zumindest eines dringend fehlte: das Olivenöl. Und ich war froh, dass ich meine Mutter nicht mit dabei hatte, denn sie hätte mich bestimmt verrückt gemacht. Warum dies und warum jenes. Und dass diese Deutschen geizig seien und nicht kochen wollten.

Helgas Mutter war Gymnasiallehrerin, da sie aber wegen ihrer linken Überzeugung nicht im öffentlichen Dienst eingestellt wurde, betrieb sie einen Blumenladen. Sie war aktenkundig. Ihre ganze Familie war links, frühe Nazigegner und jetzt bei der DKP. »So kommt man nie in den Staatsdienst«, erläuterte uns Helga. Da stimmten Deutschland und Griechenland überein. Nur beim Abendessen kein bisschen. Als die Musik verklungen war, erhob Helgas Mutter sich vom Tisch und legte eine neue Schallplatte auf. Wieder war es eine von Mikis Theodorakis. Ich konnte mich des Gedankens nicht erwehren, dass man in Deutschland wenig Ahnung von der Vielfalt griechischer Musik hatte. Helga meinte voller Euphorie, dass sie durch die griechischen Lieder viel schneller Griechisch lernen würde, und dann wechselten wir zur Couchgarnitur hinüber. Da Helga einige Gläser Wein getrunken hatte, fiel sie mit Schwung zwischen Caruso und Theo und sang laut und falsch mit ihrer Mutter eines der Lieder mit, die Theodorakis im Exil verfasst hatte.

Es geht mir gut, ja wirklich gut,
das Gleiche wünsche ich auch euch. Küsst alle,
die nach mir fragen, viele Grüße auch an sie.
Vorgestern habe ich das Paket bekommen,
gebt doch nicht so viel für mich aus.
Als wären die Türen zwischen uns offen,
ist mein ganzes Leben nah bei Euch.
Ab morgen ist die Hälfte unserer Freunde weg,
auch wir kommen woanders hin,
vielleicht aufs Festland, vielleicht auf eine Insel,
Gottes Wille geschehe.

»Bringst du mir Sirtaki bei?«, fragte Helga Theo, umarmte ihn und zog ihn an sich.
»Gerne«, sagte er zu ihr, »wenn jemand mir den Tanz erst einmal beibringt.«
»Kannst du denn Sirtaki?«, fragte sie dann Caruso.
»Nein, ich auch nicht.«
»Nicht?«, fragte sie verwundert.
Er lachte. »Nein, nicht alle Griechen können tanzen!«

»Ach, ihr seid ja Langeweiler!«, erwiderte sie, und sie schien ernüchtert. Ihr Minirock rutschte weit nach oben, fast bis auf die Höhe ihres Slips, den man aber nicht sah, weil sie schwarze Strumpfhosen trug. Ihre Mutter war inzwischen in ihrem Polstersessel versunken und erklärte uns nun, dass es der linken Jugend in Deutschland nicht nur darum ginge, die Kapitalisten anzugreifen, sondern vor allem ihre eigenen Eltern. »Diese satten und selbstgefälligen katholisch-evangelischen Kleinbürger, die nie darüber sprechen, was sie im Krieg gemacht haben, und jetzt lieber den Rasen in ihrem Garten mähen«, schimpfte sie.
»Ja«, warf Helga aufgeregt ein, »und darum ist die *konkret* auch Widerstand, weil es konkret ist, diese Eltern mit nackten Busen zu schockieren. Höchste Zeit, dass die Deutschen kapieren, was die junge Generation will, nämlich: Make Love, not War!«
»Helgas Nacktfoto auf diesem Plakat ist für mich purer Widerstand«, ergänzte ihre Mutter.
Ich war sprachlos, daher sagte ich nichts. Die nackten Busen standen also für Freiheit, Kampfgeist und ... los geht's auf die Demo!

Als ich später mit Caruso in der Straßenbahn saß, musste ich denken, dass linker Widerstand in Deutschland auch die persönliche Befreiung von Normen und von alten Familienwerten bedeutete. Während wir in Griechenland gar keine bürgerliche Gesellschaft hatten, also auch kein ausgesprochenes Spießbürgertum. Unsere bäuerliche Gesellschaft schöpfte ihre Werte aus der täglichen Not und Armut, nämlich aus einem Teller Bohnensuppe. Die Kommunisten in Griechenland waren regelrechte Moralapostel gewesen, und die Genossinnen mussten sich die Kritik ihres Schulungsleiters anhören, wenn sie hohe Absätze trugen und sich ihre Lippen schminkten. Viele banden sich die Haare zurück, um ernsthafte Revolutionärinnen zu sein, und sie trugen flache Schuhe für Märsche und Demonstrationen. Über den nackten Busen und über die Liebe wagten sie nicht nachzudenken. Die kannten sie aus der alltäglichen Praxis.

Mich persönlich faszinierten die »Revolutionäre« im entwickelten Deutschland sehr, die über Liebe und Kommunismus nachdachten und damit experimentierten. Sie kamen mir alle so exotisch vor wie die Hippies, die in der Leopoldstraße lagen und Gras rauchten und im Englischen Garten über den Frieden in der Welt und über die Liebe sangen.

Wir, das heißt meine Mutter, Caruso und ich, lebten in unserer eigenen Welt, in einer Welt, in der wir darum kämpften zu überleben und an der Oberfläche zu schwimmen. Wir waren etwas zwischen bürgerlichen Gastarbeitern, kosmopolitischen Europäern und Eurokommunisten, denn mittlerweile hatte sich die griechische Kommunistische Partei, die KKE, aufgespalten in die KKE-Inland, das waren die Eurokommunisten nach italienischem Rezept, und in die KKE-Ausland, was bedeutete, die sowjet- und stalinistisch orientierten Kommunisten. Doch statt einen gemeinsamen Kampf gegen die Diktatur zu führen, bekämpften sie sich gegenseitig. Am Anfang waren wir verwirrt, und danach lehnten wir beide Organisationen ab.

»Das braucht uns nicht zu beschäftigen«, meinte meine Mutter. »Wenn euch eure deutschen Freunde fragen, zu welcher Partei ihr gehört, antwortet ihr einfach, dass ihr Gastarbeiter seid, die die deutsche Sprache nicht richtig sprechen.«
Wir lachten. »Und was haben wir davon?«, fragten wir sie.
»Euch schätzen eure Freunde, ihr seid kluge Leute. Die meisten Gastarbeiter sind ungebildet. Wenn ihr euch als Gastarbeiter ausgebt, werden die Deutschen irritiert sein. Und dann ihre Sichtweise überdenken. Für sie sind doch die Gastarbeiter niedere Wesen. Oder? Alle, mit denen ihr euch trefft, haben sie denn jemals einen Gastarbeiter zu sich nach Hause eingeladen? Nie, oder?«, fragte meine Mutter aufgeregt.
»Wen genau meinst du denn?«, fragte ich unwirsch. Die naiven Weisheiten meiner Mutter regten mich sehr auf. Obwohl ich ihre Antwort später nicht einmal ganz falsch fand.

»Na, diese Linken, die zu Demos rennen und ›Ho Chi Minh‹ rufen. Haben sie jemals etwas für die Gastarbeiter gesagt?«
»Die interessiert der Widerstand gegen den Kapitalismus und gegen den Krieg in Vietnam.«
»Na das meine ich ja auch!«, sagte meine Mutter. »Die Gastarbeiter sind ein Phänomen des Kapitalismus, und dagegen könnten die Demonstranten auch etwas sagen, protestieren, dass die Kapitalisten sie aus ihrem Land entwurzelt und hier eingepflanzt haben, als wären sie seelenlose Gewächse, und jetzt wollen sie auch noch, dass sich diese Gewächse in Bewegung setzen. Die Ersten sollen ab nach Hause, und die Nächsten werden hergeholt. Damit sie nicht bleiben und sich einleben. Weil sich alle Pflanzen ja an das Klima ihrer Umgebung anpassen«, sagte meine Mutter, und mir blieb der Mund offen stehen.
»Auf jeden Fall sind die Linken in Deutschland sehr effektiv«, fuhr sie fort, »das heißt, sie wissen sehr gut, wie man mit Barrikaden klarkommt, wie man Flugblätter verteilt und wie man Sprüche an die Wände schreibt, ohne geschnappt zu werden. Sie bauen auch erstklassige Molotowcocktails«, sagte meine Mutter, »nicht so wie in Griechenland. Die wollen Widerstand gegen die Militärjunta leisten, kennen sich aber nur mit Cocktails aus. Deshalb haben sie in Athen durch diese Molotows ein paar Finger eingebüßt!«
Ja, auch das sagte meine Mutter.
»Woher weißt du das denn alles?«
»Das kriege ich auf dem Hauptbahnhof mit, durch die Griechen, die da herumstehen und griechische Zeitungen lesen. Das erzählt mir auch Sokratis, der bei BMW arbeitet. Der ist zurzeit jeden Tag dort. Er ist krankgeschrieben. Also geht er zum Bahnhof, um die Zeitung zu kaufen, und wir sitzen oft gemeinsam auf einer Bank und lesen. Das war doch ein Professor, der beim Üben mit dem Molotowcocktail im letzten Jahr seine Finger verlor, oder? Das stand vor Kurzem in der Zeitung, weil ihm der Prozess gemacht wurde. Auf jeden Fall bin ich beeindruckt davon«, fuhr meine Mutter fort, »wie leicht man hier die linken von den rechten Bayern unterscheiden kann.«

»Und zwar wie?«
»Es ist ganz einfach: Man sieht's an ihrem Bart. Die linken Bayern verschanzen sich hinter ihren Bärten. Die Rechten sind wohlrasiert, mit Bäckchen wie rosige Schweinshaxen, und die blauen Äderchen, die kommen von dem Bier, das sie schon früh am Morgen in sich hineinkippen!«

Ich habe das Beobachtungstalent meiner Mutter immer bewundert. Sie hatte recht. Ich weiß nicht, warum das so ist – ob auch die katholische Kirche zu diesem Aussehen beiträgt? In der Pinakothek sahen wir jedenfalls viele Bilder von Kirchenmännern mit roten Augen und bläulichen Wangen, die von vielen Äderchen durchzogen waren. Eins war sicher: dass in beiden Ländern, also in Griechenland und in Deutschland, die Linken einen besseren Blutkreislauf hatten. Sie hatten auch deshalb eine bessere Durchblutung, weil sie immer auf Trab waren und ständig zu Demos rannten. Seit ich auch zu den Demos lief, hatte auch ich einen besseren Kreislauf, und langsam, aber sicher verlor ich meine Schüchternheit, die mich bis dahin gebremst hatte.
Während also die Rechten wegen ihrer Trägheit blass und steif wirkten, lagen die Linken irgendwo zwischen schön und sympathisch. Vielleicht weil sie hinter Bärten und Haaren die Makel ihrer Gesichter verstecken konnten. Die Rechten trauten sich das nicht, weil sie anständig aussehen und nicht als Linke abgestempelt werden wollten.
Später, als es in Mode kam zu zeigen, wer man ist, sah ich viele Linke mit abrasierten Bärten, und sie waren dermaßen hässlich, dass man sie nicht angucken konnte.

Spülbürsten und edle Flaschen

»Tarantel« hieß die Kneipe in der Feilitzschstraße, die Kostas uns empfohlen hatte, und tatsächlich stellten sie uns dort zum Gläserspülen ein, von Freitag bis Sonntag. Meine Mutter war vom ersten Augenblick an von ihrem neuen Arbeitsplatz beeindruckt. Und ich war ebenfalls geblendet von den schillernden Weingläsern, die rund um die Theke hingen, und auch vom Lichterspiel der Leuchten hinter den Alkoholflaschen. Aber die eigentliche Sensation für uns war die Art und Weise unserer Arbeit: In der Spüle waren zwei Bürsten befestigt, wir stülpten die Gläser über diese Bürsten, bewegten sie auf und ab, wie man es uns gezeigt hatte, und danach achteten wir auf die vielleicht doch noch verbliebenen Fettreste an den Gläserrändern. Es war für uns wie ein Kinderspiel. Die »Tarantel« war mit dunklem Holz getäfelt und beherbergte in ihren Ecken ein paar Tische, Platz für Pärchen oder kleinere Gesellschaften. Uns gefiel die Arbeit, denn sie ging schnell und leicht von der Hand. Zwischendurch machten wir Scherze über die für uns so ungewohnte Methode, Gläser zu spülen, und ab und zu tranken wir auch ein bisschen Bier. Um die Bar herum drängten sich die Gäste, die im Stehen etwas trinken wollten, aber wir hatten ihnen die meiste Zeit den Rücken zugewandt, um immer neue Gläser abzuspülen. Mich faszinierten vor allem die Whiskyflaschen, von denen jede einzelne anders geschwungen war. Manchmal stellte ich eine leere zur Seite, um sie mit nach Hause zu nehmen.

Das Allerschwierigste an dieser Arbeit war die Rückkehr nach Hause, denn mitten in der Nacht fuhren keine Busse mehr, und unterwegs mussten wir uns oft eine Schneise durch die Horden von Betrunkenen schlagen. Caruso wartete manchmal draußen, vor der »Tarantel«, und holte uns ab. Und dann freuten wir uns zusammen über das bisschen Geld, das in unsere Kasse floss.

Eines Abends kam Helga in die Kneipe, mit einer Zeitung in der Hand, und bestellte sich ein Bier. Sie wirkte nachdenklich, sogar etwas betroffen, und in meiner ersten freien Minute setzte ich mich zu ihr.

»Hast du das schon gelesen?«, fragte sie mich und breitete die Zeitung auf dem Tisch aus. Da las ich nun, dass drei Frauen mit der Meinhof als Anführerin Andreas Baader mit Waffengewalt aus dem Gefängnis befreit hatten.

»Die Meinhof, bewaffnet? Hattest du mir nicht erzählt, dass sie eine Intellektuelle ist? Und dass sie intelligente Artikel in der *konkret* schrieb?«

Helga nickte. »Ja, aber inzwischen ist sie zunehmend radikaler geworden. Letztes Jahr hat sie die Mitarbeit dort eingestellt, weil sie politisch anderer Meinung war, wie sie sagte. Gleich danach wurden die Redaktionsräume von ein paar Radikalen, die hinter ihr standen, verwüstet. Aber den Baader jetzt in einer solchen Aktion zu befreien? Mit Waffen? Das ist schon seltsam.«

»Womöglich ist sie ja in ihn verliebt?«, fragte ich, denn das erschien mir als ein einleuchtendes Motiv für alles Mögliche.

Helga zuckte mit den Schultern. »Keine Ahnung, aber man hört, dass er eine Beziehung zur Ensslin hat.«

»Auf jeden Fall ist es unglaublich, welche Kraft diese zwei Frauen bewegt«, schüttelte ich den Kopf. »Da liegt etwas Fanatisches drin …«

Helga kippte ihr Bier hinunter, und ihr Blick verfinsterte sich. »Weißt du, ich hasse die Kultur des Biertrinkens, genauso wie ich das Bergwandern verabscheue. Die deutschen Berge sind einfach faschistisch!«

Ich musste lachen. »Du brauchst gar nicht zu lachen, leider ist das das Gesicht unserer Gesellschaft!«, rief Helga wütend aus. »Bier, Berge und Volkslieder für die gemeinsame Fröhlichkeit! Ich muss gleich kotzen«, rief sie und war richtig aufgebracht.

»Ich muss leider zurück zum Spülen«, sagte ich.

Als ich wieder neben meiner Mutter stand und die Biergläser mechanisch auf und ab bewegte, fragte sie mich, was meine Freundin denn so aufgeregt hätte.

Ich erklärte es ihr, so gut ich konnte.
Meine Mutter seufzte laut auf. »Ich finde, den jungen Leuten hier fehlen der Trost und die Liebe in der Familie. Die Gesellschaft hier muss ständig nur funktionieren, deshalb gibt es viel zu wenig Platz für die Gefühle. Und überhaupt, ich habe noch nie gesehen, dass Helga und Theo sich umarmen. Dabei sind sie doch ein Paar.«
Meine Mutter spülte die restlichen Gläser ab, die uns die Kellner auf die Theke gestellt hatten. Ich dachte über ihren letzten Satz nach und war glücklich, dass Caruso mich immer noch so oft umarmte.

Ein paar Tage später klingelte es am Nachmittag in der Amalienstraße. Ich wartete an der Etagentür und sah, wie Theo die Stufen herauflief. Merkwürdig, denn er besuchte uns sehr selten. »Hast du einen Augenblick Zeit für mich oder musst du los?«, fragte er mich gehetzt. Ich bat ihn herein. Meine Mutter war gerade beim Einkaufen, und wir setzten uns an den kleinen Tisch. Theo trug eine Mappe bei sich. »Der Bundesnachrichtendienst hat mich auf seiner Liste«, sagte er nervös, »du weißt schon, der deutsche Geheimdienst.«
Ich nickte. Was für ein harmloser Name, hatte ich mich gewundert, als ich diesen Ausdruck zum ersten Mal hörte.
»Aber stört dich das denn? Davon weißt du doch schon länger.«
»Natürlich«, erwiderte Theo, »etwas anderes macht mich wütend! Die verfassen jedes Jahr einen Informationsbericht zum Profil der politischen Organisationen. Dieser Bericht trägt das Siegel der Geheimhaltung und wird an entscheidende Stellen, Radiosender und Zeitungen, geschickt«, behauptete Theo und hielt mir die Mappe hin. »Habe ich von meinem Praktikum beim Bayerischen Rundfunk«, erklärte er. »Schau dir das an! Die Griechen stehen ganz oben auf der Liste der gefährlichen linken Gruppen. Und da steht mein Name! Die fanatischen rechten Organisationen, die rechten Spitzel, die die Militärs in München eingeschleust haben, werden nicht aufgeführt. Die haben sie gar nicht im Blick!«, rief Theo mit spitzer, verzweifelter Stimme. »Da muss man doch die Wut bekommen! Immer sind die Linken an allem schuld! Dabei haben die Rechten ei-

nen ganzen Krieg geführt und Millionen ermordet. Und ich gelte in ihren Akten als gefährlicher Linker! Bloß weil ich bei einigen Demos dabei war! Sag meinen Eltern aber bitte nichts. Sie würden sich nur aufregen«, fügte er leise hinzu.

In diesem Moment öffnete meine Mutter die Tür, die Einkaufstasche in der Hand. Theo sprang hoch, als hätte man ihn erwischt.

»Was ist denn los?«, fragte meine Mutter. »Gehst du schon? Bleib doch noch ein bisschen, ich habe Kuchen mitgebracht.«

»Nein, nein, ein andermal! Ich muss gleich weiter!«, rief Theo, schnappte sich seine Mappe und sprang fast aus der Tür.

»Was ist mit ihm?«, fragte meine Mutter. »Hat ihn die Tarantel gestochen?«

Ein Antrag fürs Leben

Noch im Mai reichten wir unseren Asylantrag in der Ettstraße ein. Was für ein Gebäude! Es war, als hätten sie mit Absicht einen riesigen graugrünen Stein mitten ins Herz der Stadt gesetzt, um allen Angst einzujagen, die dorthin mussten, um ihren Aufenthalt zu regeln. Das Gebäude sah aus, als käme es direkt aus einem alten deutschen Film. Die beiden schweren Holztüren gingen unaufhörlich auf und zu, und Menschen aller Herren Länder gingen ein und aus. Italiener, Jugoslawen, Österreicher, Griechen, Spanier. Sie wanderten durch endlose Flure, die Treppen hoch und wieder durch Flure im oberen Stock und bildeten draußen vor den ewig gleichen Türen Warteschlangen. Caruso, meine Mutter und ich blieben vor einer dieser Türen stehen. Den Antrag, unsere Papiere und den griechischen Pass in der Hand. Wir waren aufgeregt wegen der Sprache. Ob wir das Bayerisch des Beamten wohl verstehen würden? Und wie viele Monate Aufenthalt würden sie uns genehmigen? Kostas hatte uns versichert, dass wir auf jeden Fall eine Genehmigung für sechs Monate bekommen würden.
Die Tatsache, dass wir schon eine Wohnung hatten, war ein gewisser Vorteil, denn so mussten sie uns nicht im Asylbewerberlager in Zirndorf unterbringen. Wir verließen die Ettstraße mit einer Aufenthaltsgenehmigung für acht Monate und einer Arbeitserlaubnis! Wir waren alle drei sehr froh. Draußen umarmte mich meine Mutter, und Caruso umarmte uns beide. Ganze acht Monate! Wir hatten viel Zeit, um uns gut vorzubereiten. Als wir sechs Monate später nach Zirndorf fuhren, wohin wir zur Anhörung geladen waren, kam uns das Polizeipräsidium in der Ettstraße vergleichsweise elegant und harmlos vor.

Zirndorf lag in der Nähe von Nürnberg, eine Kleinstadt in Mittelfranken. Wir hatten zunächst den Zug genommen, meine Mutter,

Caruso und ich. Am Nürnberger Hauptbahnhof fuhren wir weiter mit der Lokalbahn und gelangten dann zu Fuß bis vor ein großes und ziemlich hässliches Bürogebäude mit einem Absperrgitter ringsherum. Am Eingang zeigten wir einem zuständigen Wächter das Schreiben, das man uns geschickt hatte, und er öffnete das Gittertor. Er sagte, wir sollten hineingehen und in dem Wartezimmer gleich rechts warten. Danach kam ein Mann und begleitete uns durch endlose Flure zu einem Zimmer, wo wir wieder warten sollten. Dann kam ein weiterer Mann, ein griechischer Dolmetscher, wie er uns auf Griechisch erklärte. Er führte uns zu einem nächsten Zimmer, wo nun die Anhörung stattfinden sollte. Wir setzten uns an einen Tisch in der Mitte des Zimmers. Dann ging die Tür auf, und herein kamen drei Männer. Ob sie vom Militär waren? Polizisten in Zivil? Sie trugen dunkle Anzüge und verzogen keine Miene. Sie nahmen ihre Plätze an einem Tisch an der Stirnseite des Zimmers ein, blickten uns ernst an und ließen sich unsere Namen bestätigen. Danach fragten sie uns, ob wir einen Dolmetscher bräuchten. Ich antwortete, dass ich genug verstehen würde. Caruso gab die gleiche Auskunft. Danach fragten sie, wie die Verständigung mit meiner Mutter funktionieren könne, denn dass sie nichts hören konnte, hatten wir schon auf ihrem Asylantrag geschrieben. Einen Dolmetscher für sie gab es natürlich nicht. Ich sagte, dass ich für meine Mutter übersetzen würde. Die drei Männer kamen überein, dass der griechische Dolmetscher da bleiben sollte, wohl kaum, um mir bei der Verständigung mit meiner Mutter zu helfen, sondern um für die regungslosen deutschen Untersuchungsrichter alles zu übersetzen, was ich mit meiner Mutter und mit Caruso besprach. Danach begannen die Fragen. Meine Mutter, die anfangs sehr aufgeregt war, gewöhnte sich langsam an das strenge Gehabe der drei Männer und verfiel in ihren typischen streitlustigen Ton. »Warum wollen sie das wissen? Frag sie das!« Der Dolmetscher übersetzte. »Wir stellen hier die Fragen. Nicht Sie!«, sagte einer der drei Männer schroff und hatte schon die nächste Frage an sie parat.

»Sag ihnen, dass wir das nicht wissen.«

Dies weiß ich nicht, jenes weiß ich auch nicht, die Anhörung meiner Mutter dauerte weniger als eine halbe Stunde. Danach waren wir an die Reihe. Sie stellten uns beiden Fragen und wollten, dass wir sie eine nach der anderen beantworteten. Das taten wir einigermaßen entspannt. Wir berichteten von wahren Tatsachen und erzählten erfundene Geschichten, die einander nicht widersprachen, weil wir vorher besprochen hatten, was wir sagen durften und was nicht. Wenn sie Caruso fragten, ob sich für ihn die Geschichte, die ich erzählt hatte, auch so abgespielt hätte, dachte er nach. Wenn er unsicher war, sagte er, dass wir an diesem Tag nicht zusammen gewesen wären.
Wir sprachen über die gewaltsame Räumung und Auflösung der Büros unserer Organisation, der Lambrakis-Jugend, aber auch über die Festnahme vieler unserer alten Freunde. Zu uns war die Polizei letztes Jahr auch gekommen und hatte eine Hausdurchsuchung durchgeführt, weil wir inzwischen bei der Panhellenischen Antidiktatorischen Front organisiert waren, sagten wir, und dass sie unsere Mütter gewarnt hatten, dass sie noch einmal vorbeikommen würden, um uns zu finden.
»Bitte, erzählen Sie uns mehr von Lambrakis. Er war ein linker Abgeordneter, stimmt das?«, fragte einer der Untersuchungsrichter. Ich erklärte ihm, dass er der Anführer der pazifistischen Bewegung in Griechenland gewesen war und dass nach seiner Ermordung die Lambrakis-Jugend gegründet wurde. Dann erzählten Caruso und ich von den großen Friedensdemos, die in Marathon begannen und in Athen endeten, wie der Marathonläufer es in der Antike vorgemacht hatte. Dass sie dabei schon unsere Personalien aufgenommen hatten.
»Sie haben uns festgenommen, als wir gesungen haben.«
»Wir haben Lieder von Mikis Theodorakis gesungen.«
»Die Lambrakis-Jugend hatte Ableger in verschiedenen Athener Stadtteilen?«, fragte einer der drei Männer.
»Ja, auch bei uns.«
»Und ja, die Obristen haben diese Organisation gleich nach der Machtübernahme aufgelöst. Sie hatten schon mehrere unserer Freunde festgenommen.«

Sie fragten uns nach der Panhellenischen Front, und wie lange wir dort schon organisiert gewesen wären. Sie wollten auch Informationen über andere Organisationen haben. Warum wir uns eigentlich schon vor dem Staatsstreich organisiert hätten, fragten sie, womit sie uns sagen wollten, dass wir uns nicht gegen die Obristen organisiert haben konnten, weil wir schon vorher organisiert gewesen waren. Wir seien einfach nur Kommunisten, sagten sie. Und danach fragten sie uns ganz direkt, ob wir an den Kommunismus glaubten.

Ich antwortete, dass mein Freund und ich von einer Ideologie überzeugt seien, die die Welt verbessern sollte, und dass ich nicht wüsste, ob diese Ideologie der Kommunismus sei. Sie fragten nach Flugblättern, die wir verteilt hatten, und was darauf stand. Sie wollten Namen von Athener Lokalen hören, in denen konspirative Treffen stattgefunden hatten. Wir redeten irgendetwas dahin.

»Was darauf stand? Na, ganz einfach! Nieder mit der Junta. Das Militär in die Kasernen. Wir wollen Demokratie.«

Wir sprachen auch von der pazifistischen Bewegung und dem Bertrand-Russell-Club, der bei uns in Athen »Wege des Friedens« hieß.

Nach ungefähr eineinhalb Stunden durften wir den Raum verlassen. Der Dolmetscher führte uns in ein Zimmer, wo sie jedem von uns eine Tafel mit einer Nummer in die Hand drückten. Die hielten wir uns vor die Brust, und wir wurden drei Mal fotografiert, von vorn und im Profil: links, rechts.

Danach nahmen sie unsere Fingerabdrücke, und zwar nicht nur vom Zeigefinger, sondern von allen Fingern, wie bei Schwerverbrechern. Auch die von meiner gehörlosen Mutter. Als sollte sie dafür bestraft werden, dass sie nichts verstand. So empfand ich es.

Auf der Rückfahrt schlief sie erschöpft im Zug ein. Am Nürnberger Bahnhof weckten wir sie, denn wir mussten dort in den Zug nach München umsteigen und zunächst die Wartezeit überbrücken. Caruso schlug vor, rasch ein paar Würstchen essen zu gehen. Gegenüber vom Bahnhof würde es sicher eine Kneipe geben, meinte er. Es

war kalt, und wir verdrückten uns in eine alte Gaststätte. Als Caruso aufgegessen hatte, zog er gleich seinen Mantel an.
»Geht ihr schon mal wieder hinüber«, meinte er, »wir treffen uns dann am Bahnsteig. Ich drehe noch eine kleine Runde, um mir die Beine zu vertreten.«
Ich zog meine Mutter zum Fußgängerübergang und wieder in die Bahnhofshalle hinein. »Warte, nicht so schnell!«, rief sie, trotz ihrer Müdigkeit. »Das ist ja ein wunderschönes Gebäude, dieser Nürnberger Bahnhof. Wie eine alte Burg sieht er aus, oder ein Opernhaus! Ganz anders als der langweilige Münchner Bahnhof. Schade, dass dieser hier nicht in München steht.« Ich erklärte meiner Mutter, dass der Münchner Bahnhof, bevor er im Krieg bombardiert wurde, auch sehr schön gewesen war, und versprach, ihr Fotos in einem Buch zu zeigen. Schließlich standen wir an dem Gleis, von dem unser Zug nach München abfahren sollte, und sie blickte unruhig in Richtung Eingang, ob Caruso ja auch rechtzeitig kommen würde. Bald darauf kam er auf uns zugelaufen und schwenkte eine Tüte hin und her. Als wir im Zug saßen, holte er eine kleine Trommel und eine Bronzetrompete daraus hervor. »Habt ihr denn nicht gewusst, dass es in Nürnberg und in Zirndorf eine Tradition für Blechspielzeug gibt?«, lachte er uns an und blies in die Trompete »Sind Sie vielleicht Kommunisten?«, ahmte er die Stimme des Untersuchungsrichters nach und … »Tatarataaaa«, trompetete er, so sachte er konnte, aber alle um uns herum sahen uns befremdet an, und es war mir furchtbar peinlich. Zugleich war mir aber klar, dass Caruso uns drei einfach aufheitern wollte, und ich verkniff es mir, etwas zu sagen.

Später erfuhr ich Genaueres über die Geschichte von Zirndorf und über das »Bundesamt für die Anerkennung ausländischer Flüchtlinge«, in dem unsere Anhörung stattfand. Die Amerikaner hatten auf diesem Gelände eine zerstörte Kaserne wiederaufgebaut, im April 1945. Nach Kriegsende suchten dort viele Flüchtlinge Zuflucht, Ukrainer und Polen, Schlesier und Ostsudeten, und man bemühte sich, ihnen in Zirndorf kurzfristig eine Heimat zu geben.

Während der Fahrt schlief meine Mutter bald wieder ein. Ich fühlte mich erleichtert, dass wir alles hinter uns hatten. Wir sprachen über das Verhör. »Das haben wir ziemlich gut über die Bühne gebracht, oder?«, fragte ich Caruso. »Und nach der ersten Aufregung hatte ich keine große Angst. Du?«
»Nein. Nur später, als sie uns die Fingerabdrücke nahmen und uns fotografierten, als wären wir die schlimmsten Schwerverbrecher«, murmelte er, »das fand ich ganz furchtbar.« Ich legte meinen Arm um seine Schulter und umarmte ihn.
Alles, was mit Zirndorf zu tun hatte, interessierte uns immer.
Wörter wie Aufenthaltserlaubnis, Arbeitserlaubnis, die wir damals lernten, gruben sich auf eine sehr autoritäre Art tief in unsere Seelen ein. Es waren vor allem die großen Anfangsbuchstaben, die uns aufgezwungen wurden, ob wir wollten oder nicht. Vielleicht ist es kein Zufall, dass das Einzige, das bei jeder Sprachreform ehrfürchtig unangetastet blieb, die Großschreibung von Substantiven ist. Selbst jetzt noch, nach vierzig Jahren in Deutschland, empfinde ich die Großbuchstaben als autoritären Zug der Sprache, die sich mir aufzwängen will.

Als wir vom Münchner Bahnhof nach Hause kamen, waren wir ganz still, als ob dieser Tag uns die Sprache verschlagen hätte. Caruso hielt meine Hand und machte keine Anstalten zu gehen. An diesem Abend übernachtete er bei uns, trotz aller Verbote von Frau Ahlers. Alle drei in einem Bett, ich in der Mitte zwischen Caruso und meiner Mutter. Sie ist sehr bald fest eingeschlafen. Caruso und ich wälzten uns noch lange unruhig herum und konnten keinen Schlaf finden. Unsere Zukunft lag im Ungewissen. Unsere Pässe hatten wir in der Ettstraße abgegeben, und nun in Zirndorf, da war es, als hätten wir auch unsere Würde zurückgelassen.
Meine Gedanken drehten sich um ein Leben ohne Pass und ohne Identität. »Sind denn Personalpässe eine Identität?«, schwirrten mir die Fragen durch den Kopf: »Warum macht es mir plötzlich Angst, dass wir unsere griechischen Pässe abgegeben haben? Sie bedeuteten

doch keinerlei Sicherheit für uns. Und wir werden bald einen Fremdenpass bekommen, mit dem wir uns sicher fühlen können, das hat Kostas doch gesagt … Heißt das, dass meine Identität die einer Fremden sein wird? Einer Fremden mit einem Fremdenpass … Du wirst auch einen Fremdenpass haben und meine Mutter auch … drei Fremde mit drei Fremdenpässen …« Ich sprach, vielmehr ich flüsterte schnell vor mich hin, ohne Pause, fast fieberte ich: »Werden uns diese Fremdenpässe zusammenhalten? Werden wir danach wie Verwandte sein?«

»Aber wir sind schon jetzt Verwandte«, sprach Caruso zärtlich. »Ich bin dein Mann, dein Bruder, dein Freund mit dem Fremdenpass. Unsere neuen Identitäten werden gut zusammenpassen. Wir haben sie gemeinsam beantragt, und sie werden sie uns gemeinsam geben. Mach dir keine Sorgen. Komm! Leg deinen Kopf auf meine Schulter und versuch zu schlafen«, flüsterte er und küsste mich auf die Stirn.

TEIL 3

»Sprache (…) ist nicht lediglich eine Fähigkeit oder Fertigkeit unter vielen, sondern sie ist das, was das Denken ermöglicht, was Denken vom Nicht-Denken, das Menschliche vom Nicht-Menschlichen unterscheidet.«

OLIVER SACKS

ich bin ta-ub. ma-ine adres-se ist ama-li-en-schtra-se.
bite ru-fen si ma-ine toch-ta an.

ich bin ta-ub.
ich kan nicht verste-en.
ma-ine adres-se ist ama-li-en-schtra-se.
wi get es i-nen?
ma-in na-me ist

Meine Mutter übte jeden Tag deutsche Sätze, deutsche Wörter. Sie saß am Fenster, schaute hinaus und murmelte vor sich hin: »ru-fen si bite ma-ine toch-ta an.«

Ich hatte ihr Sätze und Wörter aufgeschrieben, von denen ich meinte, dass sie sie aussprechen könnte. Aber sie sprach sie aus, als würde sie zu enge Schuhe tragen.

Wie man sich auf Deutsch entschuldigt, wollte sie wissen.

»Lass mal, das ist schwierig.«

»Also, wie?«

Ich schrieb es ihr auf: »Ent-schul-di-gung.«

»Oje, was für ein Zungenbrecher! Und noch dazu ein schwarzer.«

»Deshalb habe ich dir ja gesagt, dass du es vergessen sollst! Aber was meinst du denn mit … schwarz?«

»Jedes Wort hat seine eigene Farbe. *ta-ub* ist grau, *ama-li-en-schtra-se* ist gelb, *ma-ine toch-ta* ist orange. *Sokratis* ist grün, das passt gut zu orange.«

Ich fuchtelte mit den Händen. Willst du jetzt Wörter und Farben durcheinanderbringen?, gab ich ihr zu verstehen. Konzentrier dich lieber auf deine Aussprache!

»Wie findest du, dass meine Mutter spricht?«, fragte ich Caruso.

»Saft- und kraftlos«, gab er gereizt zur Antwort. Er hatte gerade eine Arie geübt und das hohe C nicht gut getroffen.
»ich bin ta-ub. ma-ine adres-se ist …«, machte meine Mutter weiter, die unseren Wortwechsel nicht verstanden hatte.

»Ich ziehe mich in mein Zimmer zurück«, sagte Caruso, »sonst drehe ich noch durch. Ich muss mich für die Aufnahmeprüfung an der Musikhochschule vorbereiten. Wir treffen uns später, wenn wir zur Gemeinde gehen.«
Es war wieder einmal ein Sonntag, und wir wollten dieses Mal mit Helga in die antidiktatorische Gemeinde.
Caruso ging nach nebenan und schloss leise hinter sich die Tür. Gleich nach unserer Rückkehr aus Zirndorf hatte Frau Ahlers ihn gefragt, ob er ein Zimmer bei ihr mieten wolle. Das Zimmer des englischen Pärchens neben uns wäre frei, sie waren ausgezogen. Caruso sagte sofort Ja und, ja, dann umarmte er die steife Frau Ahlers und sang ihr den Anfang der Arie aus *Tosca* vor, *E lucevan le stelle, Und es leuchteten die Sterne* … und dabei leuchteten die Augen von Frau Ahlers. Gegen Mittag des darauffolgenden Tages zog er mit seinen drei Koffern ein, und abends luden wir unsere Wirtin zu einem deutschen Abendbrot und Wein ein, obwohl meine Mutter darauf bestand, etwas zu kochen. Wir ließen sie nicht. Ich vermutete, dass die Ahlers schon gemerkt hatte, dass Caruso bei uns übernachtet hatte. Sie sagte aber nichts. Wir auch nicht. Und so wurde alles einfacher.

Caruso hatte mit seinem Gesangslehrer vereinbart, dass die Aufnahmeprüfung an der Musikhochschule im Juni stattfinden sollte. Bis dahin würde er in einem Proberaum dort üben. Wenn er die Prüfung bestanden hätte, und die Chancen dafür standen gut, würde er über den Sommer ein paar Rollen einstudieren und im Herbst dann mit dem regulären Studium beginnen.
Ich war etwas neidisch, dass Caruso schon einige Schritte weiter war. Aber ich musste mich für die Sprachprüfung an der Uni vorbereiten,

und da wir wenig Geld hatten, nahm ich keinen Unterricht. Die Grammatik der deutschen Sprache lernte ich mit einem Buch, das Kostas mir geschenkt hatte. Für mein Studium hatte ich begonnen, konkrete Pläne zu schmieden. Das war schwierig, denn ich fragte mich, wie wir finanziell über die Runden kommen sollten, wenn ich den ganzen Tag studierte. Von Helga erfuhr ich, dass die Hochschule für Politik Vorlesungen am Nachmittag anbot. Das sei eine Hochschule für arbeitende Studenten, informierte sie mich, und dass sich dort viele ausländische Studenten eingeschrieben hätten. »Du wolltest doch Politikwissenschaft studieren, oder?«, fragte sie mich, und dann erklärte sie mir, wo sich die Schule befand, nämlich an der Ludwigstraße. Gleich bei uns ums Eck, dachte ich, und das machte mir Hoffnung. Ich meldete mich bald in der Studentenkanzlei. Die Beraterin dort war sehr hilfsbereit und erklärte mir, dass ich das Zeugnis meiner Sprachprüfung vorlegen müsse und außerdem ein Feststellungszeugnis bräuchte. Das erhielte man nach einer ziemlich schweren Prüfung, bei der festgestellt würde, ob mein Abiturzeugnis aus Athen gleichwertig mit einem deutschen Abiturzeugnis sei. Sie meinte, dass ich mich aber erst einmal auch ohne diese Zeugnisse in der Schule anmelden könnte, um im Winter die Vorlesungen zu hören. Die meisten würden nach vier Uhr nachmittags und später gehalten. Diese Perspektive gefiel mir, und ich nahm mir vor, im kommenden Herbst oder im Frühling ganz entspannt mit dem Studium zu beginnen.

Das kündigte ich an diesem Tag sogar meiner Mutter an, bevor ich die Treppen hinunterlief, und dann erklärte ich ihr noch schnell, dass ich mit Helga verabredet war, um mit ihr über das Studium zu sprechen. Helga wartete wie immer vor der Buchhandlung Hueber auf mich, und nachdem ich sie auf den Stand der Dinge gebracht hatte, kam mir eine Idee: »Komm doch kurz mit hinauf und hör dir an, wie meine Mutter deutsch spricht. Ich würde gerne wissen, was du davon hältst.«

Als wir oben die Tür aufmachten, übte meine Mutter immer noch ihre Sätze:

ich bin ta-ub. ma-ine adres-se ist ama-li-en-schtra-se.
bite ru-fen si ma-ine toch-ta an.

»Mir gefällt's«, sagte Helga. »Und irgendwie ist es auch witzig. Mit ein bisschen gutem Willen und wenn sie etwas leiser spricht, kann man sie schon verstehen.«
»Ach komm, Helga, ich wollte nicht wissen, ob sie witzig ist!«, rief ich etwas schroff.
»Nun sei nicht gleich beleidigt! Schau doch, wie deine Mutter lächelt. Die hat Humor und amüsiert sich. Außerdem, für den Notfall ist es sicher nicht schlecht, wenn sie zwei, drei Sätze lernt«, sagte Helga, und ich sagte es meiner Mutter.
»Recht hat sie, deine Freundin! Es macht mir Spaß mit den fremden Wörtern, und ich finde es auch lustig, dass ich jetzt Deutsch lerne! Stell dir mal vor – ich und Deutsch! Aber bis ich die letzten drei Sätze gelernt habe, habe ich die ersten beiden schon wieder vergessen«, antwortete sie und lächelte etwas verzweifelt.
Meine Mutter hatte oft diesen verzweifelten Blick … Damit versuchte sie, bei den anderen Mitleid zu erregen, ohne dass es ihr jedoch bewusst gewesen wäre.

ich bin ta-ub, ich wil di-ses, na-in, nicht das!
»Wenn ich diese Sätze nicht jeden Tag benutze, dann vergesse ich sie immer wieder neu«, sagte meine Mutter.
Ich übersetzte es Helga, und wir lächelten meine Mutter bestätigend an.
Meine Mutter wäre inzwischen auf der Suche nach Kontakten, erklärte ich Helga. Sie habe es sogar geschafft, über die Hackerbrücke bis ins Westend zu kommen, um Kostas und Niki zu besuchen. Auf dem Weg durch den Englischen Garten würde sie manchmal mit den Dackeln der bayerischen Damenwelt schäkern. Und wenn sie dann nebeneinander auf einer Bank saßen, hätte sie keine Hemmungen, eine fremde Dame direkt anzusprechen. »*Pos to lene to skilaki?*«, hätte sie auf Griechisch gefragt, aber die unbekannte Dame

sah sie fragend an, stand auf und ging weg. »Deswegen habe ich ihr diese zwei, drei Sätze beigebracht«, erklärte ich Helga.

»Was heißt das denn auf Deutsch, *pos to lene to skilaki?*«, fragte mich Helga, so wie es mich vor ein paar Tagen meine Mutter gefragt hatte. »Das heißt: *Wie heißt der Hund?*«, sagte ich zu Helga und zeigte ihr den Zettel, auf dem ich die Frage für meine Mutter aufgeschrieben hatte, die sofort laut zu sprechen begann: »Wi chaist der chund … wi chaist der chund … wi chaist der chund …«
Helga war sehr gerührt. »Deine Mutter ist unglaublich stark«, sagte sie schwärmerisch.
Ich war überhaupt nicht gerührt. Im Gegenteil, ich hatte das Gefühl, dass mir die Blicke meiner Mutter, ihre Wörter, ihre Farben die Luft abschnürten. Genauso wie das Hin und Her an den Sonntagen:
»Wo geht ihr heute hin?«, fragte sie uns.
»In die antidiktatorische Gemeinde.«
»Oh, und was soll ich dann machen, so ganz alleine? Wollt ihr mich nicht mitnehmen?«
Diese Frage hatte ich erwartet. Sie stellte sie fast immer.
»Von mir aus kannst du mitkommen, aber wir werden dort diskutieren. Du kriegst nichts mit.«

Wi chaist der chund …

»Macht nichts, ich schaue euch einfach zu. Wenn deine Freundin Helga mitkommt, kriegt sie auch nichts mit.«
»Ja, aber du stellst dauernd Fragen. Du weißt genau, dass es mir auf die Nerven geht, wenn du uns die ganze Zeit anstarrst!«
»Keine Sorge, ich gehe dort in der Nähe ein bisschen spazieren. Dann geht die Zeit schon vorbei. Ich kann ja auch einen Abstecher zum Rathaus machen und mir das Glockenspiel anschauen. Ich verlaufe mich schon nicht.«
»Und wenn doch?«

»Dann sage ich: ich bin ta-ub…ma-ine adres-se ist ama-li-en-schtrasse.«
»Und dann rufen sie hier an, damit ich komme, um dich abzuholen.«
»Ach, nun mach dir mal um mich keine Sorgen. Die Sonntage gehen einfach nicht rum. Auf der Straße kriegt man keinen einzigen Menschen zu sehen. Nur ein paar besoffene Hippies bei der Uni.«
»Und woher weißt du das?«
»Ich bringe morgens doch den Müll raus. Manchmal finde ich hier vor den Türen und in den Mülleimern irgendwelche Sachen, die die Deutschen wegwerfen. Alles noch ganz neu! Unglaublich, was man da findet! Tischdecken, Bettlaken, Kissenbezüge, Blumentöpfe mit schönen Pflanzen.«
»Du sollst doch nicht im Müll wühlen, das habe ich dir schon hundert Mal gesagt!«
Ich stand vor dem Spiegel und schminkte mich. Um ihr etwas zu sagen, musste ich das unterbrechen, ihr mein Gesicht zuwenden und das Wort an sie richten. Ich hatte es eilig. Sie beobachtete jeden meiner Schritte.
Wenn es uns finanziell etwas besser geht, dann kaufe ich der Mama einen Fernseher, dachte ich.

Kampfparolen im gedämpften Licht

Die Gaststätte in der Nähe des Stachus bot der Gemeinde der Griechen eine Bleibe, weil es zu dieser Tageszeit sowieso keine anderen Kunden gab. Nur ab und zu kam ein Gast herein, meistens alleinstehende Männer. Sie setzten sich an die Seitentische, bestellten ein Bier, beobachteten uns ziemlich lange, und wenn sie von den griechischen Streitgesprächen genug hatten, gingen sie wieder. Einige sekundierten unsere Gespräche auf Deutsch, bestellten ein Bier nach dem anderen, lachten mit uns, und schließlich torkelten sie achselzuckend weg. Und wir? Eine Handvoll Griechen, ein eher trauriges Häuflein. Caruso und ich gingen nicht sehr oft hin, meistens nur wenn wir Kostas, Niki oder Theo treffen wollten, und immer gegen zwei Uhr mittags. Die Griechen hielten wie gewöhnlich lange Reden und stritten sich. Das bezeichneten sie als Widerstand gegen die Militärjunta.

Der Raum lag im Halbdunkeln, da die Fenster dicke Butzenscheiben hatten, die auch noch mit Scheibengardinen versehen waren. Caruso und ich tranken meistens nur Kaffee. Der wurde auf kleinen Tabletts serviert, zusammen mit winzigen Milchkännchen, von denen ich zwei, drei später im Koffer meiner Mutter entdeckte. Auf der Speisekarte standen Würstchen mit Kraut, Leberkäse und Kasseler Rippchen, aber kein Grieche aß das jemals. Die Brezen mochten wir. Sie waren mit grobkörnigem Salz bestreut, und vielleicht erinnerten sie uns an griechische Sesamkringel. Die Gulaschsuppe, die damals in Mode war, schmeckte sogar meiner Mutter. Es gab sie in Porzellan-Suppentassen, in denen man uns auch den Salat servierte. Wir empfanden eine tiefe Sehnsucht nach einem großen Teller griechischer Hühnersuppe, von deren Anblick allein man schon glücklich wurde, aber hier gab es so etwas nicht.

Caruso und ich, und ab und zu auch meine Mutter, und an diesem Sonntag auch noch Helga saßen also zwischen Griechen aus der kargen griechischen Provinz und Deutschen aus dem sattgrünen Bayern. Bei unserem Versuch, uns hier neu zu finden, behielt Caruso seinen Sinn für Humor. Er beugte sich zu mir und flüsterte mir ins Ohr: »Jetzt träum mal von einem kleinen Hafen, gebratenem Fisch und knusprigen Kalamari-Ringen.«
»Pssst«, machte der Redner, der an der Uni Mathematik studierte und uns erklären wollte, welche Probleme es bei den Studentenwahlen gäbe und dass wir uns in einer Studentengruppe organisieren sollten, auch wenn wir keine Studenten wären, nur damit wir, die Linken, die Wahlen gewinnen würden und keiner von den Juntaleuten in den Vorstand käme.
Wir versuchten, uns mit unseren Landsleuten zu verständigen. Wir sprachen über die politische Lage. Sie war es, die uns vereinte, aber auch trennte. Ich wunderte mich wieder einmal, dass nur so wenige Griechen da waren. Von den zehntausend Griechen, die es damals in München gab, waren es nur diese zwanzig, dreißig, die sonntags zu dem Treffen kamen.
Meine Mutter stieß mich mit dem Ellenbogen an: »Nur dreißig Leute sind gegen die Junta? Und immer dieselben?«
»Sie haben Angst vor den Spitzeln des Konsulats und der Junta. Es sind nur dreißig, die keine Angst haben«, sagte Michalis, der Dolmetscher, der für die griechischen Arbeiter die deutschen Steuererklärungen machte. Er saß neben uns und war jedes Mal da, und da waren auch Nikos, der Gewerkschafter, Leonidas, der Student, der einen auf intelligent und schick machte – er hatte sogar ein paar Semester in Italien, in Perugia studiert. Wir bewunderten ihn. In Italien! Thanassis, der linke Eurokommunist war immer mit seiner Frau Ria da. Thodoris, der Trotzkist, ein Jurist aus Paris, kam hin und wieder, um mit uns über den Trotzkismus zu sprechen. Da war auch Tassos, der rückwärtsgewandte Stalinist mit der leisen Stimme und der sanften Art, der sich immer Geld leihen wollte, um es dann auf der Rennbahn zu verspielen, da war der Arbeitslose, der einen

Job suchte, der Schauspieler, der gerade aus Griechenland gekommen war und uns Foltergeschichten erzählte. Dabei war es unklar, ob er das selbst erlebt oder es in dem bekannten Buch *Die Menschenwärter* von Periklis Korovessis gelesen hatte. Da war auch der kämpferische Intellektuelle, der Physik studiert hatte, aber als fürchterlicher Kreta-Macho seiner Freundin, einer jungen Schneiderin, endlose Eifersuchtsszenen machte und sie tyrannisierte. Die Ärmste durfte es nicht wagen, einen anderen auch nur anzuschauen. Schließlich heirateten sie, doch sie hatte ihr Leben lang unter ihm zu leiden. Er war also ein überaus rigider Kommunist.

Wir sprachen über die letzten Neuigkeiten aus unserer Heimat, ob sie jemanden erwischt hatten, ob andere ins Ausland entkommen waren, ob Bomben nach Athen geschmuggelt wurden, was mit den Zeitungen los war. Wir erzählten uns, was wir im Radio gehört hatten, in der »Griechischen Sendung aus München«, und was bei der »Stimme der Wahrheit – Stimme des freien Griechenlands«, wie damals die Sendung aus Bukarest hieß.
Eigentlich drehten sich die Gespräche immer um Athen. Doch unsere Landsleute, die wir in der Gaststätte trafen, hatten von Athen keine Ahnung. Die meisten waren als Gastarbeiter gekommen, es waren Pontier aus makedonischen Dörfern oder sie kamen aus dem Epirus und vom Peloponnes. Sie hörten gern Dimotika, also die Volkslieder aus der Region, und sprachen unüberhörbar Dialekt. Wir Athener rümpften als Hauptstädter die Nase und waren irgendwie arrogant allen gegenüber, die einen makedonischen, epirotischen oder kretischen Dialekt sprachen. Und doch waren alle auf das ausgerichtet, was sich in Athen abspielte, als ob es kein Thessaloniki, Patras, Volos gegeben hätte oder sonst irgendeine Stadt in ganz Griechenland. Im Mittelpunkt der Diskussionen standen die Parteithemen. Was hatte die oder der aus dieser oder jener Partei gesagt, ob man etwas von Karamanlis aus Paris gehört hatte, von der Vlachou aus London, vom Genossen Koligiannis aus Budapest, von Papandreou aus Schweden. Angeheizt wurden unsere Diskussionen

durch die Frage, wer nun der Zentrumsunion beigetreten war, wer in der KKE-Inland, der KKE-Ausland war und darüber, ob wir mit den Namen aufpassen müssten und dass wir generell besser nicht KKE sagen sollten.

Viel wurde auch über die antidiktatorische PAK von Andreas Papandreou diskutiert und darüber, wo er eine Rede halten würde. In München gab es nämlich auch eine Menge rechte Schlägertypen. Die erschienen bei Versammlungen, nur um zu stören und Randale zu machen.

Wenn irgendwelche unbekannten Gesichter auftauchten oder neue Leute zur antidiktatorischen Gemeinde stießen, wurden sie von den übrigen misstrauisch beäugt. Waren es vielleicht Spitzel? Auch uns fragten sie aus, wo genau wir herkamen, aus Athen? »Wirklich direkt aus dem Zentrum?« Sie wollten kaum glauben, dass wir nicht aus einem Dorf stammten. Und wo wir politisch standen? Der Demokratische Widerstand PAM reichte ihnen nicht. Was sollte das sein? Die PAK-Bewegung, links? Zentrumsunion?

An welche namhaften Persönlichkeiten in Europa sollten wir Schreiben schicken, damit sie von der Lage in unserem Land Notiz nahmen? Sollten wir uns an Griechen wenden? Es fielen die bekannten Namen von Politikern und Intellektuellen und auch der Name von Pavlos Bakojannis, der damals für das griechische Programm beim Bayerischen Rundfunk verantwortlich war.

Meine Mutter langweilte sich inzwischen zu Tode und stupste Helga an. Sie gab ihr ein Zeichen, ob sie nicht nach draußen gehen wollten. »Ich glaube, deiner Mutter reicht es für heute. Und mir eigentlich auch«, raunte Helga mir zu. »Wir machen uns jetzt auf den Weg, und ich begleite sie nach Hause.« Ich war erleichtert, dass Helga die Initiative ergriffen hatte, meine Mutter nach Hause zu bringen. Helga entwickelte sich zu einer wahren Freundin, dachte ich und freute mich sehr.

Ich gab meiner Mutter zu verstehen, dass wir später, so in einer Stunde, nachkommen würden. Sie nickte, und schon waren die beiden aus der Tür.

Uns, also Caruso und mir, fiel es jedenfalls nicht leicht, uns mit den Griechen der antidiktatorischen Gemeinde zu identifizieren. Nicht nur, weil sie aus einer ganz anderen Welt kamen, also aus der griechischen Provinz, sondern auch, weil die meisten von ihnen nicht wie wir vor der Junta geflohen waren, sondern die Heimat mit Arbeitsverträgen in der Tasche verlassen hatten. Sie hatten eine ganz normale Arbeit und den Schutz ihrer Firma. Manche zeigten sich in München in politischen Organisationen aktiv, liefen bei den Demos mit und hatten Angst, in ihre Heimat zurückzukehren. Man erzählte, dass einige, die es gewagt hatten, in ihr Dorf zurückzukehren, bald festgenommen wurden. Andere hatten Glück, sie fuhren ein paar Mal nach Hause in den Urlaub und kamen wieder zurück. Vielleicht hatten sie gute Beziehungen zur Polizei.

Compurwerk

Das Compurwerk lag in Sendling, hinter einem Platz namens Harras, und produzierte Werkzeugmaschinen von hoher Präzision. Kostas diskutierte mit Caruso oft über Kameras, vor allem für die Leica, aber auch für die Kameras von Zeiss und deren Objektive konnten sie sich begeistern. Der Feinmechaniker Friedrich Deckel hätte jene Firma zu Beginn des Jahrhunderts gegründet, erzählte uns Kostas, die durch preiswerte Massenproduktion von Präzisionsinstrumenten zur Blüte der deutschen Kameraindustrie beitrug. Sogar den Osten Deutschlands versorgte das Compurwerk mit Zentralverschlüssen für Kameras. Und sie würden immer wieder ungelernte Arbeiter einstellen, meinte Kostas, bestimmt auch meine Mutter und mich. Er hatte, wie so oft schon, recht.

Die Schicht ging von sieben bis um vier. Das halbe Jahr, das ich mit meiner Mutter und der Arbeit im Compurwerk verbrachte, war sehr schwierig. Vor allem, weil wir an jedem Arbeitstag morgens um halb sechs aufstehen mussten, um dann um Viertel nach sechs die Straßenbahn zu nehmen, am Harras in den Bus umzusteigen und noch zwei Stationen zu fahren. Es war ein sehr kalter Winter. Wir hatten noch immer keine dicken Mäntel gekauft, auch keine Stiefel, und die Kälte ging uns durch und durch. Die Gesichter in der Straßenbahn waren müde und völlig verschlossen. Keiner sagte etwas. Nicht einmal meine Mutter. Wir stiegen stets zusammen mit einer großen Gruppe von Menschen aus und gingen zum Eingang der Fabrik. Die Pförtner waren höflich, grüßten immer, und wir zeigten ihnen unseren Arbeitsausweis. Der Haupteingang mit dem Pförtnerhäuschen und dem großen Eisentor kam mir auf Anhieb irgendwie bekannt vor. Vielleicht erinnerte er mich an Zirndorf oder an eine Fabrik aus irgendeinem italienischen Film. Vom Amt in Zirndorf hatten wir noch keine Nachricht bekommen, aber wir wollten uns gedulden. Einstweilen hatten wir genug zu tun.

Bevor wir zu dem Gebäudeflügel gingen, in dem wir arbeiteten, bedienten wir die Stechuhr, die die Uhrzeit stempelte, zu der wir anfingen. Wenn wir zehn Minuten zu spät kamen, wurden sie uns vom Lohn abgezogen. In der Halle standen Maschinen, die ich noch nie gesehen hatte. Es waren Fräsen, an die man Fräsbohrer montieren konnte, wie mir der Meister erklärte, der dort für uns zuständig war. Zu diesen Maschinen gehörten Stühle, auf denen wir saßen und mit einer einfachen Handbewegung das Metallteil auf einem Maschinenarm befestigten, den wir danach bis zu der Fräse schoben, die wir per Knopfdruck in Bewegung setzten. Es ging darum, dass eine kleine Kerbe in das Metall gefräst wurde. Währenddessen fiel automatisch ein Wasserstrahl auf das Metall, um es abzukühlen. Die Fabrik beschäftigte an die tausend Arbeiter. Sie nannten es einen Präzisionsbetrieb. Dort lernte ich einige wichtige Dinge für mein späteres Leben. Das erste war, dass es nichts Schlimmeres gab, als morgens in der Dunkelheit so früh aufzustehen und in der Straßenbahn zusammen mit Dutzenden von anderen todtraurigen müden Leuten zu fahren. Wie schrecklich eine Klingel auf die Minute genau schrillen konnte, auch das lernte ich in der Fabrik. Und dass Pausen wichtig sind, aber nicht unbedingt das Kantinenessen. Ich wunderte mich außerdem darüber, dass die deutschen Arbeiter nicht wussten, wo Griechenland lag, und war geradezu beleidigt, als sie mich fragten, ob das Land eine türkische Provinz sei. Das verletzte meinen nationalen Stolz.

Ab morgens um zehn füllten sich die Toiletten mit Arbeiterinnen, die zum Rauchen gingen. Damals begriff ich, was Produktion im Akkord bedeutet. Einige Frauen, die Akkord arbeiteten, vor allem Italienerinnen und Türkinnen, gingen überhaupt nicht aufs Klo. Sie mussten mindestens zwanzig gefräste Metallteile in der Stunde schaffen, und sie versuchten, auf eine höhere Stückzahl zu kommen, um ein paar Pfennige mehr zu verdienen. Wenn man zweiundzwanzig schaffte, okay, aber wenn man dreißig auf Dauer schaffte, dann hob der Fabrikmeister den Akkord an, und dreißig wurde die Standardmenge, die man auf jeden Fall in Zukunft abliefern musste. Aus diesem Grund warnten uns die deutschen Arbeiterinnen, besonders diejenigen, die in Gewerkschaften organisiert waren, davor, zu schnell zu arbeiten, denn, ja, wir könnten wohl jetzt ein paar Mark mehr verdienen, aber nach kurzer Zeit würden sie die Norm erhöhen, ohne dass sie uns einen Pfennig mehr dafür zahlen würden.

Mich machte das Zählen ganz benommen, aber auch dieses unentwegte Sssss … Sssss … Sssss … Der kleine Metallarm, auf dem ich das Metallteil zum Fräsen befestigte, kam von oben zu mir herunter, kaum hatte ich das Teil auf dem vorigen Arm fertig gefräst. Sssss, fertig! Ich ließ es zu den anderen in einen Korb fallen und warf meiner Mutter einen Blick zu. Ab und zu wollte sie mit mir sprechen, aber im Allgemeinen war sie in die Arbeit vertieft. Wenn ihr der Vorarbeiter etwas zurief, stand ich von meinem Stuhl auf und stellte ihre Maschine ab, um mit ihr zu sprechen. Einmal, als ich zu ihr hinüberschaute, war eines dieser Sssss der goldene Ring, den mir mein Caruso geschenkt hatte, um unsere Freundschaft zu besiegeln. »Zum Glück war es nicht dein Finger«, meinte eine Arbeiterin. Im Ring blieb für immer diese Kerbe zurück, als düstere Erinnerung an die Fabrikarbeit. Im Compurwerk lernte ich außerdem, was Arbeitersolidarität bedeutet. Ich hätte locker vierzig Stück in der Stunde schaffen können, aber ich musste diesen Ehrgeiz unterdrücken, um die anderen Arbeiter nicht in Schwierigkeiten zu bringen, die nicht so schnell waren. Ich lernte auch andere Tricks: Man verschwindet auf das Klo, damit die Zeit vergeht, aber natürlich nicht so oft, damit der Vorarbeiter nicht merkt, dass man sich zu oft verdrückt. Jedenfalls war diese Arbeit, dieses ständige Sssss, aber auch das Wasser, das auf die Metallteile fiel, damit sie nicht heiß wurden, für alle einschläfernd. Abends ging es früh ins Bett, denn sonst würde man am nächsten Tag an der Fräse einschlafen, und die würde einem den Finger abschneiden.

Frau Emine, Frau Christel und Frau Heidi

Im Compurwerk siezten sich alle deutschen Arbeiterinnen untereinander. Mit dem *Sie* und dem *Ihnen* wirkten sie wie abgehalfterte Adelige, die auf einem Empfang eingeladen waren.
Nach der Niederlage im Krieg war das Selbstbewusstsein der Deutschen gebrochen. Vielleicht taten sie deshalb alles, um zu vergessen. Vielleicht deswegen dieses *Sie* und *Ihnen.* Es stammte aus ihrer fernen Vergangenheit.
Für mich war es, als trügen sie lange Holznasen, extra angefertigt, um die anderen auf Distanz zu halten. Absolut lächerlich war es, wie sie mit den türkischen Kolleginnen sprachen: »Also, Frau Emine, wie geht's Ihnen heute?« Emine und ich hatten unseren Spaß. Zu meiner Mutter sagten sie nichts, sie lächelten sie nur an. Einige schafften es, ihr ein paar Gesten zu machen. Sie wiegte den Kopf und schaute mich an. Normalerweise war sie ganz in ihre Arbeit versunken, und es störte sie, wenn ich in der Kantine mit anderen Frauen sprach oder wenn ich mit Emine in die Pause ging.

Meine Mutter war fast den ganzen Tag stumm. Nur ihre Maschine sagte: Sssss! … Sssss! Meine Mutter bewegte Kopf und Lippen, als würde sie ihr antworten. Sie antwortete aber nicht der Maschine, sondern sich selbst. Sie erzählte sich ihre Gedanken. Manchmal drehte sie sich plötzlich um und rief mir etwas zu. Gewöhnlich hörte ich es nicht, und ich musste erst die Maschine anhalten, um sie anzuschauen.
Das Leben in der Fabrik war laut und stumm.
Am 1. Mai veranstaltete das Personalbüro einen Betriebsausflug mit dem Bus. Bier, Limos und Wasser spendierte die Direktion. Wurst und Brot sollten wir selbst mitbringen. Wir fuhren in einen großen Biergarten aufs Land. Dort sitzt man an großen Tischen, und wenn

man Bier bestellt, darf man das auspacken, was man mitgebracht hat. Man bestellt auch Würstchen, Radieschen und Rettich.
»He, Emine, schieb mal das Brot und den Käse rüber! Brot, Brot!«, sagte Heidi zu ihr. »Keesebrot?«, fragte Emine. »Nein, Käsebrot!«, sagte Heidi und lachte. »Käääsebrot!« Alle lachten und wiederholten »Käääsebrot« und lachten wieder, und alle Frauen waren sehr freundlich und füllten unsere Gläser mit einem süßen deutschen Wein, den sie mitgebracht hatten und den sie »sehr gut« nannten, »sehr gut und fruchtig«. Uns schmeckte er überhaupt nicht, weil er süßlich war und wir an unsere herben, trockenen Weine gewöhnt waren. Jedenfalls machten die Emines, Hildegards, Heidis und Christels die Runde, und dieses *Frau-Frau* hatten wir vergessen. Die deutschen Kolleginnen nahmen also plötzlich ihre Holznasen ab und waren viel natürlicher.

Meine Mutter verstand nichts, und es war ihr langweilig, weil ich ihr vor lauter Lachen nichts übersetzte. Mir war auch der Wein ein bisschen zu Kopf gestiegen. Plötzlich kamen uns die deutschen Frauen sehr warmherzig und spontan vor und überhaupt nicht steif, und das gefiel uns sehr. Sie erzählten uns auch von ihren Kindern, wie viele sie hatten, wir erfuhren die Namen ihrer Männer, und auch sie fingen an zu fragen, ob wir verheiratet wären und Kinder hätten und wie viele. Emine und ich fühlten uns plötzlich wie zu Hause, und die Deutschen gaben meiner Mutter in einem fort zu essen, und sie sagte »efcharisto!« und legte die Hand auf die Brust, so wie wir es tun, wenn wir uns bedanken. Die deutschen Frauen lächelten meine Mutter an und streichelten ihr über den Arm. Sie fragten mich sogar, seit wann sie nicht hören konnte, und zeigten ihr Mitgefühl. Meine Mutter verstand alles. Sie machte auch ein betrübtes Gesicht und ging mir auf die Nerven.

Am nächsten Tag in der Fabrik waren die deutschen Frauen, kaum hatten sie ihre Karte abgestempelt, wie umgepolt. Sie fingen wieder mit dem *Sie* und *Ihnen* an, als hätte man sie aufgezogen wie ein

Blechspielzeug. Emine und ich waren überrascht. Die Deutschen gaben ihre Herzlichkeit am Eingang ab, gingen zum *Frau-Frau* über und verwandelten sich wieder in die heruntergekommenen Adeligen mit ihrer höflich-strengen Art und dem Siezen. Sie legten also wieder ihre Holznasen an, so als wollten sie sagen: Dienst ist Dienst und Schnaps ist Schnaps. Emine und ich hatten große Mühe, mit ihnen zu reden. Wie sollten wir sie ansprechen? Mit *Du* oder mit *Sie?* Frau Heidi, wie geht es Ihnen? Als hätte man bei ihnen einen Schalter umgelegt, dachte ich, und dann kam ich drauf: Schuld daran war die Stechuhr, die die Karten abstempelte. Ich erklärte es Emine. »Die Stechuhr ist schuld! Sicherlich hat sie magische Kräfte. Sobald sie in die Fabrik kommen, werden sie zu Zombies! Sie verwandeln sich wieder in Frau Müller, Frau Meyer und Frau Petzold.«
Seitdem hatten wir jeden Morgen, wenn wir die Karte abstempelten, Angst, wir könnten uns auch verwandeln.

Wenn wir mit der Arbeit fertig waren und an der Bushaltestelle standen, holte ich eine Zigarettenpackung heraus. »Zigarette, Frau Emine?«, fragte ich sie lachend. »Jawohl, Frau Yunanka«, antwortete Emine. »Nicht rauchen, Mädels!«, rief meine Mutter. Wir lachten, und Emine sagte »Jawohl«, und mich nannte sie wieder »Frau Yunanka«. So nannte sie mich, Yunanka à la turque. Weil die Türken die Griechen auf Türkisch *Yunan* nennen. Yunanka sollte die weibliche Form sein. Keine Ahnung warum, aber ich mochte diesen türkisch-griechischen Nonsens-Namen. Und wir alberten im Bus weiter herum, und ich vergaß meine Mutter komplett. Bitte schön, Frau Emine, sagte ich zu ihr und bog mich vor Lachen. Aber nein, ich bitte Sie, Frau Yunanka. Wir kicherten wie die Schulmädchen. *Frau-Frau* und wieder *Frau-Frau*, und wir kugelten uns vor Lachen. Meine Mutter fragte mich immerzu, was los sei, und ob sie auch mit uns lachen könnte, wenn ich es ihr erklärte. Ich antwortete nicht, denn wie sollte ich ihr unser Herumblödeln erklären? Die anderen konnten nicht verstehen, was mit uns los war, und alle im Bus starrten uns an. Wir schauten aus dem Fenster, empor zum Himmel, und sahen dort all die Hildegards und Heidis und Christels in den Wolken schweben, sie machten Sssss – Sssss wie die Fräsmaschinen, und das Wasser tropfte von ihnen herab.

TEIL 4

»Ich weiß nicht wie, weiß nicht wo,
weiß nicht wann, doch an den Abenden
weint jemand hinter der Tür.«

TASOS LIVADITIS

Heimat ist die Zeit, die man verloren hat

Der Satz stand auf einem Plakat mit dem Gedicht eines iranischen Dichters.

Was bedeutete das? Die Zeit, die ich in München dazugewann? Aber München war nicht meine Heimat. Oder vielleicht doch? Denn das Athen der sechziger Jahre gab es nicht mehr und wird es nicht mehr geben. Also lag dort die Zeit meiner Kindheit, die ich verloren hatte. Oder doch hier? Alles schien mir vage, wie die schwebenden Bilder von Heidis und Christels in den Wolken oder mein Schweben in einem Athen der Erinnerung.

Im Bett klammerte ich mich an Carusos Rücken.

Der war konkret, und was Caruso fragte, war das auch: »Machst du Fortschritte mit deinem Deutsch? Und wann ist der Termin für die Sprachprüfung?«, flüsterte er mir ins Ohr.

Diese Fragen stellte er oft.

Auch meine Mutter fragte oft, wann es zu dieser Sprachprüfung kommen würde.

Und ich wiederholte abends im Bett immer das gleiche Lied:

»Was wird wohl aus den Straßen rings um den Omonia-Platz?«

»Was wird aus dem Exarchia-Viertel, aus dem Syntagma-Platz, dem Milchladen hinter dem Rathaus? Finden wir sie wieder, oder werden sie völlig verändert sein, wenn wir einmal wieder in Athen sind? Werden wir überhaupt jemals wieder in Athen sein? Manche Diktatoren haben sieben Leben wie die Katzen. Was ist aus den Menschen geworden, die tagtäglich auf die Kreuzung der Äolou- und der Stadiou-Straße gestürmt sind? Was aus dem Polizisten, der auf der Kreuzung den Verkehr regelte? Was aus meinen geliebten Kaufhäusern, dem Katrantzos, dem Lambropoulos, dem Mignon? Was aus dem großen Gebäude, in dem ich aufgewachsen bin, mit der Hausnummer 56?«

Die Sehnsucht nach Athen schmerzte mir in der Seele und dröhnte in meinem Kopf. Diesen Gedanken hing ich auch in den Versammlungen der antidiktatorischen Gemeinde nach, wenn jemand die Fragen des Widerstands gegen die Junta analysierte.
Ich fand das alles langweilig und öde. Die wirklich wichtigen Themen des Widerstands, das heißt, das Beschaffen von Sprengstoff und gefälschten Pässen, die über Italien nach Griechenland geschmuggelt wurden, oder das Planen von Fahrten deutscher Freunde nach Griechenland mit gefährlichem Material, das alles besprachen wir unter der Woche privat und in gesonderten Gruppen. Nur die Sonntage verbrachten wir mit griechischen Widerständlern und ihren stundenlangen, inhaltsleeren Parteidiskussionen.

Abends gingen wir von Zeit zu Zeit mit deutschen Freunden aus, wobei wir meistens in einer Bar in der Türkenstraße landeten, mit einem Drink in der Hand herumstanden und Jazzmusik hörten. Das gefiel mir. Ja, wir hatten mittlerweile einige deutsche Freunde gefunden, und das tröstete mich ein bisschen.

Ohne die vertrauten Mikroben

Meine Mutter nahmen wir abends nicht mit. Ich war ja mit ihr den ganzen Tag in der Fabrik, und länger hielt ich sie nicht aus. Ich konnte ihr nichts mehr sagen und auch nichts mehr erklären. Wir hatten immer öfter Streit, und immer öfter sagte sie, dass sie nach Griechenland zurückkehren würde. Als wollte sie mir Angst einjagen. Ihr Trotz war mächtig und erdrückte mich, und oft hatte ich das Gefühl, sie wollte mich quälen, genau wie die Bakterien in meinem Bauch.

Abends wurde ich manchmal von heftigen Koliken geplagt. Auch der Arzt konnte nicht herausfinden, woran es lag. Die Untersuchungen brachten kein Ergebnis. Ich war mir plötzlich sicher, dass es Bakterien waren, die ich aus Griechenland mitgebracht hatte. Die lagen jetzt im Wettstreit mit den fremden, unbekannten aus Deutschland. Vielleicht mussten die mit den Eindringlingen ihre Kräfte messen.
»Aber wir sind doch weggegangen, um es besser zu haben! Sei nicht traurig«, sagte meine Mutter, als sie merkte, dass es Athen war, das mir fehlte.

Ja, wir waren weggegangen, um es besser zu haben, aber in jenen Monaten ging es uns erst einmal wieder schlechter. Ich hatte unsere vertrauten Mikroben eingebüßt, nichtige, winzig kleine, rastlose Amöben, die die Sonne anbeten. Wir wussten nicht mehr, wohin mit uns. Unsere winzig kleinen Mikroben hatten es mit den wohlgenährten, ordentlichen Alpenmikroben aufgenommen, und da es nun mal keine Sonne gab, hatten sie sich offenbar kampflos zurückgezogen. Alles stand Kopf, und so fingen auch die Koliken im Bauchraum an, genau wie die Ängste und meine Magenkrämpfe.

Halt!, schrien die ordentlichen Bakterien und beherrschten immer mehr von dem fremden Terrain, um es sich anzueignen, und so kam dieses *Halt!* in mein Leben und in meinen Bauch, aber vielleicht gab es das *Halt!* auch schon vorher, vielleicht schon immer, nur dass ich es nicht aussprach. Wie oft wollte ich zu meiner Mutter *Halt!* sagen, aber ich tat es nicht. Ich fürchtete mich davor. Ich fürchtete mich davor, unendlich traurig zu werden oder sie unendlich traurig zu machen. In meinen Gefühlen steckte ein großer Salatkopf und in meinem Kopf ein Wollknäuel, der sich verheddert hatte. Und jetzt hatte ich auch noch etwas Ähnliches in meinem Bauch. Mit den Krämpfen, den Koliken, den Mikroben.
Meine Mutter konnte nicht begreifen, was ich mit diesen seltsamen Winzigkeiten in meinem Bauch meinte.
»Wahrscheinlich ist es ein nervöses Magenleiden«, sagte der deutsche Arzt, den ich noch einmal aufsuchte.
Nein, das läge gewiss nicht nur an der Kälte, sondern womöglich eher an meinen Zukunftsperspektiven, meinte er. »Haben Sie denn Arbeit in München?«, fragte er mich. »Aufenthaltserlaubnis?«
Schon wieder fragte mich jemand, ob ich eine Aufenthaltserlaubnis hätte. Jeden Tag dachte ich an die Nachricht aus Zirndorf. Warum ließen sie sich so viel Zeit, diese Beamten in Zirndorf? Während die Obristen in Griechenland sich in der Macht fest eingerichtet hatten, die protestierenden Bakterien in meinem Bauch nun auch, meine Mutter immer fester auf meinen Schultern hockte und der tagtägliche Kampf mit der deutschen Sprache weiterging. Alles schien sich gegen mich verschworen zu haben.

Die Erde in meinem Mund

Mama, hörst du mich? Ich kann nicht schlafen. Mein Körper ist voller Knoten, die mir wehtun, sie nehmen mir den Atem. Mit dem Schmerz kommen die Bilder. Du hast mich in ein Kissen gelegt, gehst mit mir im Zimmer auf und ab und singst mir Schlaflieder vor. Du singst mit leiser Stimme, und es klingt merkwürdig schräg, so als würde deine Stimme schaben und kratzen. Du weißt nicht genau, wie die Melodie lautet, aber du hast einen Ton gefunden, um die Verse auf melodische Weise zu sprechen. Daran bin ich gewöhnt, es ist dieser dissonante Ton, der mich beruhigt. Du schaust mir beim Schlafen zu und wagst es nicht, mich irgendwo abzulegen, damit ich nicht anfange zu weinen. Du willst nicht, dass ich weine, aber ich habe viel geweint, weil du es nicht immer mitbekommen hast, das konntest du ja auch nicht. Nur in der Nacht im Bett warst du unbesorgt, denn da hast du mich in den Arm genommen und an dich gedrückt und jede Unruhe in mir sofort gespürt.

Ich habe immer egoistisch an mich selbst gedacht, daran, wie ich unter einer tauben Mutter zu leiden hatte, nie habe ich dabei an deine eigene Anspannung gedacht, an deine Not, denn du wusstest ja nicht, warum ich weinte und was zu tun war. Deine Not wurde immer größer, je älter ich wurde. Als ich klein war, hast du mich im Arm gehalten und mich getröstet, du hast mir Milch gegeben, mich zum Arzt gebracht, hast die Stillzeiten eingehalten und hattest eine Uhr dafür. Wie stolz du auf dein Kind warst: »Du warst das allerschönste Baby im ganzen Wartezimmer. Die Ärzte haben nur dir die Wange getätschelt«, sagtest du. Doch dann? Was war, als ich anfing, die ersten Wörter zu bilden? Wie sollte ich sie bilden? Sicher nicht mit dir zusammen. Mit der Nachbarin, der Schneiderin, bei der du mich abgegeben hast, bei den Lehrmädchen, die ganz wild darauf waren, mich im Arm zu halten, mich auf die Bäckchen zu küssen

und mich spazieren zu tragen. Du warst arbeiten und musstest ihnen vertrauen. Kaum warst du aber von der Arbeit zurück, hast du mich sofort abgeholt. »Lass die Kleine doch noch ein bisschen bei uns, sie ist ganz lieb.«
»Nein, nein, ich muss sie jetzt mitnehmen, es war bestimmt anstrengend mit ihr, sie muss jetzt nach Hause, zu ihrer Mama.«
Kaum waren wir in unserem Zimmer, hast du mich auch schon auf deinen Schoß gesetzt, damit ich dir erzähle, was ich erlebt hatte. Was du davon verstanden hast, weiß ich nicht, aber während ich mit dir sprach, hast du mich gestreichelt. Mama, mir fehlt dieses Streicheln. Besonders in der Nacht, wenn ich die Knoten spüre. Sie sind aus Erde, ich spüre diese Erde in meinem Mund.

TEIL 5

»Jede Wand hat eine Tür, die nach draußen führt.
Wir sollten sie nirgendwo sonst suchen
als in der Wand, die uns einengt.«

RALPH WALDO EMERSON

Alles Luftschaum

Wir blieben oft vor dem Schaufenster von Dagmars Café stehen. Meine Mutter aß gern Kuchen, besonders Kuchen mit Schokolade. Als sie einige Zeit für den Schokoladenhersteller Pavlidis gearbeitet hatte, aß sie solche Mengen von Schokolade, dass ihr Blutzuckerspiegel rasant in die Höhe kletterte. Als sie aufhörte, so viel davon zu essen, sank er wieder.

Die meisten Kuchen in der Auslage des Cafés reizten weder mich noch meine Mutter. Sie waren nicht mit Schoko- oder Vanillecreme wie die Torten in Athen. Hier wurden Tortenböden mit Obst belegt, meistens mit Erdbeeren, oder hatten eine dicke Schicht Tortenguss mit Himbeergeschmack. Wir entdeckten auch weiche Hefeteigkringel und eine Art Loukoumades, Teigbälle mit Puderzucker, die sie Krapfen nannten. Von Blätterteig keine Spur.

»Haben die hier denn keine normalen Cremeschnitten mit richtiger Butter- oder Sahnecreme?«

»Klar, natürlich haben sie welche! Schau mal, da hinten, die da mit Sahne und den Kirschen«, sagte ich und zeigte mit dem Finger auf eine Schwarzwälderkirschtorte. Dahinter stand eine Prinzregententorte und noch weiter hinten tatsächlich die einzige mit Schokocreme. Die hatte eine gewisse Ähnlichkeit mit den üppigen Torten, die sich meine Mutter in Athen ein, zwei Mal im Monat geleistet hatte.

Genau diese bestellten wir nun bei der Frau, die hinter der Glastheke stand und in einem weichen Münchnerischen Dialekt mit uns sprach. Ihre rötlichen Haare hatte sie hinten zusammengebunden. Sie war noch nicht im Alter meiner Mutter, vielleicht um die fünfzig, aber sie wirkte jünger. Sie lächelte uns an.

Frau Dagmar bediente uns immer mit einem Lächeln. Nie beäugte sie uns neugierig, wenn wir vor der Auslage standen und seltsam gestikulierten, uns die Kuchen und Torten gegenseitig mit dem Finger zeigten und heftig mit den Köpfen nickten. Die diskrete Art von Dagmar mochte ich sehr, und in ihrem Café machte ich gern eine Pause.

Nachdem wir ein Stück Schokocremetorte und ein Stück Prinzregententorte bestellt hatten, bestellten wir auch Kaffee. Das heißt nur ich, denn meine Mutter war zu geizig. »Den trinke ich dann zu Hause«, sagte sie. »Erst einmal will ich sehen, wie diese seltsame Torte hier schmeckt.«

Sie mochte es, dass Dagmar sie immer höflich bediente und ihr die Torte so servierte, als wäre sie eine Aristokratin. Gundel, die Aushilfe, stellte die Teller auf eine achtlose Art ab und wirkte stets gehetzt. In dem kleinen Café machten wir es uns normalerweise an den Nachmittagen nach der Arbeit meiner Mutter gemütlich. Sie las Zeitung und ich meine Aufzeichnungen aus den Vorlesungen oder eines der Bücher, die ich bei Kyrios Jannis kaufte, einem politischen Flüchtling, der regelmäßig aus Prag kam und uns von dort griechische Bücher mitbrachte. Die griechischen Bürgerkriegsflüchtlinge in der Tschechoslowakei, Polen und Ungarn kümmerten sich darum, Bücher von linken griechischen Autoren bei den billigen Druckereien des Ostblocks herauszubringen: Menelaos Loudemis, Dimitris Chatzis, Geschichtsbücher von Dimitrios Fotiadis über die griechische Revolution gegen die Osmanen und die Eskapaden der bayerischen Gefolgschaft König Ottos und seiner Frau Amalie in Athen.

Die Buchhandlung Hueber neben dem Café stellte alte deutsche Bücher für fünfzig Pfennig vor die Tür. Ich stöberte gern darin herum, und eine hilfsbereite Angestellte fragte mich immer wieder, ob die Junta bald gestürzt würde. Sie liebte Griechenland, aber sie wollte nicht dorthin fahren, solange die Obristen regierten. Die verabscheute sie, wie sie sagte, und sie wollte diesem Regime keine müde

Mark in den Rachen werfen. Sie versuchte sogar, ein paar Worte auf Griechisch mit mir zu wechseln.
»Was redest du denn die ganze Zeit mit ihr?«, fragte meine Mutter ungeduldig und zog mich am Ärmel, damit wir weitergingen. Ich ärgerte mich über sie. Ständig war sie schroff und in Eile und ignorierte dabei alles, was mir wichtig war, vor allem Beziehungen zu anderen Menschen. Ich spürte, dass sie nie gutheißen würde, was ich machte. Die Menschen, die sich für mich interessieren könnten, waren ihr gleichgültig. Sie versuchte nicht einmal, etwas Geduld aufzubringen und eine gewisse Höflichkeit an den Tag zu legen. Je länger ich darüber nachdachte, desto mehr kam ich zu dem Schluss, dass die Liebe, die mir meine Mutter entgegenbrachte, und ihre Opfer für mich nichts als ein Mythos waren. In Wirklichkeit war die Art, wie sie mich liebte, durch und durch egoistisch. Sie wollte mich ganz für sich allein haben. Am meisten interessierte es sie, dass alles nach ihrer Nase ging.

In Dagmars Café lief oft eine Kassette mit Musik von Theodorakis. Dagmar hatte ihn einmal getroffen, erzählte sie uns, nach einem Konzert in München, in einer griechischen Taverne. »Einer der ältesten von München«, sagte sie, »dem Trogerhof in Haidhausen.« Die griechischen Konzertveranstalter, linke Genossen, hätten sie direkt neben Mikis gesetzt. Sie erzählte uns noch mehr. Dass Mikis seinen Arm um ihre Taille gelegt und gleich danach ihre Hüften gestreichelt hätte. »Diesen himmlischen Abend werde ich nie vergessen«, sagte Dagmar in einem vielsagenden Ton, doch ohne uns zu erklären, was genau sie mit dem »himmlischen Abend« meinte. In ihrem Café hatte sie ein Konzertplakat mit einem Foto von Mikis aufgehängt, und immer wenn sie davor stand, seufzte sie.
Das Café war altmodisch, mit einer dunklen Holzvertäfelung bis auf halber Höhe. Darüber waren die Wände mit einer beigen Lackfarbe gestrichen, und es gab Lampen mit Schirmchen aus einem tannengrünen Stoff. Die etwas dumpfe Atmosphäre wurde zum Glück von den Stammgästen, in der Regel Studenten, aufgelockert. Der Ku-

chen war relativ günstig, der Kaffee gut, Dagmar immer freundlich, und dazu hatte sie oft einen lustigen Spruch auf den Lippen. Gewöhnlich lernte ich dort für die Uni oder traf mich mit Kommilitonen oder deutschen Freundinnen. Auch Helga kam manchmal vorbei und berichtete das Neueste aus der SDAJ. Caruso war inzwischen schwer bei BMW beschäftigt, aber auch mit seinen Gesangsübungen, und wir sahen uns nicht mehr so häufig. Manchmal fehlte er mir. Dann fragte ich mich, ob unser Interesse aneinander nachgelassen hatte. Aber wenn ich ihn zu einer seiner Proben begleitete und ihn singen hörte, war ich wieder hingerissen. Mein Interesse war so intensiv wie eh und je. Vielleicht ist das so mit der Liebe, dachte ich. Sie kann nicht andauernd intensiv sein. Meist verfiel ich dann in tiefes Grübeln und kam zu dem Schluss: »Nein, ohne Caruso kann ich nicht leben!«, um mir gleich darauf einzugestehen, dass ich ihn mehr und mehr wie einen Bruder empfand. Diese widersprüchlichen Gefühle machten mir Angst, und ich beschloss, sie zu verdrängen.

Ich genoss es, allein in Dagmars Café zu sitzen, und stellte mir ein Leben ohne finanzielle Nöte vor, und ohne eine Mutter, die ich immerfort mit mir herumschleppen musste und die mich mit ihrer Brüllstimme aus meinen Gedanken riss. Auch das Leben der Hippies machte mich neugierig, und ich wünschte mir sehnsüchtig einen kleinen Platz in einer der üblichen jungen Kommunen, um dort ohne gesellschaftliche Zwänge leben zu können. Davon träumte ich.

»Diese Torten hier sind der reinste Schaum! Da ist ja fast gar kein Zucker drin! Wie soll man denn davon satt werden?«, rief meine Mutter, als sie ihre zweite Torte in Dagmars Café probierte, eine Joghurtsahnetorte, und gleich danach auch noch ein Stückchen von meiner Schwarzwälderkirsch nahm.
Ich wurde rot und drückte ihre Hand, damit sie die Lautstärke ihrer Stimme drosselte.

»Die sind doch nicht dazu da, sich satt zu essen. Zu Hause machen wir uns später dann Spaghetti. Die Torte gibt's zum Kaffee, und sie schmeckt sehr lecker. Nicht so wie die schweren, süßen griechischen Kuchen. Meinst du nicht?«
»Na gut, lecker ist sie schon. Aber ein schönes Stück Baklava mit Zuckersirup wäre auch nicht schlecht! Das vertreibt jeden Hunger! Warum machen sie hier in Deutschland denn eigentlich kein Baklava, keine Tyropita, keine Bougatsa? Das kennen sie wohl nicht, oder? Lass uns mal Frau Ahlers fragen, ob sie uns erlaubt, in ihrer Küche ein Baklava zu machen. Davon hätte sie ja schließlich auch etwas.«
Ich freute mich, dass sie den Namen der Ahlers richtig ausgesprochen hatte, denn das S der Ahlers hatte ihr immer große Schwierigkeiten bereitet. Ich merkte aber, wie einige Studenten zu uns herüberschielten, gab meiner Mutter wieder ein Zeichen, dass sie endlich leiser sprechen sollte, und vertiefte mich in mein Buch. Doch sie wollte lieber ihre Umgebung beobachten und dabei tratschen. Sich in ihrer Gegenwart zu konzentrieren war ein Ding der Unmöglichkeit. Ich legte den Zeigefinger an meine Lippen, um ihr wieder zu bedeuten, dass sie nun wirklich still sein solle, und bewegte meine Hand sanft über mein Buch, um ihr zu sagen, dass sie lesen könnte.
»Jetzt ist es aber gut«, beschwerte sie sich, »warum sind wir denn in ein Kaffeehaus gegangen, wenn wir nicht über die Leute hier reden dürfen? Ich schaue diesen jungen Leuten gerne zu, die sich hier treffen und in aller Öffentlichkeit küssen. In Athen sind sie nicht so locker. Hier haben sie wohl keine Bedenken, dass man sie sehen und schlechtmachen könnte!«
»Wahrscheinlich hast du dich in Athen in die falschen Cafés gesetzt«, erwiderte ich trocken.
»Also, am Sonntag mache ich euch, wenn mich Frau Ahlers lässt, ein Baklava«, sagte sie. Und danach machte sie abrupt einen Punkt und schwieg. Ob sie sich an den Seiltänzer und an ihr letztes Athener Baklava erinnerte? Sie hatte lange nicht von ihm gesprochen. Unser Leben in der neuen Stadt, mit den Ängsten um Arbeit und Wohnung, den neuen Herausforderungen, die ihr die fremde Sprache

stellte, den neuen Eindrücken, der fremden Mentalität, hatte für sie gleichzeitig eine heilende Wirkung: Es schien, als hätte sie den Seiltänzer und ihre heftige Liebe zu ihm ganz und gar vergessen.

»Gut, aber beim Sirup musst du aufpassen. Die Deutschen mögen nicht so viel Zucker. Das hast du ja selbst schon gemerkt.«

»Stimmt! Dann nehme ich eben weniger Zucker, aber wässrig darf der Sirup auch nicht sein. Wenn nicht genug Zucker drin ist, dickt er nicht an.«

Deutsches Baklava und eine Arie für Frau Ahlers

Unsere Beziehung zu Frau Ahlers hatte sich verbessert. Besonders, seit sie einmal krank geworden war und hohes Fieber bekommen hatte. Meine Mutter kochte Hühnersuppe, pflegte sie und sprach in einem zärtlichen Ton auf Griechisch mit ihr, als hätte sie ein kleines krankes Kind zu versorgen. Die Ahlers verstand kein Wort, aber das machte ihr nichts aus. Ich glaube, dass sie letztlich sehr froh war, meine Mutter bei sich zu haben, aber sie ließ es sich nicht anmerken. Sie hatte es sich auch schon angewöhnt, mit Gesten zu gebärden und ihr mit dem Finger zu zeigen, was sie wollte. Wenn sie in unser Zimmer kam und meine Mutter da saß und nähte oder las, war die Ahlers inzwischen in der Lage, das Licht ein- und auszuschalten, um zu zeigen, dass sie da war. Sonst fuhr meine Mutter vor lauter Schreck hoch. Nach den ersten Essenseinladungen war das deutsche Eis gebrochen und die griechische Angst verflogen. Beide Seiten hatten sich einander angenähert. Wenn die Ahlers zum Einkaufen ging, nahm sie meine Mutter regelmäßig mit. Sie kauften zusammen ein, und meine Mutter half ihr beim Tragen der Einkaufstaschen und beim Kochen. An manchen Tagen übernahm meine Mutter sogar ganz allein die Zubereitung des Essens, und ich glaube, dass das der Ahlers gut gefiel. Solange meine Mutter kochte und Frau Ahlers aß, erschien Caruso und mir alles in einem freundlicheren Licht. Selbst die Tatsache, dass Caruso ab und zu in unser Zimmer schlich, in unser Bett stieg und meine Mutter in das seine schickte, hatte sie bemerkt, sagte aber nichts. Caruso hatte ihr ein paar Schallplatten von Maria Callas mitgebracht. Die berühmte *Casta diva* sangen sie leise zusammen. Die Ahlers ließ ihn sogar ihren Plattenspieler bedienen.

Es war Weihnachten, als meine Mutter zum ersten Mal nach vielen Jahren wieder Baklava machte. Den Teig rollte sie auf dem Küchentisch der Ahlers aus. Frau Ahlers fürchtete das große Durcheinander in ihrer Küche, und ich glaube, dass sie sich fragte, ob es wohl richtig war, uns so viel Spielraum einzuräumen. Für sie waren wir noch immer »die Ausländer«. Irgendwie gefiel ihr dieser Trubel aber auch. Caruso stellte die Callas auf volle Lautstärke und sang die ganze Zeit: »Casta divaaa und Baklavaaa, Casta divaaa und Callas … und Baklavaaaa!«

Wir mussten alle lachen, und meine Mutter schaute uns fragend an.

»Worum geht's? Worum geht's denn? Ich will auch mitlachen.«

Es war nicht immer leicht, ihr alles zu erklären. Zum Beispiel die Chemie zwischen Caruso und der Ahlers. »Pass du auf deinen Teig auf, der trocknet dir noch aus!«, sagte ich zu ihr und deutete mit dem Finger auf den Teig. Wenn auch andere da waren, zwang ich mich dazu, stimmhaft zu sprechen, damit sie auch hören konnten, was ich sagte. Normalerweise sagte ich ihr alles im Flüsterton, und es war überhaupt nichts zu hören.

»Teiiiig troocknet aus!«, sang Caruso und zog die Silben in die Länge, wie es ihm in den Sinn kam. Frau Ahlers konnte sich nicht halten vor Lachen.

»Jetzt mal ehrlich, die wird immer schöner, seit sie angefangen hat zu lachen«, meinte meine Mutter.

Frau Ahlers war tatsächlich schöner geworden.

»Seskoula«, eine gesunde Sprache

Am Vormittag des 24. Dezember machte ich mit Caruso einen Schaufensterbummel durch die Leopoldstraße. Wir hatten auch Dagmar zu unserem Weihnachtsessen eingeladen. Sie wollte am frühen Abend kommen, wenn sie das Café geschlossen hatte. Meine Mutter bereitete griechische Vorspeisen zu, und als Hauptgericht Lammfrikassee. Caruso war ganz verrückt danach. Den Marouli, der eigentlich dazugehörte, gab es hier natürlich nicht, und der Gemüsehändler hatte dieses Wort noch nie gehört. Vielleicht wäre das so etwas wie Romana, meinte er, aber den hätte er leider auch nicht da. Dann würde sie eben Spinat zum Lammfrikassee nehmen, meinte meine Mutter, bevor sie schließlich eine sensationelle Entdeckung machte. Denn es gab Mangold, und wenn sie diesen Mangold auf dem Markt nicht aufgetrieben hätte, wäre mir niemals wieder eingefallen, dass Mangold auf Griechisch *seskoula* heißt. Das Wort *seskoula* gefiel mir.

»Vielleicht sollte ich unsere Sprache Seskoula nennen«, sagte ich zu Caruso.

»Wie bitte?«

»Seskoula, das ist eine seltene, fast verschwundene Sprache.«

»Du blödelst schon wieder herum«, schubste er mich spielerisch mit seiner Schulter. Ja, ich blödelte gerne. Der Gedanke an die Seskoula-Sprache, oder auch an eine Spinat-Sprache, erheiterte mich sehr. Doch bald wurde ich melancholischer.

Die Straßen in Schwabing leerten sich allmählich, die Cafés schlossen, die meisten Studenten waren zu ihren Familien nach Hause gefahren. In Athen würde es in den Geschäftsvierteln jetzt von Leuten nur so wimmeln, dachte ich und bekam auf einmal Sehnsucht nach den Straßen von Athen. Das sagte ich Caruso. »Ach was, dort wimmelt es von Obristen, und alles hat dichtgemacht«, sagte er zu

mir. »In jeder Ecke hört man jetzt bestimmt die Stimme des Diktators aus dem Radio. Was sehnst du dich nach dieser Stadt?«, sagte er, aber meine Sehnsucht blieb.
Vielleicht wäre da die Stimme des Diktators zu hören, aber auf dem großen Markt zu Füßen des Akropolis-Hügels würden die Leute lachen und mit den Händlern um einen besseren Truthahnpreis feilschen und ganz viel Salat und Obst kaufen.

Später zu Hause erzählte uns Frau Ahlers, dass es bei den Deutschen traditionell Gänsebraten oder Würstchen zu essen gab. Und zu Neujahr kochten sie Fisch.
»Fisch?«, fragte ich verwundert. Ja, blauen Karpfen, einen Zuchtfisch, den die Mönche schon im Mittelalter aßen, damit sie in der Fastenzeit nicht unter Eiweißmangel litten. Auf einmal waren mir die Bayern viel sympathischer.
»Was will der Fisch denn in den Alpen?«, fragte ich.
»Alle Klöster hatten einen Karpfenteich«, erklärte mir Frau Ahlers, und als ich es meiner Mutter erklärte, schnitt sie eine abfällige Grimasse und rief ungehalten: »Was? *Psari tin Protochronia?* Fisch zu Neujahr? Warum das denn? In Deutschland stehen doch so viele Kühe auf den Wiesen!«
»Wegen der Fastenzeit«, erklärte ich ihr, und danach sagte sie nichts mehr.
Frau Ahlers sagte auch nichts mehr. Nur, dass die Eierzitronensoße mit Dill wunderbar duftete, und wie erstaunlich es war, dass es nicht nach Lamm stank.

Dagmar kam schon früh mit einem ganzen Haufen von Geschenken. Sie und Frau Ahlers kannten sich schon seit Jahren. Sie hatten sogar dieselbe Schule besucht, die Türkenschule, wenn auch in verschiedenen Klassen und Jahrgängen. Die Ahlers hatte für Dagmar nicht viel übrig. Sie betrachtete sie als eine aus dem Volke, weil ihr Vater Bäcker war, während die Ahlers einen Lehrer zum Vater hatte, der Mitglied in der NSDAP gewesen war. Die Ahlers hatte – wahrscheinlich aus ihrer Familientradition – eine gewisse Pose eingenommen, die eine frostige Stimmung hervorrief. Vermutlich hielten sich schon ihre Eltern für etwas Besseres. Aber nun freute sie sich sehr über den Tisch voller bunter Päckchen. Ich war nicht so vergnügt, denn mir tat von dem ganzen Dolmetschen und dem Erklären in zwei Sprachen der Hals weh, aber auch weil ich mich so verkrampfte, um die richtigen deutschen Wörter zu finden. Caruso sang »*O elato!*«, und Frau Ahlers und Dagmar waren ganz hingerissen, dass es ihr berühmtes »O Tannenbaum« auch auf Griechisch gab. Unter den Geschenken entdeckte meine Mutter ein Halstuch von Dagmar. Frau Ahlers hatte für sie Pantoffeln besorgt, weil sie immer noch ihre alten aus Athen trug. »Ich wollte doch gar nichts, das war doch nicht nötig, die Geschenke sollten doch alle für meine Tochter sein, nicht für mich«, sagte meine Mutter immer wieder, so als würde sie darunter leiden, dass jemand sich die Mühe gemacht hatte, für sie ein Geschenk auszusuchen. Ich übersetzte, und Caruso beugte sich hin und wieder zu meinem Ohr, um mir zu sagen, dass ich mich entspannen sollte.

Dagmar war vom Baklava meiner Mutter und dem Blätterteig ganz begeistert. »In Kymi machen sie ein Baklava aus hundert Teigblättern! Für den Teig treffen sich alle Frauen aus dem Viertel in einem Haus und rollen ihn gemeinsam aus. Auf jedes Backblech kommen mindestens dreißig Lagen als untere Schicht und noch mal so viele darüber«, sagte meine Mutter, und ich übersetzte. Ich musste daran denken, dass sie, seit sie ihr Gehör verloren hatte, nicht mehr mitbekam, worüber die Frauen tratschten und klatschten, wenn sie Baklava machten. Sie konnte diese Frauen nur noch beobachten und ihnen dabei zuschauen, wie sie lachten. Sie selbst blieb still und ging stets ihrer Mutter wortlos zur Hand.

»Das hast du wunderbar hinbekommen«, sagte Dagmar, berührte sie leicht am Rücken und machte eine lobende Geste. »Du hast auch auf den deutschen Geschmack Rücksicht genommen und dich beim Zucker zurückgehalten.«

»Ganz so langweilig wie die Kuchen in deiner Auslage konnte ich es natürlich nicht machen«, sagte meine Mutter, und alle lachten über ihre direkte Art. Das heißt, ich lachte nicht, weil ich übersetzte.

Nach diesem ersten Baklava zu Weihnachten machte meine Mutter wieder öfters eines. Es war Frühling, als Dagmar zu uns nach Hause kam und ein ganzes Backblech davon mitnahm. Sie stellte den Sirupkuchen ins Schaufenster des Cafés, und er ging weg wie warme Semmeln. Seitdem buk meine Mutter ab und zu Baklava für das Café. Es war wohl ein Jahr vergangen, als Dagmar zu meiner Mutter sagte, dass sie ihre Hilfe im Café gebrauchen könnte, weil Gundel nicht mehr da war. Und dass sie ihr ein Gehalt zahlen würde. Meine Mutter putzte immer noch beim ADAC und in den Büros des Finanzamts in der Marsstraße. »Was bedeutet Mars?«, fragte sie mich einmal, und ich erklärte ihr, dass Mars der Gott des Krieges sei. Der Name von Ares auf Latein sei das.
»Aha, ich mache also auf dem Planeten sauber oder, noch besser, ich putze dem Kriegsgott den Hintern ab«, sagte sie und musste lachen. Caruso und ich lachten auch, obwohl ich mich wie meistens über ihre groben Scherze ärgerte. Oft konnte sie nicht einschätzen, welches Wort mehr oder weniger ordinär war. Einen kleinen Geldbetrag bekam sie inzwischen auch von Frau Ahlers, für die Hausarbeit, die sie machte, aber auch für das Einkaufen und das Kochen.
Meine Mutter war also für unsere engsten Bekannten unentbehrlich geworden. Ich fühlte mich erleichtert.

Angst und Riegel vor dem Mund

Ich lernte für meine Vordiplomprüfung. Mit dem Lernen hatte ich keine Probleme. Mein Problem war die vertrackte Wissenschaftssprache. Machten sie das mit Absicht, damit wir nicht verstanden, was sie schrieben? Die Wissenschaftssprache mit den schwierigen lateinstämmigen deutschen Wörtern ließ mich ständig gegen eine Wand laufen. Ich musste in Lexika nachschlagen und mich langsam mit Ach und Krach durch den Text arbeiten, so als würde meine Mutter Linsen verlesen.
In den mündlichen Seminaren hatte ich enorme Schwierigkeiten, mich zu Wort zu melden. Ich beschloss, schnell zu sprechen, um ein wenig früher mit dem fertig zu werden, was ich zu sagen hatte.
Dann beschloss ich, überhaupt nichts mehr zu sagen.
Ich legte einen Riegel vor meinen Mund.
Meine Mutter konnte ihren Mund einfach nicht halten. Sie redete viel. Sie redete mit sich selbst. Aus ihrem Mund kamen Wörter, die die anderen nicht verstanden: Ist sie stumm?
Nein, meine Mutter ist nicht stumm. Stumm bin ich, besonders in den mündlichen Seminaren:

- Wenn du den Mund aufmachst, machst du vielleicht Fehler.
- Vielleicht verstehen sie dich nicht wegen deiner Aussprache.
- Vielleicht schauen sie dich komisch an und lachen.
- Vielleicht langweilen sie sich und schlafen ein.

Die Wahrscheinlichkeit, dass eine Katastrophe passierte, war groß.

»Beschäftigen Sie sich mit Makedonien. Vielleicht schreiben Sie ja später Ihre Diplomarbeit zu diesem Thema«, sagte mein Professor. »Diese Teilrepublik wird in den nächsten Jahren sicher ins Gespräch kommen, Sie werden sehen!«

Das bekam ich wirklich zu sehen. Viele Jahre später musste ich miterleben, wie die Griechen sich international lächerlich machten, auch in München, wo sie durch die Leopoldstraße zogen, allen voran die Popen mit Fahnen und Tamtam, um zu demonstrieren, dass Makedonien nur griechisch sein könne. Wie peinlich! Viele meiner Freunde fragten mich, warum die Griechen dieser kleinen, nichtigen Teilrepublik verbieten wollten, sich als Makedonien zu bezeichnen, so wie sie auch unter Tito geheißen hatte. Was sollte ich ihnen darauf antworten? Dass zuerst der Name kommt und dann territoriale Ansprüche folgen? Dass Namen ein magisches Gewicht haben? Wie Makedonien nun genau hieß, war mir im Grunde egal. Ich erinnerte mich daran, wie wichtig es mir immer gewesen war, dass meine Mutter die Namen meiner Freunde richtig aussprechen konnte.
Meistens gab sie ihnen Spitznamen, was mir auf die Nerven ging, weil sich darin die Abneigung ausdrückte, die sie gegen sie hegte: »Fresssack« nannte sie einen Freund von mir, der immer, wenn er kam, sofort an den Kühlschrank ging, »Tollpatsch« sagte sie zum ungeschickten Bernd, »Schlappschwanz« zu Helmut, »Starlet« zu Helga, die sie auf dem Plakat mit der Margerite gesehen hatte, und »saure Gurke« zu einer Kommilitonin von mir, die niemals lächelte.

Dass das Thema Makedonien vergiftet war und mich gegen eine Wand laufen ließ, begriff ich schnell. Besonders als ich es mit wissenschaftlichen und pseudowissenschaftlichen Autoren aus Serbien, Bulgarien, Albanien und Griechenland zu tun bekam, die auf Teufel komm raus beweisen wollten, dass der ganze Balkan schon seit der klassischen Antike serbisch, bulgarisch, albanisch oder griechisch war und ihre Sprache schon immer aus dem jeweiligen Land stammte.
Außer der Aussicht auf Makedonien als Thema meiner Diplomarbeit schien es in unserem Leben gut zu laufen. Die Bakterien in meinem Bauch waren verschwunden, die Koliken hatten auch aufgehört, und ich hatte mich an Weißwürste mit süßem Senf gewöhnt. Doch da, wo alles rosig schien, wurde plötzlich alles anders.

Mit einem hartnäckigen Virus, Halsschmerzen und Husten machte ich einen Besuch beim Halsnasenohrenarzt. »Sie haben hier etwas«, sagte er und tastete meinen Hals ab. »Etwas, das nicht hierher gehört. Vielleicht eine angeschwollene Lymphdrüse. Vielleicht ist es von dem Virus«, meinte er. »Es ist merkwürdig, dass Sie kein Fieber haben. Nehmen Sie dieses Antibiotikum«, sagte er und gab mir eine Packung. »Wir müssen das beobachten und sehen, ob der Lymphknoten größer wird. Wenn es sich um eine Entzündung durch die Erkältung oder den Virus handelt, müsste die Schwellung eigentlich zurückgehen. Kommen Sie in einem Monat wieder.«
Leicht verstört verließ ich den Arzt.

Vorhaben: Entfernen des Knotens

Der zweite Arzt, den ich zurate zog, war Leo. Er war der sanfteste Mann, den ich je kennengelernt hatte. Mit seinen samtweichen Fingern tastete er meinen Hals ab, wie ein lindernder Lufthauch, wie etwas, das schon immer da war und auf das ich mich stets verlassen konnte. Vom ersten Moment an hatte ich unendliches Vertrauen zu ihm. Er befühlte den Knoten und nahm ihn zwischen seine Finger. Leo bestätigte, dass dieser Knoten nicht dort sein dürfte, wo er ihn gefunden hatte. Er sagte, er sei nicht regulär. Es war also ziemlich beunruhigend, dass er sich da gebildet hatte, aber das Wort *beunruhigend* sagte er nicht. Er sagte nur: »Der muss raus, damit wir sehen, was es ist.« Der Halsnasenohrenarzt hatte gesagt, dass wir abwarten sollten, um zu sehen, ob er größer würde.

Sollte er nun raus, damit wir sahen, was es war, oder sollte er drin bleiben, damit wir sahen, ob er wuchs?

Wann sehen wir etwas, wenn es wächst oder wenn es herauskommt? Und was bedeutete das, *nicht regulär?* Bei dieser Formulierung dachte ich sofort, dass in meinem Leben sowieso nie etwas regulär war, also auch nicht in meinem Körper.

Leo ließ sich auf keine Diskussion ein. Er sagte, wenn wir warten, um zu sehen, ob er größer wird, ist es vielleicht zu spät. Wofür zu spät? Nicht einmal das wollte er mir sagen. Oder doch, wahrscheinlich erklärte er mir etwas von gutartig und bösartig, aber ich wollte es nicht hören.

Ich begann mich zu fragen: Hatte ich diesen Knoten schon immer? Und wenn ich ihn schon immer hatte, warum musste er jetzt raus? Ich schaute mir Leo in seinem weißen Kittel an und kam zu dem Schluss, dass der Knoten weiß war. Er suchte mich ab, ob es noch mehr gäbe: am Hals, an der Brust, unter den Achseln, am Bauch. Für ihn war es also vollkommen normal, dass ich noch mehr von den Knoten haben könnte. Ich stand halb nackt vor ihm und schämte mich sehr.

Helga hatte mir geraten, zu ihm zu gehen: Er sei ein seriöser Arzt und arbeite an der Uni.
»Leo ist Wissenschaftler«, sagte Helga bestimmt.
Ich fand Leo klar und freundlich. Er hatte die Ausstrahlung eines Mannes mit Grundsätzen. Er hatte etwas an sich, das sagte, ich erlaube keine Mauscheleien, und mit Tricks und Spielchen habe ich nichts zu tun. Hier stießen wir auf Schwierigkeiten, denn ich hatte schon etwas übrig für Tricks und Spielchen. Ohne Spielchen hätte ich meine Mutter nicht mit mir durchs Leben ziehen können. Ich spürte jedoch, dass ihn jedes Spielchen meinerseits aus der Spur bringen würde. Leo gefiel mir. Er hatte eine gewisse Ähnlichkeit mit einem zärtlichen Wolf. Wenn der Wolf vom Weg abkommt, dann packt er dich im Genick, dachte ich und schaute ihn ein wenig misstrauisch an.
»Er muss raus«, sagte er abschließend. »Ich werde einen Tag festlegen, um den Knoten zu entfernen. Bist du damit einverstanden?«, fragte er mich, und ich dachte nicht an das Entfernen des Knotens, ich dachte daran, dass es mir gefiel, dass er mich duzte.

»*Gutartig*« – »*bösartig*«

Am Tag, als ich in den OP gebracht werden sollte, lag ich auf einer schmalen Pritsche mit Rädern und war mit einem weißen Laken zugedeckt. Wie eine Tote. Ich fühlte nichts. Ich fragte mich, ob ich bereits gestorben war. Ich dachte, dass ich in der Narkose wie tot sein würde, dass ich also nichts fühlen würde. Danach ließ ich mir die Wörter *gutartig – bösartig* auf der Zunge zergehen.

Währenddessen tauchte Caruso auf. Er warf Leo einen Blick zu und fragte mit Besitzermiene, ob er im OP dabei sein könne. Leo zog sich seine weißen Handschuhe an und gab ihm zu verstehen, dass er keine eigenen dabei hatte. »Ich warte auf dich«, sagte Caruso, »hab keine Angst. Wenn du aus dem Krankenhaus kommst, heiraten wir.«

Ich sagte nichts. Ich dachte an den Knoten. Wenn man einen Knoten entfernen lässt, ist man danach dann noch derselbe? Vielleicht braucht man den Knoten ja? Vielleicht entsteht, wenn man ihn von der einen Stelle wegnimmt, irgendwo anders ein neuer? Ob Leo mich wohl hörte? Ich war in Sorge, dass er mich nicht hören könnte. Ich sprach lauter.

Meine Aufregung wurde schlimmer. Wenn man mich nicht hört, gerate ich in Stress. Das war mein Leben lang so. Sie wendete ihr Gesicht von mir ab, um mich zu bestrafen. Wenn sie mich bestrafen wollte, wandte sie ihr Gesicht von mir ab. Sie sagte mir damit: Ich will nichts von dir hören. Ich hatte unaufhörlich Angst, nicht gehört zu werden. Und noch bevor ich mich wehren konnte, packte mich die Wut, und ich geriet in Streit mit ihr. Zum ersten Mal fühlte ich den Knoten. Ich spüre meinen Knoten, wenn ich nicht gehört werde. Ist das vielleicht der Moment, in dem er wächst?

Die Nadel stach mir in den Oberarm. Als ich langsam eindämmerte, beugte sich Leo zu mir herunter. »Ich möchte dich heiraten.« Hatte

er Caruso gehört? Oder hatte er den Entschluss spontan gefasst? So sind die Deutschen, klar und direkt.
Auf der Krankenhausliege unter einem blendend hellen Scheinwerfer dachte ich, dass ich niemanden heiraten konnte, weil ich schon mit meiner Mutter verheiratet war. Plötzlich kam mir auch der Seiltänzer wieder in den Sinn. Ich hing an zwei Seilen. Das eine beanspruchte meine Mutter für sich allein, das andere Caruso zusammen mit Leo. Der Seiltänzer keines. Wie schade! Vielleicht hätte er meine Probleme lösen können? So wie damals, als Louis Armstrong gesungen hatte und er mir das Radio besorgte? Ja, aber das war alles gewesen. Mehr hatte er nicht für mich getan. Vielleicht existierte er nicht einmal? Doch das Radio in Athen, das hatte es einmal wirklich gegeben. Das Radio sendete Musik in die Luft. Sonst nichts. Also war der Seiltänzer Luft. Es gibt ihn nicht. Vielleicht hat es ihn nie gegeben, und ich habe ihn mir bloß eingebildet? Ja, aber geht das denn, ein Kind ohne Vater? Ich stand mit dem einen Fuß auf dem rechten Seil und mit dem anderen auf dem linken. In den Händen eine lange Stange, um das Gleichgewicht zu halten. Einmal schwankte ich nach rechts, einmal nach links. Der Weg war lang, fast das ganze Leben eine einzige Balanceübung.

Als ich nach der Operation meine Augen öffnete, wunderte ich mich. Mir gegenüber saß meine Mutter. Daneben die Krankenschwester. Kurz darauf kam Leo, und ich erfuhr, dass sich alles verändert hatte.
Dass die Obristen gestürzt waren.
Dass Karamanlis in Athen empfangen worden war.
Dass eine Intervention auf Zypern erfolgt war und dass die Insel nun zweigeteilt war.
Dass sie mir den Hals aufgeschnitten, den Knoten herausgeholt und mich auch zweigeteilt hatten.
Es blieben ein Kopf und ein Körper.
Ich musste in den Spiegel schauen, um zu sehen, wie ich das wieder zusammenfügen konnte. Später kam auch Caruso, um meine Mut-

ter mitzunehmen und nach Hause zu bringen. An den nächsten Tagen brachte er sie jeden Morgen her und holte sie am Abend wieder ab. Sie schaute mich ununterbrochen mit traurigen Augen voller Ratlosigkeit an. Als wollte sie mir sagen: »Und was machen wir jetzt? Wie konnte uns das passieren? Dass du jetzt zweigeteilt bist?«

Am nächsten Tag kamen alle zusammen: meine Mutter, die Ahlers und Dagmar. Es kamen auch die Freunde und die Kommilitonen. Sie schenkten mir ein Radio, damit ich die Nachrichten aus Griechenland hören konnte, und wir machten eine Flasche Wein auf, um das zu feiern. Sie hatten auch Gläser mitgebracht! Ich durfte keinen Alkohol trinken. Ohnehin kamen aus meinem Hals zwei kleine Röhrchen. Das eine war voll mit Blut und das andere voll mit Wundflüssigkeit. Meine Mutter fragte mich ständig, ob ich etwas brauchte. Ich wollte meinen Knoten zurück, ich wollte keine Röhrchen. »Der Knoten war bösartig, er musste raus«, sagte Leo. Und danach erklärte er mir klipp und klar, wie meine Überlebenschancen standen. Leben zu Tod. Sechzig zu vierzig? Siebzig zu dreißig?
»Was heißt das? Was bedeuten die Zahlen?«
»Du hast eine Wahrscheinlichkeit von siebzig Prozent, zu leben, von dreißig, zu sterben. Wenn du nach fünf Jahren noch am Leben bist, giltst du als gesund.«
»Und dann?«
»Vielleicht stirbst du dann mit sechzig oder siebzig. Es kann aber auch sein, dass du bei einem Autounfall stirbst«, sagte Leo ruhig. Das war eine ziemlich einfache Erklärung der Tatsache, dass wir in jedem Fall sterben müssen, und ich dachte daran, dass er mir einen Heiratsantrag gemacht hatte. Also glaubte er daran, dass ich weiterleben würde. Man macht niemandem einen Heiratsantrag, von dem man annimmt, dass er in den nächsten Jahren sterben wird. Oder vielleicht doch?

Am Abend, als ich allein in dem weißen Zimmer war, hörte ich Radio. Ich hörte von der Rückkehr vieler Griechen aus Paris und Lon-

don nach Griechenland. Ich wollte auch zurück. Doch ich wusste nicht, wie. Zunächst einmal hatte ich meine Mutter. Und dann war da noch, dass ich in zwei Teile geteilt war und mit jedem Teil von mir getrennt besprechen musste, was genau *er* wollte. Wenn ich mit ihnen ins Reine käme, dann könnte ich die Teile vielleicht wieder zusammenkitten. Jeden Abend spielte ich vor dem Einschlafen Totsein: Ich schloss die Augen, sank in die Dunkelheit und sagte mir, dass ich nie wieder aufwachen würde. Mir wurde aber bewusst, dass es eine Wand gab, die ich überwinden musste. Ich unternahm große Anstrengungen, um zu verstehen, was auf der anderen Seite der Wand war.
Und wenn ich nie wieder aufwache, was wird mir dann fehlen? Was werde ich verpassen? Was ist der wesentliche Unterschied zwischen Wachsein und Totsein? Was versäumen wir, wenn wir sterben?, fragte ich mich immer wieder. Und ich gab mir selbst die Antwort:
– Wir verlieren unsere Freunde,
– die Genüsse,
– die Natur? Nein, die Natur im Allgemeinen interessierte mich nicht. Aber das Meer. Ja, das Meer und seine Bewegungen interessierten mich. Die Bewegungen.

Die Bewegungen in den Städten. Ich werde die Bewegungen in den Städten verlieren. Die Bewegungen meines Körpers in der Stadt. Durch die Stadt zu gehen, macht mich glücklich.
Auf den Omonia-Platz zu gehen, die Menschen an den Kiosken anzuschauen, an den Souvlakibuden vorbeizuschlendern und an den Bäckereien mit den Käsepasteten, an den alten Kaffeehäusern, die Vanillepudding und Milchreis mit viel Zimt in Glasschälchen im Angebot hatten. Meine Mutter kaufte mir oft Milchreis, als ich klein war. »Komm, gehen wir Milchreis essen«, sagte sie zu mir, »und danach geht's ins Kino.« Wir gingen die Agiou-Konstantinou-Straße hinunter, gelangten ins Metaxourgio-Viertel und kamen etwas weiter dann in die Kolokynthous-Straße, wo es einige Kinos gab, die ältere Filme zeigten. Es waren Kinos der 2. Kategorie, so hießen sie, und sie waren billiger als die anderen.

Auch meine Mutter mochte die Bewegungen der Stadt. Dieses Vergnügen geht einem verloren, wenn man tot ist. Doch weiß man, dass man tot ist? Wenn man also tot ist, schmerzt einen dann der Verlust der Stadt? Dass man die alten Filme in den billigen Kinos nicht mehr sieht? Plötzlich dachte ich, dass ich das alles ja schon verloren hatte und dass dieser Verlust nicht mehr sehr schmerzlich sein würde. Nur ein bisschen. In München gab es keine Kinos mit älteren Filmen. Sie hatten nur aktuelle Filme im Programm. Wir waren also in einer fortschrittlichen Gesellschaft angekommen, aber wir hatten Athen einbüßt. Jetzt könnte ich zurückkehren. Den bösartigen Knoten hatten sie mir bereits herausgeschnitten. Den würde ich also hier lassen, den Knoten. Galt das aber auch für seine Bösartigkeit? Oder würde ich sie überallhin mitnehmen? Könnte ich mich je von dieser Bösartigkeit trennen?

Als ich aus dem Krankenhaus kam, kochte die Ahlers weiterhin Fleisch zusammen mit allem Möglichen in einem Topf, was sie dann Eintopf nannte, ein traditionelles deutsches Gericht. Sie bot auch weiterhin ihren Valpolicella an, und aromatischen süßlichen Frankenwein, und sie stritt mit Caruso, der behauptete, dass die deutschen Weine schlechter seien als die französischen und die italienischen und dass ein guter Wein trocken sein müsse. Sie hörte aber damit auf, Gurken mit ihrem Spezialmesser zu bearbeiten und dann mit Zackenrand zu servieren, weil Caruso sie deswegen immer auf den Arm nahm. Eintopf, also eine Art Tourlou, kochte auch meine Mutter, aber ihr Essen nannte sie schlicht und ergreifend »Rindfleisch in Tomatensoße mit Zucchini, Kartoffeln, Zwiebeln und reichlich Olivenöl«. Caruso brachte Chianti und Frascati mit, und wir sprachen wieder über die Vorteile von trockenem Wein. Wir stellten klar, dass die deutschen Weine nicht nach unserem Geschmack waren, weil sie süßlich waren, und die Ahlers ärgerte sich.

Während meines Krankenhausaufenthalts und dem Einüben von Todesvorstellungen begann meine Liebe zu Leo. Ich war sehr in ihn verliebt. Meine Mutter war eifersüchtig. Sie wollte, dass ich nur sie liebte. Sie hatte begonnen, regelmäßig in Dagmars Café zu arbeiten, machte zweimal die Woche Baklava und war gut beschäftigt. Plötzlich tauchte ein bekannter Unbekannter auf. Er kam eines Mittags ins Café, um sich ein Baklava zu bestellen. Er verknusperte die Teigblätter mitsamt den Nüssen, fasste meine Mutter um die Taille, zeigte ihr seine Vespa, setzte sie eines Tages hinten drauf, und weg waren sie. Doch ich will alles der Reihe nach erzählen.

Ich ging oft mit Leo aus. Immer öfter. Wir unternahmen auch einige Ausflüge zusammen, und meine Mutter platzte vor Wut. »Nehmt mich doch auch mit«, bat sie mich und brach mir das Herz. Wie sollten wir sie mitnehmen? Verliebt, wie wir waren, küssten wir uns ständig und streichelten uns und wollten allein sein. Auch Dagmar erklärte meiner Mutter, dass das nicht ginge und dass sie mich meine Beziehung zu Leo genießen lassen solle. Doch meine Mutter machte immer weiter mit der gleichen Leier. »Warum nehmen sie mich denn nicht mit?«

An den Sonntagen, an denen wir Leo ab und zu zum Essen einluden, brachte er Räucherlachs und Gänseleberpastete mit. Er wollte sich bei meiner Mutter einschmeicheln, aber sie war nicht so begeistert, weder vom Räucherlachs – »wie die Heringe, die wir immer in Athen gegessen haben, finde ich«, sagte sie – noch von der Gänseleberpastete, die sie überhaupt nicht zu schätzen wusste. Als sie in einem Geschäft den Preis sah, änderte sie ihre Meinung. »Sieht so aus, als ob dein Arzt reichlich Geld verdient! Aber warum trägt er dann keinen Anzug? Immer hat er diese Sandalen an und die blauen amerikanischen Hosen«, womit sie die Jeans meinte.

Dagmars Café lief hervorragend, das Baklava wurde bei den Studenten immer beliebter, und ab und zu machte meine Mutter sogar eine Bougatsa. Dagmar war hochzufrieden.

Sokratis und seine grüne Vespa

Es war Frühling geworden. Ich saß an einem der vorderen Tische an der Tür und lernte wieder für mein Diplom, dieses Mal ohne Makedonien. Mein Thema waren jetzt die Medien für Ausländer und Arbeitsmigranten. Da hörte ich Mopedgeräusche. Ich hob den Kopf und sah eine grüne Vespa. Ein Mann mit Schnauzbart, schlank, etwas gebeugt und mit aschblonden Haaren parkte vor dem Café. Er schaute sich kurz das Schaufenster an, kam dann herein und betrachtete ziemlich lange den Inhalt der Kuchentheke.

»Ich habe gehört, dass Sie Baklava haben?«, sagte er zu Dagmar, fragend und irgendwie zögerlich. An seinem Akzent konnte man auf Anhieb erkennen, dass er Grieche war. »*Mia stigmi*«, antwortete Dagmar also auf Griechisch, »einen Moment«, und sie ging in die Küche. Wohl um sich bei meiner Mutter zu erkundigen. »Sie haben Glück. Wir haben noch ein paar Stück da«, sagte sie zu ihm, als sie wieder herauskam. »Nehmen Sie doch Platz, wir bringen es Ihnen gleich.« Kurz darauf brachte meine Mutter ein Tablett mit einem Tellerchen, auf dem ein Stück Baklava lag, und dazu ein Glas Wasser. Sie stellte alles auf dem Tisch ab, an den sich der unbekannte Gast gesetzt hatte. Ganz so unbekannt war er aber anscheinend doch nicht. »Na, so was!«, rief er und griff nach der Hand meiner Mutter. Er lächelte sie an. Meine Mutter war überrascht. »Ich kann mich nicht an dich erinnern. Kennst du mich?«, fragte sie auf ihre direkte Art. Doch dann erkannte sie ihn. »Ach, du bist es, Sokratis!«, sagte sie. »Wie geht's denn? Du hast dich verändert. Bist schlanker geworden.«

»Wie geht es dir? Machst du hier das Baklava?«, fragte er mit Gesten und Worten, die er langsam, ausdrucksvoll aussprach. Meine Mutter nickte und lächelte. Ich wunderte mich. Woher kannte sie ihn? »Das ist Sokratis!«, rief sie und wandte sich an mich, die ich die beiden anstarrte. »Meine Tochter!« Er kam auf mich zu und gab mir die Hand. Sie war warm, und es war angenehm, wie er meine Hand drückte. Da erkannte ich ihn schließlich auch. Ich hatte ihn zwei, drei Mal auf dem Bahnhof und in der antidiktatorischen Gemeinde gesehen, aber es waren Jahre seitdem vergangen. Die antidiktatorische Gemeinde hatte sich inzwischen sowieso längst aufgelöst. Aber auch die normale griechische Gemeinde funktionierte nicht richtig. Die Parteihengste dort lagen ständig im Streit und hatten keinerlei Interesse daran, irgendetwas Schönes und Nützliches zu organisieren. Das Einzige, worauf sie stolz waren, war die Volkstanzgruppe für Kinder.

»Wie geht es dir?«, fragte Sokratis mich, ohne sich ums Duzen oder Siezen zu kümmern. »Bist du mit dem Studium fertig? Das letzte Mal, als wir uns sahen, wart ihr damit beschäftigt, einen Antrag auf politisches Asyl einzureichen. Habt ihr dann Asyl bekommen?«
»Ja, haben wir. Und nach dem Sturz der Militärjunta bekamen wir auch unsere griechischen Pässe zurück. Also keine Probleme mehr mit der Aufenthaltserlaubnis. Mit dem Studium hat es lange gedauert, weil ich parallel auch noch arbeite, aber ich bin bald damit fertig.«
Sokratis setzte sich wieder und gab meiner Mutter ein Zeichen: »Pack mir gleich noch zwei Stück für zu Hause ein«, sagte er und ließ dabei den einen Finger um den anderen kreisen, um so das Einpacken auszudrücken. Wieder musste ich mich wundern. Er war vollkommen natürlich in seinem Verhalten gegenüber meiner Mutter und in seiner Art, ihr Dinge verständlich zu machen.
Dagmar betrachtete ihn und auch sie schien beeindruckt.
»Ich mache dir einen griechischen Mokka«, sagte meine Mutter zu Sokratis und ging zurück in die Küche, um den Kuchen einzupacken. »Noch tswei stuk nach ha-use«, sagte Sokratis zu Dagmar und wollte gleich zahlen, »und sie macht mir einen Kaffee dazu«, sagte er und zeigte in Richtung Küche.

Dagmar antwortete ihm in gebrochenem Griechisch: »*O kafes ine apo mas.*« Inzwischen hatte sie sich ein Linguaphone zum »Selbststudium der griechischen Sprache« gekauft und lernte Griechisch.

Meine Mutter hatte ihm den Kaffee bereits hingestellt, als Sokratis wieder an seinem Tisch Platz nahm. Erst nippte er vorsichtig an der kleinen heißen Tasse, dann schlürfte er langsam und genüsslich seinen Kaffee. Als schließlich das erste Stückchen Baklava in seinem Mund verschwunden war, geriet er ins Schwärmen: »Direkt hinein ins Paradies! So ein himmlisches Baklava habe ich schon lange nicht mehr gegessen!«

Danach drehte er sich zu mir um. »Ein hervorragendes Baklava macht deine Mutter. Wenn du damit groß geworden bist, kannst du von Glück sprechen.« Er schlürfte wieder laut seinen Kaffee, ohne eine Antwort zu erwarten, und schlug seine Zeitung auf.

Kurz darauf kam meine Mutter mit dem Kuchen zum Mitnehmen wieder aus der Küche und ging zu ihm. »Bitte schön! Auf das eine Stück bist du eingeladen«, sagte sie. Er legte die Hand auf die Brust, um sich bei ihr zu bedanken. »Kannst du dich ein bisschen zu mir setzen oder hast du zu viel Arbeit in der Küche?«, fragte er und zeigte auf den Stuhl neben sich. Meine Mutter schaute Dagmar an, und die machte eine Geste, dass sie sich setzen solle. Meine Mutter holte auch für sich einen Kaffee und nahm Platz. »Wie geht es deiner Frau, was machen die Kinder?«, fragte sie Sokratis. Er schluckte und sagte nichts.

Meine Mutter verstand das. Oft hatte sie das richtige Gespür. »Ich habe dich schon lange nicht mehr auf dem Bahnhof gesehen, aber ich gehe auch nicht mehr hin, ich habe zu viel zu tun«, bemerkte sie.

»Meine Frau ist tot«, sagte Sokratis. »Schon seit fast einem Jahr. Herzstillstand.«

»Das tut mir leid. Sie war doch noch nicht alt. Wie ist das denn passiert?«

»Sie wollte nicht mehr. Deutschland war zu anstrengend für sie, und diese Garnspinnerei auch. Das hat ihr Herz nicht ausgehalten. An einem Nachmittag, als wir einen Spaziergang machten, hat sie auf einer Parkbank ihre Augen für immer geschlossen. Weißt du, wir sind oft im Olympiapark spazieren gegangen. An diesem Tag hatten wir uns wie immer auf die Bank gesetzt, und ich hielt ihre Hand. Wir sprachen über unser Dorf in Griechenland, und ob wir im Sommer dorthin fahren würden. Plötzlich drückte sie mir eine Sekunde lang die Hand, und das war es. Ich habe gar nicht begriffen, was passiert ist. Ihr Kopf fiel auf meine Schulter, und sie war tot.«

»Gott sei ihr gnädig!«

»Ja, sie war eine gute Frau. Wir haben geheiratet, als sie siebzehn war. Wir stammten aus demselben Dorf. Wir hatten Pläne, durch die Welt zu reisen, wenn wir in Rente sind.«

»Schade, es tut mir sehr leid«, sagte meine Mutter.

»Tja, sie hat sich beeilt, ihre große, endgültige Reise anzutreten. *Ston allo kosmo!* In die andere Welt … da müssen wir alle einmal hin«, sagte Sokratis irgendwie bitter. »Dort werden wir uns alle wiedersehen.«

»Und deine Kinder?«

»Der Älteste studiert hier an der TU. Meine Tochter ist zurück nach Griechenland. Sie arbeitet bei einem Friseur. Sie wollte sich eigentlich verloben, aber jetzt wartet sie das Trauerjahr ab.«

Danach sagten sie nichts mehr. Er schlürfte wieder seinen Kaffee. Ich betrachtete ihn aus dem Augenwinkel. Er kam mir alt und erschöpft vor. Den Sokratis von früher, der in der Gemeinde immer lachte und andere foppte, den gab es nicht mehr.

»Ich sollte jetzt aber besser gehen, du musst ja auch weiterarbeiten. Dein Baklava war sehr gut! So, wie es meine Frau immer gemacht hat, Gott hab sie selig«, sagte er und stand auf. Meine Mutter sagte nichts. Sokratis bezahlte bei Dagmar, und sie nickte ihm freundlich zu.

»Lass den Kopf nicht hängen, du bist noch jung, du findest eine andere Frau«, sagte meine Mutter.

»Schon gut, lass mal«, antwortete er, »das ist alles nicht so einfach. In meinem Leben hat sich viel verändert.« Und dann: »Bist du jeden Tag hier?«

Meine Mutter nickte. »Ja, schau doch mal wieder vorbei!«
Ich schaute ihnen zu. An der Tür hob er das Päckchen mit dem Baklava und machte eine Dankesgeste. Meine Mutter öffnete ihm die Tür.
»Gehab dich wohl!«
Na nu, seit wann sagte meine Mutter »Gehab dich wohl«? Das hatte ich schon seit Jahren nicht mehr von ihr gehört.
Am nächsten Tag kam er wieder. Es war gegen zwei, und er blieb bis vier. Er aß zwei Stück Baklava und las die ganze Zeit Zeitung.

Neue Stadtlandschaften und ein Galopp der Ereignisse

Für mich hatte sich auch viel verändert: zuallererst meine Halsgegend. Messer, Löffel, Gabeln waren dort eingedrungen, Lichtbündel und radioaktive Strahlen, die mich mein ganzes Leben lang begleiten würden. Ich würde trocken husten müssen und heiser sein und nach dem Knoten suchen, an den ich mich gewöhnt hatte. Er wurde durch eine Wunderpille ersetzt. Die sollte ich nun mein Leben lang einnehmen und nie vergessen. Auch wieder gut, dass es solche Wunderpillen gab, dachte ich, aber was ist, wenn ich sie einmal vergesse? Ich musste wieder husten. Schon gut. Den trockenen Husten hatte ich schon immer, aber nach der großen Veränderung in der Halsgegend hatte sich die Lage verschlimmert.

Es veränderte sich aber auch die städtische Landschaft. Die Ereignisse galoppierten davon. Das Katz-und-Maus-Spiel mit der RAF hatte sich verschärft, Flugzeugentführungen waren zum Alltag geworden, und die Zahl der Gastarbeiter war gestiegen. Nicht so die der Griechen. Die waren nach dem Ende der Militärjunta weniger geworden. Viele waren nach Griechenland zurückgekehrt. Es kamen aber immer mehr Türken und Jugoslawen. In der deutschen politischen Landschaft hatte sich nicht viel geändert, außer der Kritik der außerparlamentarischen Gruppen, besonders der Grünen, die durch das neue Umweltbewusstsein immer aktiver wurden. Was die Rechte der Ausländer betraf, die schon seit Jahrzehnten legal hier lebten, hatte keine Partei wirklich den Mut gehabt, entschiedene Vorschläge zu machen. Die ganze Geschichte scheiterte daran, dass Deutschland sich weigerte, sich selber ernst zu nehmen: Ja, wir haben die Ausländer seit 1955 aufgenommen, aber die sollten bald wieder weggehen. In Deutschland verhielt man sich wie ein Taubstummer: trotzig und nichtwissend.

- Nein, wir sind kein Einwanderungsland, auch wenn hier inzwischen Millionen wohnen.
- Die Ausländer, die wir hier haben, sind sie immer noch Ausländer?
- Sind es Deutsche, die später wieder in ihre Heimat zurückkehren werden, weil Deutschland kein Einwanderungsland ist?
- Brauchen wir noch Diskussionen über Integration, oder sind die Eingewanderten alle schon längst integriert? Aber wie konnte das ohne unsere Erlaubnis passieren? Wir sind doch das Einwanderungsland.

Die ganze Fragen und Prämissen waren absurdes Theater.
Schließlich wurden die Fragen über die Ausländer links liegen gelassen. In den achtziger Jahren wurden dafür allmählich die Diskussionen über die Atomenergie lauter, und die Demos gegen die Atommülllager nahmen zu. Zu den Parolen gegen den Krieg und für den Frieden kamen jetzt auch die Namen Gorleben und Wackersdorf. Im Januar 1980 wurde die Partei der Grünen offiziell gegründet, und Sokratis tauchte mit einem runden Button an der Brust und dem Spruch »Atomenergie? Nein, danke!« im Café auf. Natürlich gratulierten wir ihm dazu.

TEIL 6

Die Unendlichkeit existiert für uns
wie die Sprache für den Gehörlosen.
ODYSSEAS ELYTIS

Ich muss, ich kann

Seit unserem Wiedersehen kommt er jetzt oft ins Café. Er isst genüsslich sein Baklava und leckt beinah den Teller ab. Dann schaut er sich suchend nach mir um. Sein Blick geht zur Kuchentheke, wandert über diese Prints…torte, wie heißt sie noch mal, jetzt habe ich den Namen dieser Torte von dem Prinzen schon wieder vergessen, meine Kleine hatte es mir noch erklärt … Der Blick geht weiter über die Käsekuchen und dringt durch die halb offene Tür in die Küche. Sucht er nun nach dem Baklava oder nach mir? Betrachtet er mich vielleicht als Baklava? Jedes Mal, wenn ich am Türspalt vorbeigehe, spüre ich seinen Blick auf mir. Seine Augen wirken etwas müde, oder bilde ich mir das nur ein? Ich sehe ihn auch kurz an. Danach schaue ich rasch wieder weg und tue so, als ob ich beschäftigt wäre. Nein, ich tue nicht nur so, ich bin es wirklich. Heute muss ich noch vier Backbleche mit Teigplatten auslegen, die Füllung darauf verteilen und alles in den Backofen schieben. Ich luge noch einmal hinaus: Unsere Blicke begegnen sich. Sein Blick glüht auf mir. Wie hat er nur herausgefunden, dass wir hier Baklava machen? Bestimmt über einen griechischen Studenten. Wer hier hereinkommt, ist normalerweise Student. Sokratis ist Arbeiter, Gastarbeiter, wie es mir die Kleine auf einen Zettel geschrieben hat. Jetzt öffnet er leicht seinen Mund, er zeigt auf seine Uhr und bewegt den Finger, rollt ihn in der Luft nach vorne, als wolle er sagen, dass er später wiederkommen wird. Oder will er mich vielleicht fragen, wann ich Feierabend habe? Ich zucke mit den Achseln, um ihm zu zeigen, dass ich ihn nicht verstanden habe, und schaue weg. Soll das jetzt die ganze Zeit so weitergehen? Dass er mich anschaut und mir Zeichen macht? Meine Kleine sitzt hinten an einem Tisch und hat ihre Unterlagen ausgebreitet. Sie ist ganz ins Lesen vertieft. Vielleicht hat sie gar nicht mitgekriegt, dass er da ist. Es ist fünf Uhr, und er sitzt hier schon seit drei. Seine Zeitung, die er mir immer da lässt, wenn er geht, hat er von vorn bis hinten gelesen. Und wieder spießt er mich mit seinem Blick auf. Sein Mund geht auf und zu. Er sagt etwas zu Dagmar. Und sie sagt etwas zu ihm. Sie legt mir den Arm um die Schulter und schiebt mich aus der Küche, hin zu seinem Tisch. Er steht auf. »Ich habe heute viel zu tun«, sage ich zu ihm, »ich kann mich nicht zu dir setzen, ich muss noch vier Backbleche mit Teigblättern auslegen.«

»Ich möchte dir etwas zeigen«, sagt er. Ich kann ihn verstehen! Langsam und deutlich öffnet und schließt er seinen Mund, er bildet jede Silbe einzeln. Danach macht er eine Geste. Ich soll mit ihm zur Tür des Cafés gehen oder vielleicht hinaus, auf die Amalienstraße. Ich gehe zögernd mit ihm hinaus. Aber was will er denn jetzt bloß? Er deutet nach rechts. Ich verstehe kein bisschen. »Ich habe zu tun«, wiederhole ich. Er geht weiter und macht eine Geste, dass ich mitkommen soll. Er geht an zwei, drei geparkten Autos vorbei und bleibt vor einem knallgrünen Motorrad stehen.

»Das ist meine Vespa«, sagt er. »Hast du Lust, eine Fahrt mit mir zu machen?«

Ich schaue ihn verwirrt an. Eine Fahrt mit ihm machen? Wie soll das gehen? Ich kann doch das Gleichgewicht nicht halten. »Du musst kein Gleichgewicht halten«, sagt er. »Du hältst dich an mir fest.« Ja, aber hat er auch begriffen, dass mit mir alles schwierig ist? Wie stellt er sich das vor? Wir können uns nicht einmal unterhalten, wenn wir auf der Vespa sitzen. Er schaut nach vorne, ich kann die Worte von seinen Lippen gar nicht lesen. Jetzt steht auch meine Kleine an der Tür und guckt. Dagmar guckt auch, alle gucken. Sie gucken, weil er auf seinem Motorrad mit mir spazieren fahren will. Er streicht mit seiner Hand über das grüne Metall. »Man muss sich nicht unterhalten. Wir schauen uns einfach die Landschaft an«, sagt er zu mir und fasst nach meiner Hand. Meine Kleine und Dagmar schauen noch immer in unsere Richtung. Es ist mir peinlich, und ich ziehe die Hand weg.

»Also, was ist?«, fragt er mich und macht eine Bewegung mit dem Kopf.

»Ich habe noch nie auf einem Motorrad gesessen«, sage ich zu ihm.

»Keine Angst, das wird dir schon gefallen. Wenn du willst, kann ich dir jetzt helfen, den Teig auszurollen. Dann wirst du schneller fertig, und wir können zusammen weg.«

»Nein, heute nicht. Wenn du willst, morgen. Komm morgen. Dann habe ich das Baklava erledigt und bin fertig.«
Ich schaue ihn an, um zu sehen, ob er mich verstanden hat. Er nickt. »In Ordnung, morgen«, sagt er zu mir, und macht mit dem Finger eine kreisende Bewegung, um ›morgen‹ zu sagen.
»Komm aber etwas früher, damit es noch hell ist.«
»In Ordnung«, sagt er, nickt und führt die Hand zur Brust, um sich bei mir zu bedanken. »Morgen feiere ich krank. Ich gehe zuerst zum Arzt, um die Krankschreibung für die Fabrik abzuholen, werfe sie bei der Post ein, und dann komme ich her, und wir machen unsere Spazierfahrt«, sagt er zu mir und nimmt wieder meine Hand. »Mach dir keine Sorgen wegen der Vespa, ich werde ganz langsam fahren.« Dann steigt er auf und sagt: »Es ist eine Vespa, kein Motorrad!«
»In Ordnung, eine Vespa. Genaue Namen sind mir nicht so wichtig«, sage ich und gehe zurück zum Café. Im Eingang drehe ich mich um. Er fährt gerade mit seiner Maschine vorbei und hebt grüßend die Hand.
In der Küche stelle ich die vier Backbleche auf, eines neben das andere, und fange an, den Teig auszurollen. Ich bestreiche die erste Teigplatte mit Öl und lege die nächste Schicht darauf. Bis zu acht Teigblätter schichte ich übereinander. Dann nehme ich die Füllung. Die habe ich schon fertig: geriebene Mandeln, Honig, Zucker, Rosenwasser, Zimt. Dagmar steht neben mir und hält den vollen Stieltopf bereit. Ich nehme ihn und gieße seinen Inhalt in das Backblech auf die Teigblätter. Zwei Bleche mache ich mit Mandelfüllung und zwei mit Walnuss. Manche der unteren Blätter hängen noch über den Rand des Bleches. Die schlage ich nun vorsichtig nach innen ein, und zum Schluss lege ich noch ein, zwei glatte Teigblätter oben drauf. Jetzt kommt das Blech in den Backofen. Bevor ich es hineinschiebe, ritze ich die Teigblätter rautenförmig ein, damit ich das Baklava später in schöne Stücke schneiden kann, ohne dass der knusprige Blätterteig zerbröckelt. Während ich ihn einritze, denke ich an Sokratis. Morgen kommt er, um mich abzuholen! Wie lange ist es bloß her, dass ich zum letzten Mal mit einem Mann verabredet war? Zwanzig Jahre, fünfundzwanzig? Die Sonntage, an denen

der Seiltänzer in die Stadiou-Straße kam, zählen nicht. Das waren keine Rendezvous. Er kam, weil er wusste, dass wir zu Hause waren. Immer wollte er wegen der Scheidung Druck machen. Von mir aus wollte er auch sein Kind sehen. Mit mir persönlich hatte das jedenfalls nichts zu tun. Alle anderen Männer, die ich kennenlernte, legten es immer auf das Gleiche an. Sie versuchten, angeblich zufällig, mich mit ihrem Unterleib zu berühren und mir im Sommer an die nackten Oberarme zu grapschen … So war es auch mit dem Hutmacher in Piräus. Um ihm die fertigen Hüte zu liefern, musste ich immer eine halbe Weltreise mit der Stadtbahn unternehmen, und das auch noch vollbepackt. Auf Teufel komm raus wollte er mich in den hinteren Teil des Ladens schleifen und dort über mich herfallen. Das war ekelhaft. Ich versuchte mit allen Mitteln, nicht mit ihm nach hinten zu gehen. Einmal habe ich ihn sogar, als er nicht locker ließ und mich unbedingt küssen wollte, kräftig weggestoßen und bin weggerannt. Beim nächsten Mal habe ich dafür gesorgt, dass seine Frau da war, um mir mein Geld zu geben. Aber wie komme ich jetzt bloß darauf? Seltsam, aber zu Sokratis habe ich Vertrauen. Vielleicht, weil wir weit weg sind von Griechenland. Vielleicht, weil es schon so lange her ist, dass mir das alles passiert ist. In Deutschland zeigen sie Respekt. Auch Behinderten gegenüber. Piräus und Athen haben mit ihrer Hitze und dem Staub etwas Widerliches an sich, etwas Vulgäres, Unersättliches und Gieriges. Alle Männer hatten dort nichts anderes im Kopf, als einer Frau an die Wäsche zu gehen. Einige hatten Angst vor mir, weil ich eine laute Stimme habe, und sie gingen mir aus dem Weg. Es gab aber auch welche, die unglaublich ordinär waren. Sie hatten keine Skrupel, ihre Hose zu öffnen, um mir ihren … General zu zeigen. Das hat mir einmal einer aufgeschrieben, der mich nach Kallithea mitgenommen hatte, damit ich ihm die Wildlederhüte auf Form bügelte. Er gab mir einen Zettel mit dem Satz: ›Willst du meinen General sehen?‹ Am Anfang schaute ich ihn verwirrt an. Ich hatte es nicht verstanden. Als er ihn aus der Hose holte, kapierte ich, worum es ging. Es ekelte mich an, und ich fing an zu brüllen.

Vielleicht leiden alle Männer in Griechenland ja unter einer gemeinsamen Krankheit. Wer weiß?

Den letzten Satz habe ich, ohne es zu merken, laut gesprochen.
»Du meinst, alle Männer der Welt leiden unter einer gemeinsamen Krankheit?«, stupst mich Dagmar an. »Aber wie findest du diesen konkreten Griechen?«
»Den kenne ich von früher, ich vertraue ihm. Morgen holt er mich ein wenig früher ab, um mit mir eine Fahrt auf seinem Motorrad zu machen.«
»In Ordnung«, sagt Dagmar und klopft mir auf den Rücken.
Ich sage es auch meiner Kleinen, als wir nach Hause gehen. »Morgen holt mich Sokratis ab, um mit mir eine Motorradfahrt zu machen.« Sie nickt, ohne besonders begeistert zu sein. Ob sie mich überhaupt verstanden hat, oder denkt sie an ihre eigenen Dinge?
»Das ist kein Motorrad, das ist eine Vespa.«
Natürlich hat sie mich verstanden. »Schon gut, eine Vespa, und wo ist da der Unterschied?«
»Die Vespa fährt nicht so schnell, sie hat keinen so starken Motor. Und sie ist auch bequemer.«
»Ich habe jedenfalls Angst davor. Ich habe noch nie auf einer Vespa gesessen. Und jetzt soll ich mich mit meinen sechzig Jahren auf eine Vespa schwingen? Meinst du, ich schaffe das?«
»Nun übertreib mal nicht, du bist noch lange nicht sechzig. Außerdem, überlass es doch einfach Sokratis, sich darum zu kümmern. Ich glaube nicht, dass er rasen wird. Du musst dich nur an ihm festhalten.«
»Ich soll ihn also umarmen?«
»Na klar! Du sitzt doch hinter ihm und musst deine Arme um seinen Körper legen und dich gut an ihm festhalten.«
»Hm … Mal schauen, ob ich das schaffe. Ist das nicht peinlich, wenn ich ihn so umarme?«
»Nein, du musst doch aufpassen, dass du nicht runterfällst. Das wäre peinlich! Er wird dir zeigen, wo du deine Füße hintun und wie du dich an ihm festhalten musst. Das wird bestimmt eine tolle Tour.«
»Ich muss dauernd daran denken, dass schon so viele Jahre vergangen sind, seit mich ein Mann zu einem Spaziergang eingeladen hat. Der letzte, das war dein Vater. Als er in mich verliebt war, war er sehr zärt-

lich, und er hat sich immer Mühe gegeben, damit ich ihn verstehe. Von seinen Lippen konnte ich alles lesen. Das Gleiche passiert mir nun mit Sokratis. Ihn kann ich auch gut verstehen. Das mag ich.«

Das war alles. Mehr hat mir meine Mutter an diesem Abend nicht erzählt. Wir gingen in die Ahlers'sche Küche und holten die Suppe aus dem Kühlschrank. Danach setzte sich meine Mutter ins Wohnzimmer der Ahlers und schaute Fernsehen. »*Thelis na fas supa?*«, fragte sie sie auf Griechisch. »Sie fragt Sie, ob Sie Suppe möchten!«, rief ich auf Deutsch aus der Küche. »Nein, nein, ich habe schon gegessen. Ich esse zum Abendbrot nur einen kleinen Joghurt. Das reicht mir«, sagte die Ahlers. Sie stand auf und kam in die Küche, um sich den Joghurt aus dem Kühlschrank zu holen. Sie wollte auch einen für meine Mutter herausnehmen, aber die sagte, dass sie zu müde sei und schlafen gehen wolle. Die Ahlers ging auch ins Bett. Ich saß im Sessel in unserem Zimmer und schlug ein Buch auf. Meine Mutter war eingeschlafen und atmete tief. Die Geschichte mit Sokratis hatte sie sicher durcheinandergebracht. Wie oft hatte sie mich sehnsüchtig gefragt, ob ich nicht etwas unternehmen könne, um herauszufinden, was aus dem Seiltänzer geworden war. Mir ging diese Frage auf die Nerven. Es war schon so lange her. Hegte sie denn immer noch Hoffnungen? Liebte sie ihn immer noch? Ich wollte keinen Gedanken an dieses Thema verschwenden. Allerdings fragte ich mich auch immer wieder, was wohl aus dem Seiltänzer geworden war? Lebte er noch? War er gestorben? Ob er auch an meine Mutter denken würde, so wie sie an ihn? Und ob er an mich dachte? Das glaubte ich eigentlich nicht. Die Gedanken an mich würde er bestimmt verdrängen. Genauso wie ich meine Gedanken an ihn verdrängte. Für mich war es normal, keinen Vater zu haben. Und für ihn wahrscheinlich genauso normal, keine Tochter zu haben. Kann man das normal nennen? Was macht der Mensch mit diesen Gefühlen? Er schluckt sie hinunter, und sie stecken ihm im Hals, im Bauch, im Gehirn. Der Mensch bekommt Schilddrüsenkrebs, Magenkrebs oder einen Schlaganfall. Also er wird krank. Wahrscheinlich lebte mein Vater auch irgendwo im Ausland. Jemand hatte uns Informationen zukommen lassen, dass er nach Kanada ausgewandert sei. Dann kämpfte er wohl auch mit dem Alltag in der Fremde. Er jedoch mit seiner und wir mit unserer eigenen Fremde. Ich spürte, wie mir der Kopf auf das Buch sank.

Am nächsten Tag kam Sokratis gegen vier und holte meine Mutter ab. Dagmar und ich standen in der Tür und kicherten. Wir waren uns sicher, dass meine Mutter anfangen würde, laut zu schreien. So wie sie Schreie ausstieß, wenn sie sich im Sommer ins kalte Meer wagte. »Heilige Muttergottes, ist das eisig! Aaaa! Spritz mich bloß nicht nass, ich muss langsam rein!«, brüllte sie und lachte ein bisschen.
»Ich falle runter! Ich kann das Gleichgewicht nicht halten!«, schrie sie auch jetzt auf der Vespa. Sokratis sagte, dass sie sich gut festhalten und ihn nicht loslassen solle. Er ließ sie sich hinsetzen und ihre Füße abstützen, und dann stieg er auch auf. »Langsam, du sollst schön langsam fahren!«, beschwor sie ihn. Er startete den Motor, und meine Mutter klammerte sich mit kleinen Schreien an ihm fest und rief immer wieder, dass sie Angst habe und dass er nicht schnell fahren solle, und so tuckerten sie im Schritttempo los. An der Kreuzung bogen sie links in die Schellingstraße ein und weg waren sie. Sie wollten zum Starnberger See.

Jetzt, wo sie weg waren, fühlte ich mich angespannt. Merkwürdig angespannt. So als hätte ich jemandem mein Kind anvertraut, dem ich noch nicht genug Vertrauen entgegenbrachte. Ich erschrak bei diesem Gedanken. Was machte ich? Betrachtete ich meine Mutter als mein Kind? Das fehlte uns gerade noch. Meiner Mutter ging es doch bestens. Sie erlebte zusammen mit Sokratis eine unbeschwerte Vespa-Tour, zum ersten Mal in ihrem Leben. Hätte ihr etwas Besseres passieren können? Und Sokratis machte einen vernünftigen Eindruck. Es imponierte mir, dass es ihm gelang, so klar und deutlich mit ihr zu sprechen. Wieso versteht sie ihn sofort? Von seinen Lippen kann sie alles lesen. Er benutzt auch seine Hände und unterstützt die Wörter durch Gesten. Er hat überhaupt keine Angst vor dem Körperkontakt mit ihr. Das alles dachte ich, und mir war sonderbar dabei zumute.

Beim zweiten Mal, als er sie mit seiner Vespa abholte, fuhren sie wieder an den Starnberger See. Sie gingen wieder am Ufer spazieren. Die Sonne schien, und sie setzten sich in eine Laube und aßen Würstchen, wie meine Mutter mir später erzählte. Gegen acht kamen sie zurück nach Hause. Die Ausflüge mit der Vespa gingen in den nächsten Tagen weiter, auch wenn sie manchmal nur kurz waren. Er zeigte ihr das Nymphenburger Schloss. Nach und nach führte er sie durch ganz München und Umgebung. Sie fing auf einmal an, sich die Lippen zu schminken, Ohrringe zu tragen und in meinem Schrank nach Kleidern oder Blusen zu suchen, die ihr stehen könnten. Diese Koketterie überraschte mich sehr. Ich wusste zwar, was für einen großen Wert sie auf ihr Äußeres gelegt hatte, als sie jünger war, aber seit wir in München waren, hatte sie es aufgegeben, sich zurechtzumachen. Doch am meisten überraschte es mich, wie schön sie doch sein konnte, wenn sie nur ein wenig auf sich und ihre Kleidung achtete. Ganz erstaunt war ich an dem Tag, als sie mit Sokratis vom Einkaufen zurückkam und eine Hose trug. »Wie findest du sie?«, fragte sie mich, »macht sie mich dick? Ich habe zugenommen. Sokratis wollte sie mir unbedingt kaufen. Er hat mich in ein Geschäft gebracht, das TSE und A heißt! Mit seiner Frau ist er auch immer dort zum Einkaufen hingegangen, sagte er. Mir war das unangenehm. Ich wollte nicht, dass er bezahlt. Und ehrlich gesagt, ich fand die Sachen, die es in diesem Laden gab, kein bisschen elegant. Aber am Ende habe ich diese Hose hier gefunden. Sie war das Beste von allem, was ich gesehen habe.«
Ich machte eine Gebärde, um ihr zu zeigen, dass sie ihr gut stand, und dazu einen Gesichtsausdruck für »sehr gut«.
»Weißt du, jetzt, wo ich immer öfter auf die Vespa steige, brauche ich eine Hose. Mit dem Rock sitze ich immer seitlich, im Damen-

sitz. Der Wind weht mir den Rock hoch, und ich fühle mich nicht wohl.«
Ich schaute sie nachdenklich an. Später im Café sagte Dagmar zu mir: »Letztendlich ist deine Mutter viel moderner. Ich würde sagen, in ihrer Einstellung ist sie uns allen voraus. Sie ist freier.«

Die moderne Haltung meiner Mutter hatte aber nichts mit innerer Freiheit zu tun, sondern mit ihrer Unangepasstheit. Die wiederum hatte mit dem Gehör zu tun. Wer nicht hört, lernt nur schwer gesellschaftliche Regeln. Daran musste ich auch denken, als ich sie kurz darauf ungewollt durch den Türspalt in der Küche beobachtete. Sokratis half ihr ab und zu, die Teigblätter auszurollen. Dagmar war das nur recht. Jetzt aber ließ er den Teig Teig sein und hielt meine Mutter im Arm. Er küsste sie unter dem Ohr auf den Hals. Sie hatte die Augen geschlossen. Danach sah ich, wie sie sich umdrehte, ihn umarmte und ihren Kopf zögernd und schüchtern auf seine Brust legte. Sokratis, der mich bemerkt hatte, machte mir hinter ihrem Rücken ein Zeichen, dass ich mich verziehen sollte, damit sie nicht bemerkte, dass ich die beiden gesehen hatte. Ich entfernte mich schnell und flüsterte Dagmar zu, dass sich die beiden in der Küche küssen. Sie lachte laut auf. »Na ja, das ist nicht gerade das erste Mal! Das machen sie jeden Tag!«
»Und warum hast du mir nicht gesagt, dass es mit den beiden schon so weit ist?«
»Nun hör mal gut zu, meine Liebe, deine Mama ist nicht dein Baby. Sie hat ein Recht auf Lust und Liebe. Du musst jetzt lernen, sie loszulassen.« Bei diesem Satz lief mir ein Schauer über den Rücken. Was genau passierte da? Ich, die ich mich immer eingeengt gefühlt hatte, störte mich nun daran, dass sie sich in jemanden verliebt hatte? Hatte ich mir das nicht immer so gewünscht? Dass sie glücklich würde? Dass sie ihr Glück nicht bei mir suchte? Was war bloß mit mir los, wo ich doch sah, dass sie mit Sokratis froh und glücklich war? Warum konnte ich mich nicht darüber freuen?
»Gut, sag ihr nicht, dass ich hier war. Ich sehe sie dann später zu Hause«, sagte ich zu Dagmar und ging weg, mit einem seltsamen

Druck auf der Brust. Auf dem Weg dachte ich weiter darüber nach. Warum freute ich mich nicht? Sokratis nahm mir doch die ganze Last ab, die auf mir lag.
»Sag mal, hat Sokratis denn keine Arbeit?«, fragte ich meine Mutter später.
»Doch, doch, er arbeitet seit siebzehn Jahren bei BMW. Im Moment ist er krankgeschrieben.«
»Was mich wirklich beeindruckt ist, wie er es schafft, dass du ihn so gut verstehst«, sagte ich zu ihr.
»Weißt du, wie er es mir erklärt hat? Wer eine Zeit allein in der Stille und in der Einsamkeit verbracht hat, der bemüht sich mit all seinen Kräften, von anderen verstanden zu werden. Er ist auf dem Olymp aufgewachsen. Seine Eltern schickten ihn hoch auf den Berg, damit er die Schafe hütet. Oft, wenn es kalt war und schneite, blieb er im Pferch und schlief bei den Tieren. Er ging nicht nach Hause. Oben auf dem Berg lernte er, mit den Schafen zu sprechen, ihnen seine Gedanken mitzuteilen, jedes von ihnen bei seinem Namen zu rufen. Oft nahm er auch eines zu sich und streichelte ihm das Fell, um sich zu wärmen. Er hatte gelernt, so zu pfeifen und zu rufen, dass ihn alle Tiere verstanden. Er sprach mit ihnen, als wären sie seine Familie. Wenn er das nicht getan hätte, wäre er womöglich durchgedreht, meint er. Seine Gabe, sich mit den Schafen zu verständigen, kam tief aus seinem Inneren. Deswegen hat er auch so schnell gemerkt, welche Vokale und Konsonanten ich sofort von seinen Lippen lesen kann. Außerdem hat er eine große Ruhe in sich, er regt sich nicht leicht auf. ›Mich packt nur die Wut, wenn ich Zeitung lese‹, sagt er. ›Ich ärgere mich über die Politiker und ihre schlauen Tricks, und wenn sich herausstellt, dass sie sich nur um ihren eigenen Geldbeutel kümmern‹, das hat er gesagt.«
Meine Mutter hatte offenbar ein dringendes Bedürfnis, mir von Sokratis zu erzählen. Sie sprach das erste Mal über ihn, und sie tat es liebevoll und voller Respekt. Wenn sie sonst über Menschen sprach, schwang immer Ironie mit oder sogar Schadenfreude.

»Über die Menschen sagt er … ›warum sollte ich mich da ärgern und wütend werden? Was unterscheidet mich von ihnen? Wo wir doch alle auf das gleiche Ziel zusteuern. Wenn du das tief in dir begriffen hast, wirst du nicht mehr wütend. Am Ende unseres Weges wartet auf uns alle der Tod. Auf den einen früher, auf den anderen später, aber er erwartet jeden von uns.‹ Das sagt Sokratis. Wenn ich also etwas von seinen Lippenbewegungen nicht verstehe, dann regt er sich nicht auf so wie du. Er lässt das Thema fallen und greift ein anderes auf. ›Es gibt so viel, worüber wir sprechen können‹, sagt er. ›Wenn du das eine nicht verstehst, dann machen wir weiter und gehen einfach zum nächsten Thema über!‹ Und dann nimmt er mich lachend in die Arme. Oft greift er zu einem Blatt Papier und schreibt mir langsam ganze Sätze auf … dass sich mein Haar so gut anfühlt … ›Tausendmal besser als die Schafe meiner Kindheit‹, schreibt er und lacht, und ich protestiere laut, schlage ihm auf den Rücken und … mache eine schmollende Grimasse: Hört, hört! Mich mit den Schafen zu vergleichen! Oder vielleicht sogar mit deinen Ziegen!«

Meine Mutter lächelte schüchtern. »Dann sagt er noch, dass meine Haut immer warm ist und dass er sich glücklich schätzt, mit mir zusammen zu sein, auch wenn ich nicht hören kann, wenn er die Lieder aus seinem Dorf singt, diese berühmten Walachenlieder! Sag mal, woher stammen eigentlich die Walachen?«, fragte mich meine Mutter.

»Ach, das ist eine lange Geschichte, die erzähle ich dir morgen. Ich habe einmal etwas über sie gelesen, für ein Seminar an der Uni.«

»Über die Walachen an der Uni?«, wunderte sich meine Mutter und fing an zu lachen. »In Kymi haben wir uns über die Walachen immer lustig gemacht. Über ihre seltsame Sprache, die keiner verstand, und ihre komischen Tänze mit den vielen Sprüngen.«

»Das ist aber ziemlich ausgrenzend für eine kleine Minderheit«, meinte ich und gab ihr das zu verstehen.

»Nein, nein, wir Kymäer haben mit den Walachen immer gut zusammengelebt! Aber ihre Siedlungen lagen eben irgendwo in den

Bergen, und da lebten sie in Hütten gleich neben ihren Tieren. Sie waren einfach richtige ungehobelte Bauern«, lachte meine Mutter.

»Und ihr? Nur weil viele aus Kymi Kapitäne wurden, elegante Kommoden und goldene Spiegel aus Venedig brachten, prunkvolle Vasen aus China, und was weiß ich noch alles, nur deshalb glaubt ihr, ihr seid etwas Besseres?«

»Wir waren bürgerlicher, die Walachen richtige Bauern!«

Danach schwieg meine Mutter und wandte ihren Kopf ab. Ich wunderte mich, dass ich mich wegen der Walachen so in Rage geredet hatte. Aber manchmal ärgerte es mich, dass die Kymäer sich für etwas Besonderes hielten. Das hatte wohl mit ihren nautischen und kaufmännischen Kenntnissen zu tun. Sie kamen von weiten Reisen zurück und erzählten den anderen von ihren Abenteuern im fernen Osten und in exotischen Ländern. Das war etwas ganz Besonderes, und jede Familie war stolz auf ihren Kapitän.

Ein internationaler Dialekt

Als Sokratis am nächsten Tag ins Café kam, erzählte meine Mutter ihm sofort, dass die Walachen in einem Seminar auf der Uni vorgekommen waren. Am Tag darauf brachte er mir zwei, drei Bücher über die Geschichte der Walachen mit.

»Hier, bitte«, sagte er, »ich weiß ja nicht, was sie euch da beigebracht haben, aber ich habe dir zu sagen, dass wir, die Walachen, die in Griechenland leben, von ganzer Seele hundertprozentig Griechen sind. Das Thema Minderheit hat uns nie beschäftigt. Die ersten Walachen waren rumänische Söldner aus der Zeit des Römischen Reiches. Sie wurden auf den Bergen eingesetzt, um die Bergpässe und die Grenzlinien zu bewachen, und sie sind da geblieben. In unserer Sprache gibt es auch noch ein paar lateinische Überreste. Die Walachen waren immer am liebsten auf den Bergen, so wie ich«, sagte Sokratis. »Aus Tradition kletterten sie die Berge rauf und runter wie die Ziegen. Sie kannten die Wege. Schon immer lebten sie auf den Bergen. Und weißt du was? Wenn ich nach Österreich oder in die Schweiz in die Berge fahre, treffe ich dort auf Walachen.«

Ich schaute ihn sehr skeptisch an. »Was willst du mir denn jetzt weismachen, dass es in Österreich Walachen gibt?«

»Ganz genau! Kann ja sein, dass du es nicht glaubst, aber in den Berggegenden von Österreich und auch Italien gibt es seltsame Völker, die den Walachen ähnlich sind. Ich habe schon oft ausprobiert, mit ihnen Walachisch zu sprechen, und einige haben etwas verstanden.«

Ich musste lachen. »Also die Österreicher und die Italiener und die Schweizer verstehen Walachisch! Ich glaube eher, dass du das alles nur geträumt hast«, zog ich ihn auf. »Walachengeschichten! Die Walachen sind doch gute Märchenerzähler, nicht wahr? Oder sind die hohen Berge schuld daran, dass dir schwindelig im Kopf ist und etwas bei dir durcheinandergerät?«

Sokratis antwortete nicht. Er legte den Arm um die Taille meiner Mutter und zog sie nach draußen.
»In Ordnung! Wenn du mir nicht glauben willst!«, rief er. »Wir sind dann mal weg. Macht's gut! Am Abend kommen wir zurück!«

Als sie weg waren, dachte ich lange über Sokratis nach. Der Mann, in den sich meine Mutter offenbar verliebt hatte, wurde inmitten einer kleinen Minderheit in Griechenland geboren. Er war nach Deutschland gekommen und lebte seitdem hier in einer Minderheit, nämlich der griechischen. Doch in der griechischen Minderheit war er eine noch kleinere Minderheit, denn er gehörte zu den Walachen. Er gehörte zu jenen, die anders dachten, weil sie mit der Natur verbunden waren, mit der Musik, den Tänzen, den Geschichten ihrer eigenen besonderen Kultur. Feinsinnigen Menschen, die auch keine Angst davor haben, ihre direkte Meinung zu sagen.
Eine Minderheit in der Minderheit. Vielleich waren wir ja alle mit unseren Persönlichkeiten eine Minderheit. Meine taube Mutter, die gelernt hatte, genau zu beobachten. Ich als Kind einer tauben Mutter, das immer vermitteln musste. Wenn ich bei meinen deutschen Freunden nachrecherchiere, dachte ich, vielleicht finde ich auch dort Überraschungen. Dass sie genauso wie wir eine Minderheit in der Minderheit waren.

»Sokratis ist sehr zärtlich«, sagte meine Mutter am nächsten Morgen beim Frühstück zu mir. Sie lächelte und räkelte sich behaglich. »Wenn wir an einer roten Ampel stehen, streichelt er immer meine Arme auf seinem Bauch. Diese Vespa-Ausflüge mag ich sehr. Aber Sokratis auch. Ich weiß ihn immer mehr zu schätzen. Was sagst du eigentlich zu ihm? Wie findest du ihn?«, fragte sie mich.
»Mir ist er auch sehr sympathisch. Ich glaube, dass ihr prima zusammenpasst. Ich freue mich, dass du dich mit jemandem angefreundet hast.«
»Ha, angefreundet! Und das in meinem Alter. Er will mit mir zusammen um die Welt reisen, sagt er. Aber ich weiß nicht, ob

ich eine so große Reise mit ihm machen will. Ich will doch bei dir sein.«
Ich nahm meine Mutter in die Arme. »Denk jetzt nicht so viel darüber nach. Lass einfach ein bisschen Zeit vergehen«, sagte ich zu ihr, »du wolltest doch immer schon fremde Städte sehen.« Doch irgendwie fand ich es auch eigenartig. Meine Mutter mit Sokratis auf Weltreise? Früher hatte sie zu mir gesagt: »Wenn du groß bist, werden wir die ganze Welt bereisen.« Und jetzt überlegte sie sich das gemeinsam mit Sokratis?
»Erzähl Dagmar nichts von diesen Reiseplänen.«
Aha, sie plante die Reise also schon! »Und erzähl ihr nicht, dass Sokratis mir gefällt«, fügte sie hinzu.
»Aber das sieht sie doch selbst!«
»Ich meine ... ganz allgemein, sprich nicht mit ihr über diese ganzen Dinge.«

Meine Mutter hatte immer Geheimnisse. Immer gab es etwas, das ich den anderen nicht sagen sollte. Weil die anderen neidisch wären. Weil die Geheimnisse nur uns beide etwas angingen. Weil wir eine Familie waren und die anderen Feinde. Sie hatte ständig Angst, dass die anderen ihr etwas missgönnen und ihr etwas Böses antun könnten. Wenn es um große Dinge ging, um große Entscheidungen, da war sie furchtlos, aber bei den kleinen hatte sie Angst. Sie fürchtete sich sogar vor dem Neid derer, die ihr nahestanden. Letztlich vertraute sie niemandem.

Jetzt drehten sich ihre Geheimnisse um Sokratis:

- Du darfst Dagmar nicht erzählen, dass er mir Ohrringe geschenkt hat.
- Du darfst Sokratis nicht erzählen, dass wir zwei ein Bankkonto eröffnet haben.
- Du darfst niemandem erzählen, dass Sokratis und ich etwas Geld auf die Seite legen, um nach Paris zu fahren.
- Du darfst ihm nicht erzählen, dass ich dir einen goldenen Armreif gekauft habe.

Ich bat sie, doch ein bisschen mehr Vertrauen zu haben. »Wovor fürchtest du dich denn die ganze Zeit? Alle lieben dich!«
»Na ja, Leo würde am liebsten nur mit dir sein, nicht auch noch mit mir!«
»Ja, aber du auch! Du lehnst ihn doch auch ab!«
Sie zuckte mit den Schultern. »Nein, er ist schon in Ordnung«, sagte sie, und ich glaubte ihr kein Wort.

Leos Schwierigkeiten mit meiner Mutter waren ein Problem für sich. Er war inzwischen auf der Suche nach einer Wohnung, für uns, denn er wollte, dass ich so schnell wie möglich bei der Ahlers auszog. »Deine Mutter wird ja bald mit Sokratis zusammenziehen, hoffentlich«, sagte er.

Meine Mutter wird verwöhnt

Die Ausflüge mit der Vespa wurden immer häufiger. Jetzt waren sie auch sonntags unterwegs. Sokratis brachte sie nach Augsburg, nach Regensburg, nach Wasserburg. Die Namen schrieb er ihr in einen Kalender, den er ihr geschenkt hatte.

»Was sind denn bloß diese ganzen *burgs?*«, fragte meine Mutter mich.

»Burg bedeutet *kastro*. Das sind mittelalterliche Städte«, erklärte ich ihr. »Es gibt in Deutschland viele Städte, kleine und große, die auf *burg* enden.«

»Gestern sind wir nach Andechs gefahren, zu einem Kloster, in dem Bier gebraut wird. Sokratis hat mir die Kirche mit ihren Wandmalereien gezeigt und mir von der langen Tradition erzählt, die das Kloster bei Bier und Fleischgerichten hat. Gibt es in Griechenland vielleicht Klöster mit einer Tradition im Grillen? Die griechische Tradition verlangt von den Mönchen, dass sie ständig fasten. Über die bayerischen Mönche in Andechs konnten wir lesen, also Sokratis hat es mir vorgelesen, dass es Benediktiner waren und dass sie andere Bräuche pflegten. Vielleicht, weil sie schon im Mittelalter mit der Brauerei begannen. Wenn man Bier braut und trinkt, muss man auch Fleisch grillen. Ihre Spanferkel sind besonders lecker, nach der knusprigen Speckschwarte leckt man sich die Finger! Wie hätte ich mir das je ausmalen sollen? Dass ich in einer Klostertaverne sitze, gegrilltes Spanferkel esse und dazu Bier trinke! Wer hätte das gedacht? Nie hat mich jemand verwöhnt, selten bekam ich mal einen ausgegeben, und wenn, dann nur aus Mitleid. Sokratis macht es, um mich zu verwöhnen. Und weil er auch Spaß mit mir zusammen hat.«

Meine Mutter seufzte, und ich protestierte. »Na sag mal, habe ich dich nie verwöhnt?«

»Doch! Hast du. Ich erinnere mich, als du noch keine zehn Jahre alt warst, da hast du mir mit deinen ganzen Ersparnissen ein Paar Gummistiefel gekauft. ›Damit du nicht im Regen nasse Füße bekommst‹, sagtest du. Aber ich war nicht so glücklich. Ich fand es schade, dass du deine gesparten 100 Drachmen dafür ausgegeben hattest. Mir machten die nassen Füße doch nichts aus. Und um das Geld, das du ausgegeben hattest, tat es mir leid. Du weißt, ich habe immer genau aufs Geld geschaut. Gestern in Andechs haben Sokratis und ich überlegt, dort in der Nähe in ein bayerisches Hotel zu gehen, aber dann war uns das Geld zu schade, und wir sind zurückgefahren. München war ja nicht so weit weg!«
Zum Glück war Sokratis genauso sparsam wie meine Mutter, und sie passten auch in dieser Hinsicht gut zusammen. Wenn sie in einer Kneipe saßen, zahlte jeder für sich, »so kommt es nicht zu Unstimmigkeiten«, sagte meine Mutter.
Meine Mutter fuhr also weiterhin ständig mit Sokratis los, der ihr sogar zeigte, was Bergsteigen heißt. Radfahren konnte er ihr nicht beibringen. Davor hatte sie panische Angst. Er hatte ein altes, weggeworfenes Fahrrad gefunden und für sie repariert. Ich erklärte ihm, dass ihr Gleichgewichtsorgan im Ohr zerstört war und dass meine Mutter deshalb niemals lernen würde, Fahrrad zu fahren. Das verstand er.

Leo war begeistert, dass meine Mutter aufgehört hatte, so auf mich fixiert zu sein. Wir gingen immer häufiger aus, und sie beklagte sich nicht mehr darüber, dass wir sie nicht mitnahmen. Dagmar hatte in der Zwischenzeit so gut Griechisch gelernt, dass sie mit mir und Sokratis ein paar zusammenhängende Sätze wechseln konnte. Leo wurde von Tag zu Tag neidischer auf ihre Fortschritte, also schenkte Dagmar ihm ein Linguaphone mit einem griechischen Sprachkurs. Er lernte zwar etwas, aber es war nicht viel. Lieber wollte er, dass ich ihm ständig übersetzte. Zuerst für meine Mutter, jetzt für Leo. Lebenslänglich schien ich zum Übersetzen verurteilt, und ich war es leid.

Ich merkte, dass er kein wirkliches Interesse daran hatte, Griechisch zu lernen. Für mich hieß das, dass er nicht genug Interesse an mir hatte.
»Ich hab's nicht so mit Sprachen«, versuchte er sich zu rechtfertigen. Und ich dachte mir: »Nur wenn er versucht, diese Sprache zu sprechen, die zu erwerben für mich auch nicht gerade selbstverständlich war, nur dann werde ich glauben, dass er mich liebt.«
Für mich waren Sprachen das A und O. Das hatte mir meine Mutter eingeflößt. Von klein auf mochte ich Sprachlehrbücher und ich hatte mich bereits mit Italienisch, Russisch und sogar mit Arabisch beschäftigt. Immer hat es mich unglaublich gestört, in ein Land zu reisen, ohne zumindest die wichtigsten einfachen Sätze sagen zu können. Für mich waren die Sprachen der Weg in die weite Welt, von deren Eroberung ich träumte. Vielleicht, um meiner kleinen, engen Welt zu entkommen, die nichts anderes war als der Dunstkreis um meine Mutter und mich.

Leo wusste die weite Welt nicht so zu schätzen, wie es hätte sein sollen. Wahrscheinlich nicht einmal die Griechen. Er hatte seinen Mikrokosmos mit dem Krankenhaus und seinen Patienten, und das reichte ihm. Vielleicht reichte ihm auch die weite Welt des menschlichen Organismus und auch der menschlichen Psyche. Meine griechischen Bekannten und Freunde wollten mit mir jedenfalls lieber Griechisch sprechen, ohne darauf Rücksicht zu nehmen, dass er kein Wort verstand. Leos größter Wunsch war es, irgendwo auf einer idyllischen griechischen Insel mit mir zusammen ein zurückgezogenes Leben zu führen. Er mochte Griechenland, aber eher als ein abstraktes Ideal. Die Landschaften, das Licht, das Meer, die Musik, ja, aber ohne die Griechen, die immer so viel redeten. Und natürlich nur mit mir und ohne meine Mutter. Ich dachte intensiv über unsere Beziehung nach und kam oft zu dem Ergebnis, dass sie keine besonders guten Chancen hatte.
Leo wollte mich ohne die griechische Sprache und ohne meine Mutter.

Meine Mutter wollte mich ohne Leo oder, wenn schon, mich mit ihm zusammen, aber ohne dass er eine wichtige Rolle in unserem Leben spielte.
Und ich, was wollte ich?
Mit ihm zusammenleben und mit meiner Mutter. Doch wenn er meine Mutter nicht liebt, dachte ich, dann liebt er auch ihre Tochter nicht.
All das konnte ich nicht miteinander in Einklang bringen, obwohl ich ein Ass in Kompromissen war.
Also zog ich erst einmal den Spagat vor. Den kannte ich. Durch das Leben im Spagat zu gehen, war für mich durchaus spannend. Ich musste nur mutig sein und auf mich vertrauen. Alles andere würde sich schon ergeben, auch die Lösungen.
Ich beschloss, Leos Wunsch nachzukommen, und zog mit ihm in eine Wohnung in der Schellingstraße. Sie lag fünf Minuten entfernt vom Haus der Ahlers, in dem weiterhin meine Mutter wohnte.

Die Probleme lösten sich tatsächlich nach und nach, denn Sokratis verbrachte immer mehr Zeit mit meiner Mutter. Wenn Sokratis mit meiner Mutter wegfuhr, war Leo entspannter. Er nahm mich oft in den Arm und wiederholte immer wieder, dass Sokratis für unsere Beziehung die große Rettung war. Aber die Rettung war allein meine Entscheidung. »Du übertreibst«, sagte ich zu ihm, er lachte und wollte mich ins Schlafzimmer ziehen. Ich gab nach.
Doch obwohl meine Mutter nicht mehr so viel von mir verlangte, war Leo ihr gegenüber abweisend. Ich merkte, dass er sich sehr schämte, wenn meine Mutter anwesend war und vor Menschen etwas sagte.
Ich konnte die Scham, die ein anderer wegen meiner Mutter verspürte, nicht ertragen. Ich konnte nicht anders, als ihn deshalb abzulehnen. Es war wie ein Reflex und nicht das Beste für unsere angeknackste Liebe.

Was wollte ich? Ich konnte diese Frage nicht beantworten, denn ich hatte mich von meiner Nähe zu Leo entfernt. Ich hatte mich von meiner Nähe zum Tod entfernt. Und immer mehr hatte ich das Gefühl, dass ich mich auch von meiner eigenen Mitte entfernte, jener Mitte, die ich am Anfang meiner Krankheit gespürt hatte. Ich hatte sie hinter mir gelassen und auch das Einüben des Todes inzwischen vergessen. Ihn hatte ich beiseitegelegt, in eine entfernte Zukunft verschoben, und folgte mit schnellen Schritten den Regeln des Alltags, dem Weg der Arbeit, auf der Suche nach der beruflichen Bestätigung, ohne mir bewusst zu sein, wohin es ging.
Wie eine Irre hämmerte ich in die Schreibmaschine und schrieb … Berichte für den Rundfunk und für griechische Zeitungen.
Sokratis zog mich andauernd damit auf. Er sagte: »Gute Frau, Hut ab! Ich finde es zwar blöd, dass du so viel arbeitest, aber ich sehe es auch ein: Denn wenn der Tod kommt und an deine Tür klopft, wirst du es schaffen, sogar zu ihm zu sagen: »Ach, Sie sind es! Kommen Sie bitte etwas später vorbei, wenn ich mit diesem Text fertig bin.«

Nach und nach wurden mir die anderen gleichgültiger. Ich wollte meine eigene Ruhe. Ich wollte, dass meine Mutter mit Sokratis ihr Leben gestaltete, und war mir unsicher, welchen Platz Leo in meinem Leben haben sollte. Inzwischen fuhren wir ab und zu nach Griechenland, und ich versuchte, dieses Land mit dem anderen, dem alten, das ich in meinem Herzen hatte, zu verbinden. Das war nicht einfach. Die Menschen sangen immer noch inbrünstig politische Lieder, wie in der Zeit des Sturzes der Militärjunta. Andreas Papandreou, der inzwischen zum Ministerpräsidenten gewählt worden war, verbreitete Slogans vom »Wechsel hier und jetzt« sowie die Parole »Hellas und NATO, das gleiche Syndikato«, und dass wir die

Europäische Gemeinschaft nicht brauchten, denn: »Griechenland gehört den Griechen«. Für den alten politischen Führer der Konservativen, Konstantinos Karamanlis, gehörte »Griechenland zum Westen«, eine Tatsache, die den einzigen Garanten für die politische Stabilität im Land darstellte, wie er wiederholte.
Andreas Papandreou krempelte die griechische Gesellschaft jedenfalls entschlossen um. Er führte die standesamtliche Ehe ein, es folgte eine große Reform im Familienrecht, die minimalen Renten der Bauern wurden erhöht, und das große Durcheinander, das er dem Land bescherte, bedeutete auch Fortschritt und machte Papandreou sehr beliebt.

In München bürgerten sich alternative Straßenfeste ein, alternative Kinderläden und allgemein eine alternative Lebensweise. Wohngemeinschaften im Stil der Berliner Kommune mit freiem Sex und komplexen Theorien zum Partnerwechsel gerieten in Vergessenheit. Stattdessen wurde mit einer größeren Besonnenheit über die Vorteile der Großfamilie und des Zusammenlebens diskutiert, und über die wirtschaftlichen Vorteile, die damit verbunden wären.

Leo und ich wohnten also jetzt zusammen, und Dagmar wohnte mit ihrem Freund Periklis, ja, sie hatte einen griechischen Freund, in zwei Zimmern über dem Café. Helga und Theo waren inzwischen verheiratet und nach Thessaloniki gezogen, wo sie im Europäischen Zentrum zur Förderung der Berufsbildung arbeiteten. Meine Mutter und Frau Ahlers blieben erst einmal in dem großen Haus, obwohl die Ahlers ständig davon redete, dass sie ins Altersheim gehen würde. Sokratis besuchte die zwei Damen oft, schleppte schwere Einkaufstüten nach oben, und manchmal blieb er auch dort und übernachtete im Bett meiner Mutter. »Die beiden können sich inzwischen wunderbar verständigen«, erzählte er mir begeistert. »Frau Ahlers kann mit ihren Händen fast schon tanzen, wenn sie sich mit deiner Mutter unterhalten will. In der Not lernt man alle Sprachen der Welt. Auch die der Tauben!«

Ich schaute auch öfters in der Amalienstraße vorbei, da wir ja ganz in der Nähe wohnten. Leo war etwas zufriedener, seit ich mich dazu entschlossen hatte, mit ihm zu leben. Manchmal tranken wir unseren Kaffee in Dagmars Café und aßen sogar mit meiner Mutter ein Stück von ihrem Baklava.

»Wir sind wie die Sozialdemokraten«, kommentierte Sokratis eines Abends den Sturz von Helmut Schmidt. »Und weißt du warum? Weil sie sich nicht entscheiden können, wo ihr Platz ist. Links oder rechts? Sie haben es nicht geschafft, die weltweite Friedensbewegung richtig einzuschätzen. Nicht einmal die große Bedeutung des NATO-Beschlusses zu den Raketen!«, rief Sokratis, und ich musste es Leo übersetzen, denn er mochte Sokratis sehr gern und interessierte sich für das, was er sagte.
Wir saßen alle bei der Ahlers, sahen fern und diskutierten über Politik.
Die Friedensbewegung wurde mittlerweile als Epidemie bezeichnet. In Deutschland zerbrach die Koalition aus Sozialdemokraten und Liberalen. »Die anhaltende Wirtschaftskrise und der Anstieg der Arbeitslosigkeit waren daran schuld, dass wir die beiden Helmuts ausgetauscht haben. Wir haben Helmut Schmidt verloren und plötzlich Helmut Kohl bekommen, als neuen Kanzler«, sagte Sokratis und grinste.
Und dann überraschte uns Sokratis mit einem bis dahin unbekannten Plan: Er wollte mit meiner Mutter lieber in Griechenland leben. Er würde Frührente beziehen, sagte er. In Griechenland sei das Wetter einfach besser für alle, die die sechzig überschritten hätten. Er verhandle schon seit ein paar Wochen mit BMW, sagte er, wegen einer Abfindung.

Bis diese Abfindung tatsächlich genehmigt wurde, ließ sich Sokratis für unbestimmte Zeit krankschreiben. Der Akkord habe ihn nervlich angegriffen, sagte er, und so ging er bei den Ärztekommissionen ein und aus und spielte den kaputten Mann. »Fünfundzwanzig Jahre habe ich Akkord gearbeitet. Also bitte, jetzt sollen mir die Deutschen doch die Jährchen bezahlen, die ich für sie geschuftet habe«, ließ er immer wieder verlauten, ohne auch nur einen Anflug von Schuldbewusstsein zu zeigen, dass er eventuell etwas Illegales tun könnte, indem er die Kassen hinterging. Als ich versuchte, mit ihm darüber zu sprechen, streckte er mir die Zunge heraus, machte eine kleine Tanzeinlage und rief: »Aber natürlich verarsche ich sie! Ich verarsche sie und genieße es!«, und dabei schüttelte er sich vor Lachen. »Ich habe sogar überlegt, ob ich so tun soll, als wäre ich von dieser neuen seltsamen Krankheit befallen, die AIDS heißt. Die kann man aber mit einer schnellen Blutuntersuchung feststellen, während nach dem, was ich in meiner Psyche habe und in welchem Zustand meine Nerven sind, da können sie noch zehn Jahre lang suchen. Ich werde einfach weiterhin behaupten, dass ich Probleme habe.«

Ich schüttelte den Kopf und war mit seiner Haltung überhaupt nicht einverstanden. »Wir wollen doch nicht, dass sie uns, Ausländer, Schurken nennen!«

»Jetzt sag mal, Frau Moralapostelin«, sagte er, »was glaubst du eigentlich? Haben die mich denn nicht verschaukelt? Sie haben mich in meinen besten Jahren hierher geholt, mich in diese dunklen Werkshallen mit dem Maschinenlärm gesperrt, um mich dann auf Biegen und Brechen so und so viele Teile am Tag liefern zu lassen. Und nach zwei Monaten noch mehr, bitte schön! Und nach weiteren zwei Monaten das Doppelte! Um den Akkord zu erfüllen! Also, nein, jetzt reicht's! Fünfundzwanzig Jahre müssen ihnen genügen! Das habe ich auch meiner seligen Frau geschworen. Fünfundzwanzig Jahre schenken wir ihnen und dann … basta, wie auch Giovanni, mein italienischer Kollege, immer gesagt hat. Schluss, aus, basta! Sie haben sich ja noch nicht einmal darum gekümmert, dass wir ihre Sprache anständig lernen, und was die Integration angeht, die haben sie so viele Jahre hinausgezögert. Jetzt wollen sie angeblich über neue Richtlinien abstimmen, und die werden sie uns dann als etwas ganz Besonderes präsentieren! Für die bessere Eingliederung! Wen wollen sie denn damit verarschen? Eines haben sie nicht kapiert. Wer die Armut erlebt hat, so wie wir aus den südeuropäischen Ländern, der hat besondere Fähigkeiten. Immer hellwach! Arm, aber Köpfchen. Uns haut so schnell keiner übers Ohr! Also …«, er machte eine kleine Pause, »morgen findet übrigens der Umzug statt. Wir haben uns dazu entschlossen … also, wir, das heißt deine Mama, ich und Frau Ahlers, dass ich in die Amalienstraße ziehe. Ich hoffe, du bist damit einverstanden.«

»Warum sollte ich das nicht sein? Das ist doch eure Entscheidung! Wenn es dir mit den zwei Damen gefällt, dann mach es.«

»Es wird ja sowieso nur vorläufig sein«, sagte meine Mutter. »Denn wenn Sokratis seine Rente hat, ziehen wir endgültig nach Griechenland. Wir werden in Athen, in Kymi und auf dem Olymp wohnen«, sagte sie mit fester Stimme, und ich fiel aus allen Wolken, weil sie sich kein einziges Mal mit mir beraten hatte. Diese Entscheidung hatte sie allein mit Sokratis gefällt.

Er nahm weiterhin jedes Wochenende meine Mutter auf seiner Vespa mit, und sie lösten sich in Luft auf.

Das waren die Tage, an denen Leo und ich bis spät im Bett liegen blieben, uns unterhielten, ausgiebig frühstückten und Pläne für die Zukunft schmiedeten. Sogar an Kinder dachten wir, seitdem wir die gemeinsame Wohnung hatten. Aber das sagten wir nicht.

Honigtropfen

Von ihren Ausflügen schickte meine Mutter mir oft Ansichtskarten. Zu Beginn der Pfingstferien brach sie mit Sokratis zu einer längeren Reise auf. Sie wollten nach Frankfurt fahren, wo Sokratis früher gelebt hatte und Freunde kannte. Die letzte Ansichtskarte bekam ich aus Offenbach, wo sie die meisten Tage verbrachten. Auf ihr war das Schaufenster einer Konditorei zu sehen, mit dem Namen »Melistalachton«, honigtriefend. In griechischer Schrift, verziert mit Blümchen, Wölkchen und Sternchen.

»Das ist die Konditorei von Herrn Chrysanthos in Offenbach«, schrieb meine Mutter. Und weiter: »Sokratis macht mich noch fix und fertig mit seinen Fußmärschen. Wenn wir irgendwo ankommen, stellt er seine Vespa ab und dann rennt er los wie die Ziegen, die er auf dem Berg gehütet hat. Zu Fuß durchquert er die ganze Stadt. Zum Glück komme ich da noch mit, aber man kann doch nicht die ganze Zeit nur laufen! Ich hab's gern auch ein bisschen gemütlicher.

Viele Grüße und alles Liebe

Deine Mama.«

Ich las die Karte Leo vor, der es sehr genoss, dass wir unsere Ruhe hatten. An den Postkarten meiner Mutter schien er aber durchaus seinen Spaß zu haben. Wenn meine Mutter uns nicht zu nahe kam, war alles bestens.

Am nächsten Tag bekam ich wieder Post. Dieses Mal hatte mir meine Mutter einen ganzen Brief geschrieben.

»Ich habe dir so viel zu erzählen, dass es nicht auf eine Karte passt! Offenbach ist eine kleine Stadt, ganz in der Nähe von Frankfurt. Sokratis hat hier früher zusammen mit seiner Frau gearbeitet und noch viele Bekannte. Lauter Gastarbeiter. Hier habe ich erst so rich-

tig begriffen, was ein Gastarbeiter ist. Auch wenn ich eigentlich Migranten sagen müsste, denn die meisten von ihnen haben inzwischen ihre eigenen Geschäfte, so wie Herr Chrysanthos. Er arbeitet nicht mehr in der Fabrik«, schrieb meine Mutter. »Sokratis hat ein paar Monate in Offenbach gearbeitet, und zwar in der Lederbranche. Viele Griechen arbeiteten früher in der Lederbranche. Mir ist eingefallen, dass ihm das vielleicht entgegengekommen ist, weil er auf dem Olymp immer die Schafe geschoren hat und mit Fellen vertraut war! Den Gedanken fand ich komisch. Aber ich habe nichts gesagt, um ihn nicht zu beleidigen. Habe ich das nicht gut gemacht? Ich meine ja nur, weil du ständig meckerst, dass ich alles immer gerade heraussage und dass das überhaupt nicht sozial korrekt ist. Dass wir also den Schein wahren müssen. Den Schein zu wahren, bedeutet, die Dinge nicht beim Namen zu nennen, sondern etwas anderes zu sagen, stimmt's? Ich versuche also so zu tun, als ob.«
Ich musste ein paar Mal auflachen, während ich den Brief meiner Mutter las. Leo, der seinen Kaffee trank, schaute mich neugierig an. Ich solle ihm den Brief übersetzen. Ich stand auf, um in mein Zimmer zu gehen, ohne ihm zu antworten. Den Brief meiner Mutter wollte ich in Ruhe lesen. Leo konnte ruhig eifersüchtig sein, ich hatte genug von seinen Vorwürfen.

»Als Sokratis mich in die Konditorei von Herrn Chrysanthos führte«, schrieb meine Mutter weiter, »war ich ganz hingerissen: Wunderbare Torten im Schaufenster, mit Blumen und buntem Dekor verziert. Manche hatten zwei oder drei Etagen, und ganz oben standen die Braut und der Bräutigam. Als wir die Tür öffneten, kamen wir in einen Raum mit ein paar kleinen Tischen, Spiegeln, Gemälden und Stichen an den Wänden, alten Petroleumlampen und Stühlen mit gestickten Kissen, beinahe wie in einem Puppenhaus. Du würdest bestimmt ›kitschig!‹ sagen. Aber ich bin da anderer Meinung. Oder wahrscheinlich gefällt mir ab und zu ein bisschen Kitsch, das ist menschlich und geht ans Herz. Herr Chrysanthos umarmte Sokratis, küsste ihn rechts und links, und danach drückte

er mir herzlich die Hand. Er war sehr gastfreundlich. Als echter Grieche aus Istanbul, aber auch als Konditor spricht er wirklich honigsüß, sagte Sokratis später zu mir. Und er schrieb mir auf, dass er der Sohn eines Kandelaberanzünders in der griechischen Kirche von Istanbul war. Im Schaufenster des honigtriefenden ›Melistalachton‹ gibt es nichts, was es nicht gibt: Außer Baklava hatten sie auch ölgebackene Honigschleifen, Ravani-Kuchen, Walnusskuchen, Grießschnitten, Gläser mit Sirupfrüchten, Loukoumadesbällchen und andere türkische Süßigkeiten, aber auch Petit fours, Pralinen aus Bitterschokolade mit Nüssen, Schälchen mit Profiteroles, Vanillepudding und Milchreis! Einen besonderen Platz im Schaufenster nahmen auch englische Kekse ein, die sehr gut dufteten, wie mir Sokratis sagte. Ich konnte ihren Duft ja nicht riechen. Für mich waren sie irgendwie fad. Was wollte man auch erwarten? ›Genau wie die faden Engländer selbst!‹, hätte deine Oma gesagt.
Auf jeden Fall servierte uns Chrysanthos sofort einige seiner besten Kuchen und erzählte uns, dass er seit seinem ersten Tag in Deutschland den Traum hatte, eine Konditorei zu eröffnen.
›Wenn ich hinausging in die Kälte, um zur Fabrik zu fahren, sah ich in meiner Phantasie inmitten dieser grauen Atmosphäre Sirupfrüchte und Loukoumi-Würfel. Mir lief dabei das Wasser im Munde zusammen. Was ist das hier nur für ein Volk!, dachte ich mir. Haben die Ärmsten denn keine Ahnung von *glyka tou koutaliou?* Wie kann man es bloß ohne Sirupfrüchte in dieser Eiseskälte aushalten?‹, sagte er.
Das Glück war mit ihm, wie gesagt, und er lernte eine junge Bulgarin kennen, die für ihn Kuchen und Süßigkeiten machte und ihm den Verstand raubte. Sie hatte von ihrer Großmutter gelernt, wie man das alles macht. Chrysanthos hielt sofort bei ihrem Vater um ihre Hand an und heiratete sie. Er half ihr dann, nach England zu gehen und dort die Zuckerbäckerei zu lernen!
Ich muss jetzt unterbrechen, weil das Essen aufgetragen wird. Ich schreibe später weiter.«

Die Tradition der Briefe

Meine Mutter und ich hatten eine Tradition im Briefe schreiben. Sie hat mir immer viel geschrieben, schon als ich im Sommer ins Zeltlager geschickt wurde. Jeden Tag einen Brief. Begonnen hatte das alles jedoch noch früher, als ich an einem Drüsenleiden erkrankt war. Ich glaube, ich war acht, als der Arzt bei mir eine Drüsentuberkulose diagnostizierte. »Sechs Monate ins PIKPA«, ordnete er an. »Dort oben auf dem Penteli-Berg wird ihr«, also mir, »die Luft bestimmt gut tun«, sagte er, und ich übersetzte.

Es gab noch mehr Kinder im PIKPA, aber es gefiel mir dort überhaupt nicht. Und die Kinder waren auch gar keine richtigen Kinder. Ich war auch kein richtiges Kind. Denn statt mit den anderen Kindern zu spielen, musste ich ständig weinen und wollte zu meiner Mama.

Dort oben habe ich Spyridoula kennengelernt, das kleine Dienstmädchen, das von seiner Hausherrin zur Strafe auf ein Bügelbrett gelegt und so lang gebügelt wurde, bis es gelb geworden war. Dort war auch Stavroula mit den Frostbeuteln an den geschwollenen, violetten Fingern. Auch Petroula mit der dicken, kaputten Brille, die mit einem Pflaster zusammengehalten wurde. Despinoula, die mit den zerbrochenen Zähnen, die ihr der versoffene Vater eingeschlagen hatte, und Angelikoula, deren Kopf mit Bläschen und Pusteln übersät war. Sie alle lagen mit mir im gleichen Schlafsaal.

Die Jungens waren in einem anderen Trakt untergebracht. Ihre Köpfe waren ratzekahl rasiert. Odysseas hatte auf dem geschorenen Kopf eine weiße, tiefe Narbe, Panagiotis trug bei jedem Wetter orthopädische Stiefel und zog ein Bein nach, weil es länger als das andere war.

Sechs Monate musste ich im PIKPA bleiben. »Du wirst sehen, die Zeit vergeht schneller als du denkst, und dann bist du wieder gesund

und es geht dir gut«, sagte meine Mutter. Vielleicht würde es mir mit der Zeit tatsächlich gut gehen, aber diese Zeit war keine gute Zeit.
Die Drüsentuberkulose grassierte damals und war gelblich braun. Gelblich braun waren auch die Kinder. Nicht nur von der Krankheit, sondern vom Dreck, von der Sonne und ihrer düsteren Seele. Sie waren mager, hatten kümmerliche, blutarme Beine und Füße, die in riesigen staubigen Schuhen steckten. »Verrußte Blechnäpfe«, sagte meine Mutter dazu.
Das PIKPA war im Pinienwald auf dem Penteli-Berg errichtet worden, dort gab es auch eine Grundschule. Ich ging in die zweite Klasse. Die Schulstunden mochte ich sehr. Ich war die beste Schülerin. Nicht dass ich sehr fleißig gewesen wäre, aber die anderen Kinder waren dumm wie Bohnenstroh, meinte meine Mutter, und dass manche von ihnen nicht einmal regelmäßig eine Schule besucht hätten. Und dass sie aus schwierigen Familien stammten, fügte sie hinzu.
Waren wir denn keine schwierige Familie?, fragte ich mich. Ich wusste nicht einmal, ob wir überhaupt eine Familie waren. Bilden zwei Personen schon eine Familie?
Im PIKPA mussten wir uns jeden Morgen in Reih und Glied aufstellen, zum Gebet und zum Fahnenhissen. Dann trat der Postbote einen vornehmen Schritt vor, streckte seine Brust heraus und rief die Namen der Kinder auf, die Post von ihrer Familie bekommen hatten, als wäre dies seine wichtigste Aufgabe.
Ich hatte jeden Tag Post! Ich bekam sieben Briefe in der Woche, manchmal auch ein kleines Paket. Der Postbote war behindert und trug einen verbeulten Arbeiterhut. Er mochte mich und freute sich, dass er mir so viele Briefe bringen konnte, er schien sich richtig nützlich zu fühlen und zwinkerte mir jedes Mal zu. Er sah meine Ungeduld und das Verlangen, das ich nach diesen Briefen hatte, und wenn die Post manchmal nicht rechtzeitig vor dem Fahnenhissen da war, kam er später hinkend bis zu unserem Wohnblock, um mir den Brief zu bringen.
Die Briefe waren für mich ein Zeichen, dass meine Mutter lebte.

Mich überfiel Panik, wenn ich daran dachte, dass es meine Mama plötzlich nicht mehr geben könnte. Dann beobachtete ich die kleinen Ameisen, die eilig hin und her rannten. Wenn ich aus Versehen auf eine von ihnen treten würde, würde sie plötzlich aufhören zu existieren. Ich schaute hoch in den Himmel. Und wenn es dort oben einen Riesen gäbe, der auf uns herabblickte? Dann kämen wir ihm doch auch wie Ameisen vor. Eines Tages würde er uns vielleicht zertreten; er könnte, ohne es zu merken, so eben mal meine Mama zertreten. So wie ich es oft mit den Ameisen machte. Bei diesen Gedanken schauderte es mich. Ich fing an, genau darauf zu achten, dass ich keine Ameisen mehr zertrat.

Das habe ich sogar meiner Mutter geschrieben. Dass ich darauf achtete, keine Ameisen zu zertreten, und dass sie auch darauf achten müsse.

Auch ich schrieb ihr regelmäßig. Geduldig kritzelte ich die Buchstaben auf das Papier:

»Mama, ich habe dich ganz lieb, Mama, hier ist der Himmel bedeckt und es regnet, Mama, die Wolken ziehen nicht vorbei, aber ich hoffe, dass du mich am Sonntag besuchen kommst. Mama, ich will immer lieb und brav sein, damit die Drüsentuberkulose schnell weggeht und du mich wieder zu dir holst. Mama, ich habe dich so lieb.«

»Ich habe Kuchen gemacht, Zwetschgenkuchen!«, rief Dagmar aus ihrem Café. »Komm mal rein! Ich gehe schon mal in die Küche und bringe dir ein Stück. Die Zwetschgen sind jetzt frisch«, sagte sie. »Erzähl doch mal, was es bei deiner Mutter und Sokratis Neues gibt.«

»Sie hat mir wieder einen Brief geschrieben«, sagte ich zu Dagmar und holte den Brief aus der Tasche.

»Zu schade«, schrieb meine Mutter, »dass wir nicht miteinander telefonieren können, damit ich erfahre, was es Neues bei dir gibt. Dass ich deine Stimme höre! Ich weiß nicht einmal, wie deine Stimme klingt, ist sie sanft und zärtlich oder streng? Ich kann mich nur an die Stimme meines Vaters erinnern. Immer knurrte er: ›Räumt das

hier auf, warum habt ihr das da liegen lassen? Wo ist denn eure Mutter? Wo treibt sich dein Bruder herum?‹ Immer hat er so etwas gerufen. Die Stimme deiner Oma war sanft, aber irgendwie jämmerlich, weinerlich. Das konnte ich nicht lange aushalten. Daran erinnere ich mich. Wer weiß, wie deine Stimme ist. Ich bin sicher, dass sie schön ist. Ich würde dich gern darum bitten, mir auch einen Brief zu schreiben, aber ich habe keine Ahnung, wo wir in den nächsten Tagen sein werden. Ein paar Dinge von dir berichtet mir Sokratis, weil er ab und zu Dagmar anruft und mir erzählt, was es bei euch Neues gibt.
Ich küsse dich. In Liebe
Deine Mama.«

Ich nahm einen Schluck von dem Kaffee, den Dagmar mir hingestellt hatte, und schaute in das schwarze Gebräu hinunter.
Sie kannte meine Stimme wirklich nicht. Wenn sie mich hören würde, würde sie mich nicht erkennen! Das hatte ich mir noch nie bewusst gemacht. Ich glaubte, dass meine Mutter, die so auf mich fixiert war, auch meine Stimme kannte. Doch wie hätte sie sie kennen sollen? Zum Glück kann sie lesen. Das ist ihre Rettung. Sie liest gern und schreibt mir gern Briefe, da wir uns ja nun einmal die Neuigkeiten nicht am Telefon berichten können.
»Woran denkst du?«, fragte mich Dagmar.
»Dass meine Mutter noch nie meine Stimme gehört hat. Das ganze Leben lang hängen wir so eng zusammen, und sie kennt meine Stimme nicht«, sagte ich traurig.
Dagmar strich mir übers Haar. »Du hast eine wunderbare Stimme«, tröstete sie mich. »Ich würde sie mit Bittermandeln vergleichen. Ihre Heiserkeit ist wie der bittere Nachgeschmack, der am Gaumen zurückbleibt. Dieses Bittere lässt sich nicht leicht wegspülen.«

Am nächsten Tag, als Leo die Wohnung verlassen hatte, blieb ich am Frühstückstisch sitzen und schlug die Zeitung auf. Da hörte ich schon, wie die Briefe auf den Boden fielen, als sie der Briefträger durch den Briefschlitz in der Tür warf. Klippklapp machte die Metallklappe, die wieder zurück auf den Schlitz fiel. Ich lief los und hob sie auf, und ich fand sofort einen neuen Brief von meiner Mutter. Ich freute mich immer über jeden neuen Brief von ihr. Wie damals, als ich noch ein Kind war.

»Wie geht's dir mit Leo? Spielt er immer noch den Löwen oder hat er sich beruhigt, seitdem ich weg bin? Besucht ihr die Ahlers? Geht ihr zu Dagmar zum Kaffeetrinken? Grüß die beiden von mir! Sokratis und ich haben vor, im Sommer nach Griechenland zu fahren. Mit meinem nächsten Brief schicke ich dir ein Foto von Herrn Chrysanthos und seiner Frau vor der Vitrine mit den Süßigkeiten.
Ich küsse dich. In Liebe
Deine Mama«

Vergebung des Zorns durch die Heiligen

Wie es mir mit Leo ging? Ob er immer noch den Löwen spielte? Meine Mutter benutzte manchmal Wörter und Sätze, die voll ins Schwarze trafen. Das heißt, sie bezeichnete Dinge genau so, wie sie waren. Leo war sanft, stark und ziemlich zurückgezogen. In seiner Ecke, für sich allein, wie die Löwen. Und natürlich geschah immer das, was er wollte. Ohne großes Imponiergehabe schaffte er es, sich durchzusetzen, einfach, indem er sagte, was er wollte, was passieren sollte und was nicht.

Als wir noch bei der Ahlers wohnten und Leo uns besuchen kam, nahm meine Mutter mich sofort beiseite und fragte leise, wie lang er denn gedachte zu bleiben. Sie würde in dieser Zeit weggehen und später wieder zurückkommen, wenn er nicht mehr da wäre. Wenn sie erfuhr, dass Leo bald wieder gehen würde, war es für sie ein Fest. Aber wenn ich ihr sagte, dass ich zu tun hätte oder dass ich abends mit Leo ausgehen würde, verzog sie das Gesicht.

Wenn sie sich so schamlos freute, dass Leo wegging, wurde ich wütend. Sie glaubte, dass sie mich dann ganz für sich haben könnte und mit mir zusammen sein würde. Ich wollte aber für mich allein sein, nachdenken, telefonieren, lesen. Sie störte mich in meinen Vorhaben, und ich dachte, dass es nicht so weitergehen könne. Dass ich nie Zeit für mich hatte und dass beide an mir herumzerrten. Oft dachte ich auch, dass ich mich erst dann vollkommen frei fühlen könnte, wenn sie sterben würde. Bei diesem Gedanken hatte ich aber ein unsagbar schlechtes Gewissen.

Manchmal erinnerte ich mich an meine unbeholfene Wut, als ich klein gewesen war. Was sollte ich machen, um ihr diese Wut zu zeigen? Brüllen brachte ja nichts. Ich trommelte also mit den Fäusten auf den Tisch oder rollte meinen Zeigefinger neben meinem Kopf, um ihr zu zeigen, dass sie alles verdrehte, dass sie an allem schuld war, dass sie verrückt war. Als ich noch kleiner war, schnitt ich Grimassen, zog die Augenbrauen zusammen, presste den Hals, bis die Adern hervortraten, oder die Lippen auf widerliche Weise zusammen. Oft streckte ich ihr die Zunge heraus, kniff sie, trat sie, bespuckte sie.

Danach rannte ich in den Hof, in die hinterste Ecke, um mich zu verstecken und zu weinen, weil ich mich für mich selbst schämte.

Einmal hörte ich sie nach einem solchen Streit weggehen, sie musste zur Arbeit. Ich ging in unser Zimmer zurück und war am Boden zerstört. Ich kniete mich sogar in die Ecke, wo unsere Ikonen hingen, und bat die Heiligen um Verzeihung. Ich spürte, wie mir der Hals enger wurde und schmerzte. Ich weiß nicht, ob es das erste Mal war, dass mir eine Art Knoten bewusst wurde, aber er war mir damals schon vertraut. Ich spürte ihn jedes Mal, wenn ich stimmlos sprach, wenn ich wütend wurde, wenn mir etwas leidtat, wenn ich mich für sie schämte. Doch an diesem Tag wurde mir die Verengung im Hals endgültig bewusst. Seitdem fühlte ich ihn bei jeder Gelegenheit und nicht nur, wenn ich wütend wurde. Auch später noch, wenn ich öffentlich sprechen musste oder wenn mir meine Fehler in der deutschen Sprache bewusst wurden. Ich merkte aber nicht, dass der Knoten größer wurde. Doch ich spürte den Schmerz. Der Schmerz war wie ein Kompass, der mir die Richtung wies. Und ich war mir keineswegs sicher, ob er von meinem Hals oder von meinem Kopf kam. Bei der Zerreißprobe zwischen meiner Mutter und Leo wurde der Schmerz jedenfalls unerträglich. Erst seit meine Mutter mit Sokratis wegfuhr, war es etwas besser.

Als sie ein Jahr später endgültig nach Griechenland aufbrachen, empfand ich eine große Erleichterung, und nicht nur das. Ich fing an, mich für sie und für sie beide zu freuen. Ich freute mich auch, wenn ich ihre Briefe las. Am Anfang hatte ich Angst, dass Sokratis sie nicht lange ertragen würde. Doch er war ganz gelassen. Er ließ sie ihre eigenen Dinge tun. Er nahm das alles nicht so wichtig.

Sie waren viel schneller weg, als ich gedacht hatte. Ich konnte es fast nicht glauben, dass meine Mutter schließlich nicht zögerte, sich von mir zu verabschieden und mit Sokratis nach Athen zu gehen. Sie wollte nach Athen, er nicht. In der Großstadt fühlte er sich vollkommen wie ein Fisch auf dem Trockenen. Schnell kamen sie überein, dass auch sie eine moderne Wochenendbeziehung führen wollten, so wie sie es bei meinen Freunden in München gesehen hatten. Aber eigentlich vereinbarten sie das nicht, »was für Vereinbarungen? Das ist deutscher Kram«, wie Sokratis sagte. Es war ganz einfach: Meine Mutter fing wieder an, Hüte zu nähen. Und Geld zu verdienen! Kaum hatten sie eine Wohnung in Kypseli bezogen, begriff sie, dass sie sich mit etwas beschäftigen musste, damit ihr nicht langweilig wurde. Vielleicht auch, damit Sokratis sie nicht durch Wald und Feld hetzen konnte. Wandern war für ihn die größte Freude. Für sie nicht. Nur wenn es ein Spaziergang durch die Stadt war. Dann war sie in ihrem Element. So machte sie eines Tages einen Bummel zu ihren alten Kunden, zu den Hutgeschäften in der Mitropoleos-Straße, in der Ermou-, der Perikleous-, der Äolou-Straße … Man fragte sie, ob sie noch immer Strohhüte nähte. Und sie zögerte nicht, sofort Aufträge anzunehmen. Strohhüte kamen damals langsam wieder in Mode. Sokratis bewunderte sie nicht nur für ihre Gewandtheit, er half ihr auch. Sie gingen zusammen los und kauften genau die Menge an Strohgeflecht, die sie ausgerechnet hatte. Einmal in der Woche, gewöhnlich donnerstags oder freitags, nahmen sie die Hüte, die sie an den vorangegangenen Tagen genäht hatte, und brachten die Lieferung zu den Kunden. »Nicht auf der Vespa«, schrieb mir meine Mutter, »wir gehen zu Fuß und tragen sie in der Hand! Sokratis hat mir vorgeschlagen, mit der Vespa zu fahren, aber mir ist es lieber, wenn wir sie in Hutschachteln packen und dann in große Tüten tun und in die Ermou- und die Mitropoleos-Straße tragen, zum Laden von Stamatiou, zu Loukia, zu Tsakanikas. Wie soll das gehen, auf der Vespa? Da werden sie doch nur eingedrückt und zusammengequetscht! Ich nehme jetzt auch Bestellungen für Kinder an! Ich hatte sogar die Idee, kleine Hütchen und Täschchen als Bonbonnieren für Taufen und Hochzeiten zu nähen. Die verziere ich mit kleinen roten Kirschen. Ich bastle sie aus gefärbter Baumwolle. Diese Idee hat wie eine Bombe eingeschlagen. Die Geschäfte befüllen die Täschchen und Hütchen mit Zuckermandeln. Wer hätte das gedacht, dass ich im Alter noch einmal mit dem Hütenähen so viel Geld verdienen werde?«, schrieb meine Mutter. »Als du klein warst, musste ich der Arbeit hinterherlaufen. Ich musste Wohnungen putzen oder in den Kellerräumen der großen Konditoreien Obst entkernen. Weißt du noch, als ich auf der Platia Viktorias in diesem Eckladen gearbeitet habe? ›Mama, warum hast du so rote Finger?‹, hast du mich immer gefragt, wenn ich den ganzen Tag Kirschen entkernt hatte. Natürlich habe ich auch Glück, denn mittlerweile gibt es keine Frauen mehr, die wissen, wie man Strohhüte näht. Es gab nie viele Näherinnen. Und wer von den jungen Leuten will sich jetzt noch beruflich mit so etwas beschäftigen? Alle wollen studieren und Karriere machen. Was für eine Karriere kann man schon mit den Hüten machen? Es gibt natürlich noch etliche von den Älteren, die Hüte aus Veloursleder und Stoff anfertigen und wissen, wie man sie auf Form bügelt und verziert. Aber aus Stroh? Kein Mensch! Und diese Älteren sind auch verschroben und verschlossen. Sie glauben, dass ihre Kunst etwas unglaublich Wichtiges ist, und halten sie geheim. Keiner will sie an die Jüngeren weitergeben. Wenn ich sie dieses oder jenes frage, tun sie so, als würden sie nicht verstehen. Gestern war ich bei Stamatiou, der sich wieder stur stellte. *Ja, klopf nur bei einem Tauben an die Tür*, wie es so schön heißt. Als ich herauskam, sprach mich ein junges Mädchen an, rank und schlank mit großen Augen: ›Können Sie Hüte machen?‹, wollte sie wissen. Ich antwortete ihr, dass ich Hutnäherin bin, und sie fragte mich, ob ich ihr beibringen könnte, wie man Strohhüte näht. Sie merkte, dass ich gehörlos bin, und begann, ohne Mühe darauf zu achten, wie sie mit mir sprechen musste, damit ich sie verstand. Ich habe zugestimmt, und jetzt kommt sie jeden Samstagnachmittag zu mir nach Hause, und ich zeige es ihr. Leider geht sie bald nach Amerika. Sie will dort eine Schule besuchen, sagte sie, um alles zu lernen, Entwürfe, Mode, moderne Stilrichtungen usw. Sie heißt Katerina. ›In Athen läuft einfach nichts mehr‹, hat sie gemeint. ›Und die, die es früher beherrschten, haben es mittlerweile verlernt, sie sind zu alt und außerdem viel zu kompliziert in ihrem Wesen‹, so hat es mir Katerina gesagt oder eher aufgeschrieben. Oft hat sie, wenn sie bei mir zu Hause ist, einen großen Block dabei und entwirft Hüte. Herrliche Entwürfe!

Sie hat mich auch dazu angeregt, mich beim Schmücken der Hüte freier zu entfalten. Neulich habe ich einen großen Florentinerhut mit leeren Holzgarnrollen verziert, die ich in bunten Farben bemalt hatte. Alle Kunden waren von diesem originellen Einfall hellauf begeistert. Jetzt bin ich in Knopfgeschäften unterwegs und suche große auffällige Knöpfe aus, um die Sommerhüte zu dekorieren. Ich habe auch einen kleinen chinesischen Fächer gekauft und ihn seitlich ziemlich steil an die Krempe des Hutes genäht. Davon waren alle ganz hingerissen! Einige meinten sogar, ich sollte den Fächer in ein Etui stecken, damit er sich herausnehmen lässt und sich die Damen Luft zufächeln können. Mir gefällt er aber besser nur als Dekor. Und weißt du noch was? Ich verziere die Strohhüte auch mit Kirschkernen. Von den Kirschen, die ich jahrelang in den Konditoreien entkernt habe! Ich färbe die Kerne silbern oder golden und bohre mit der Nadel ein Loch durch. Die junge Katerina lacht darüber.

Als ich neulich nach Flisvos gefahren bin, du weißt, der kleine Hafen, wo wir baden waren, als du klein warst, da habe ich am Strand alte Fischernetze mit ihren Schwimmern entdeckt. Die habe ich mitgenommen und jetzt verziere ich damit meine Strohflorentiner. Das passt wunderbar zusammen, und sogar Sokratis ist Feuer und Flamme. ›Ich werde auf dem Berg auch etwas für dich zum Verzieren suchen‹, verkündete er und brachte mir Pinienzapfen mit. Aber die passen nur zu den Winterhüten.

Zum Olymp fährt Sokratis normalerweise jeden zweiten Freitag. Er schwingt sich auf seine Vespa und weg ist er. Dort macht er seine Wanderungen und findet wieder zu sich selbst. Manchmal fahre ich mit. Ich muss zugeben, die Natur ist schon sehr schön. Aber auf den hohen Bergen empfinde ich so eine Anspannung. Wie eine Phobie. Wenn ich mich dort oben verlaufe, werde ich nie den Weg zurück finden. In der Stadt kann ich mich gut orientieren. Die Berge sind mir fremd, die Wälder so düster, die Täler unendlich. Nein, ich mag sie nicht. Vielleicht ist auch das Gleichgewichtsgefühl schuld, das mir fehlt. Das wird es wohl sein. Na ja, in dieser Hinsicht werden Sokratis und ich nie zusammenpassen. Punktum! Das habe ich vor ein paar Tagen zu ihm gesagt. Punktum. Die Berge sind nichts für mich. Bring mich in eine Stadt mit ihrem Getümmel, und ich zeige dir jeden Weg. Nicht in die Berge. Da wird es meiner Seele zu eng. Im Meer fühle ich mich bedeutend wohler, obwohl ich nicht gerade behaupten kann, dass ich gut schwimme. Doch an das Meer bin ich von Kind auf gewöhnt. Vielleicht machen mir seine Farben einfach gute Laune, sein Glitzern, wie kleine silberne Lämpchen. Wie sollte sich die Seele im Meer zusammenkrampfen, wenn es doch unaufhörlich deinen Körper in Bewegung hält und dir mit seinen Reflexen zuzwinkert? Das sagte ich Sokratis, und es gefiel ihm. Erzähl mir noch mehr, sagte er, vielleicht lerne ich noch, das Meer zu lieben. Weißt du was, ich glaube, dass er sich auch ein bisschen schämt, weil er nicht schwimmen kann. Er fühlt sich als Versager. Während er auf dem Berg zu allem fähig ist. Männer mögen es, wenn sie etwas gut können oder so tun als ob. Wenn du aber einen Schwachpunkt bei ihnen entdeckst, das mögen sie überhaupt nicht. Deshalb tue ich auch so, als würde ich nichts merken – der schöne Schein, wie gesagt –, und ich setze ihn auch nicht unter Druck, mit mir schwimmen zu gehen. Vielleicht sagt er es mir eines Tages von selbst, dass er nicht schwimmen kann. Ich überlege mir, ihn einmal ans Meer zu locken. Wenn es sehr heiß ist! Und dann lasse ich ihn am Strand sitzen und renne ins Wasser. Na, was wird er dann tun? Wird er dann in der Mordshitze schwitzen und warten? Wird er dann nicht seine

Sachen ausziehen und hinter mir herkommen? Das hoffe ich. Dass ich ihn überliste. Oder vielleicht eher, dass ich ihn von seiner Angst vor dem Meer befreie! Habe ich damit nicht recht?
Mit solchen Tricks habe ich dich auch überredet, als du klein warst!
Tausend Küsse
Deine Mama«

Sie machte einen so zufriedenen Eindruck. Ich freute mich sehr für sie, aber ich war auch ein bisschen neidisch. Ich beneidete sie darum, dass sie in Athen war und dort Dinge erlebte, von denen ich träumte. Dass sie einen Alltag gefunden hatte.

Leo und ich machten weiter Pläne, dass wir irgendwann einmal nach Athen ziehen würden, dass er irgendwann einmal auf einer kleinen Insel eine Praxis eröffnen würde, in einem weißen Zykladenhaus mit Garten …

Aber je mehr Zeit verging und ich sah, dass er kein einziges Wort Griechisch lernte, wusste ich, dass alle Pläne nur Sommernachtsträume waren.

Wie sollten wir uns dazu entschließen, nach Griechenland zu gehen mit all seiner Bürokratie, seinen korrupten Beamten und den Parteihengsten, die bloß ihre Macht ausspielten? Mit den unverantwortlichen Leuten, die kein Umweltbewusstsein hatten und ihren Müll überall hinkippten? Wir diskutierten das alles, wir wogen es ab, mal so mal so, und rührten uns nicht vom Fleck.

In der Zwischenzeit schrieb mir meine Mutter, dass sie auf mich warten würde, bis ich zurückkäme, um alles Mögliche mit mir zusammen zu unternehmen. »Dann gehen wir ins Kino. Und danach ins ›Krinos‹ zum Loukoumades-Essen! Gestern war ich dort, aber es ist schon seltsam! Es waren nicht die alten Loukoumades-Bällchen, die wir früher immer gegessen haben. Diese hier waren sehr ölig, und in der Mitte war der Teig ganz weich, als wäre er noch nicht richtig durch. Das habe ich auch sonst oft in Athen festgestellt. Es ist nicht mehr dasselbe, das Gefühl der Stadt hat sich verändert. Ich versuche, es zu finden, aber es gleitet mir immer durch die Finger.

Das Herz der Stadt ist wie der rohe Teig der Loukoumades-Bällchen. Die Orte haben sich verändert. Sie haben ihren Sinn verloren. Ein paar Schritte weiter auf der Stadiou-Straße, in Richtung Syntagma-Platz, war damals ein Theater in Betrieb, in einem ganz alten, aber sehr schönen Haus. Dort ist unsere Nachbarin samstags immer mit ihrem Mann hingegangen.
Früher sind wir für deine Impfungen immer in die Poliklinik in der Piräus-Straße gegangen, weißt du noch? Ich empfand es immer als großes Glück, dass wir die Ärzte und diese Kliniken so in der Nähe hatten. Jetzt: nichts mehr davon. Auch die Erste Hilfe-Station in der Triti-Septemvriou-Straße gibt es nicht mehr. Weißt du noch, wie nett die Ärzte dort waren, als dir der Nachbar einmal den kleinen Finger in der Tür eingeklemmt hat? Mitten in der Nacht liefen wir völlig außer Atem dorthin. Diese Nacht fühlte sich anders an als die Nächte heute in der Triti-Septemvriou-Straße. Wenn ich früher durch Athen ging, hatte ich den Eindruck, immer einen Haufen Bekannte zu sehen, Nachbarn vom Krämerladen meines Vaters oder Stammgäste aus seinem Kafenion. Heute nichts. Die Gesichter sind mir vollkommen fremd.
Ich will dir aber auch etwas Schönes erzählen: Ich gehe jetzt mit Sokratis oft ins Kino. Ich bringe ihm sogar die Namen der Schauspieler bei. Wir haben uns zusammen James Bond angeschaut, und jetzt weiß er, wer Sean Connery ist. Wir waren auch in *E.T.*, das hat uns beiden gut gefallen. Und weißt du was? Athen mit seinen Kinos ist meine Heimat. So sehr mir diese Stadt auch wie Traumsand durch die Finger gleitet, so sehr packt es mich, sie wie früher zu erobern. Was Sokratis angeht, so denke ich manchmal, dass für ihn Heimat bedeutet, seine alten Freunde aus Deutschland wiederzufinden. Als wir mit der Fähre aus Venedig in Patras ankamen, rief er sofort einen alten Freund an, mit dem er früher bei BMW gearbeitet hat. Wir besuchten ihn. Danach rief er eine junge Ärztin in Tripolis an, die Tochter eines alten Freundes, die mit seinen Kindern zusammen aufgewachsen war. Wir statteten ihr auch einen Besuch ab. Danach fuhren wir weiter bis nach Kalamata, wo Sokratis mitten auf dem

Hauptplatz stehen blieb und den Namen von irgendeinem Zisis rief. Ich dachte mir, jetzt dreht er durch!
›Aber irgendwo hier muss er doch wohnen‹, sagte er beharrlich. ›Er wird mich bestimmt hören!‹
Kurz darauf hörten wir eine schrille Frauenstimme: ›Ziiiisis! Sokratis aus München ruft nach dir. Komm raus! Ich glaube, er ist es.‹ Als sich die beiden Männer wiedersahen, umarmten sie sich lange, und wir gingen alle ins Haus. Zwei Tage blieben wir dort. So ist das also. Wie ich es dir schreibe. Es gibt keine Heimat für Sokratis, aber seine Heimat sind die alten Kollegen aus Deutschland. Die Gastarbeiter. Die Menschen, mit denen er in seiner Jugend zusammen in den Fabriken gearbeitet hat.«

Ohne ihre Augen auf meinen Lippen

»Deine Mutter hat mich davon überzeugt, dass das Kino die schönste Sache der Welt sein kann«, sagt Sokratis zu mir. »Ehrlich gesagt, ich war nicht sonderlich verrückt danach. Man sitzt wie festgenagelt auf einem Stuhl und schaut sich die vielen Bilder an. Was sollte ich damit anfangen? Auf der großen Leinwand liebten sie sich reihenweise und schlachteten sich ab, und ich saß auf meinem Platz im Dunkeln. Ist das denn normal? Ich wollte hinaus, durch die Natur laufen, die Gerüche spüren, mich bewegen! Und nicht unbewegt dasitzen und bewegte Bilder sehen! Deine Mutter lebte mit diesen Bildern. Für sie war das Vergnügen in der Natur begrenzt, weil sie doch die Blumen und Kräuter nicht riechen konnte. Mit dem Gehör hatte sie ja auch ihren Geruchssinn verloren. Für sie war es ein Vergnügen, etwas zu sehen und mit ihren Fingern schöne Dinge anzufertigen. Außerdem konnte sie die Buchstaben unten am Rand der Kinoleinwand sehr schnell lesen ... Darauf war sie sehr stolz, und ich begriff, dass auch das ein Grund dafür war, warum sie das Kino so sehr liebte: Sie fühlte sich lebendig und hellwach. Natürlich wollte sie auch reisen, aber nicht in Berg und Tal, wie sie immer sagte, sondern in die Städte. Um Museen zu sehen, schöne Gebäude, Parkanlagen. Einmal hat sie sogar gesagt: ›Das Schöne, das der Mensch schafft, bedeutet Gesundheit.‹ Sie war davon überzeugt, dass sie umso seltener krank würde, je mehr schöne Gemälde sie sah. Und ich bestand darauf, dass Gesundheit ein Spaziergang durch den Wald ist, eine Wanderung auf die Berge ... um die Wipfel der Bäume zu sehen und die Wolken, aber nicht in den Städten inmitten von Abgasen. In dieser Hinsicht waren wir vollkommen anderer Meinung.«

Ich lasse Sokratis reden und sage nichts. Sieben Jahre sind seit ihrer Rückkehr nach Griechenland vergangen.

Als die Berliner Mauer fiel, schrieb meine Mutter mir in einem ihrer Briefe:
»Das haben wir im Fernsehen gesehen. Es hat uns sehr berührt. So als wäre Deutschland unsere Heimat. Aber das war es doch auch! Oder etwa nicht?
›Von heute an ist es noch klarer, dass es das nicht ist‹, sagte Sokratis zu mir. ›Es ist schon besser, dass wir weggegangen sind. Was wissen wir denn von Thüringen und Sachsen? Was wissen wir von Weimar und Dresden? Fünf neue Bundesländer werden sie jetzt bald mit ihren Hauptstädten in das neue Deutschland eingliedern. Wenn wir dort wären, müssten wir zumindest ihre Namen lernen, und ihre Geschichte noch dazu. Da würde ich ja Kopfschmerzen bekommen! Ich habe schon lang genug gebraucht, um mir Baden-Württemberg und Nordrhein-Westfalen zu merken. Es reicht! Wir sind jetzt hier. Wir sollten uns also um das kümmern, was hier wichtig ist und was wir nicht kennen. Wir haben keine Zeit, um alles zu lernen. Vor allem, weil ich es dir alles aufschreiben muss! Einverstanden?‹
Das sagte Sokratis, und ich war einverstanden. Der Fall der Mauer und die Begeisterung der Leute waren jedenfalls beeindruckend! Und was habt ihr jetzt vor? Wollt ihr da bleiben?«, schrieb und fragte meine Mutter.

Wir sitzen in der Cafeteria auf der Fähre, die uns von Patras auf die andere Seite bringt, nach Ancona. Wir kehren nach München zurück. Meine Mutter ist nicht bei uns. Wir haben uns von ihr verabschiedet und sie in Kymi zurückgelassen. Auf ihrem Grab haben wir eine einzelne Pinie gepflanzt. Als sie den Sarg hinabgelassen hatten, stellten wir ein kleines Tablett mit Baklava darauf. Und daneben legte Sokratis einen kleinen Hut mit einem schwarzen Schleier. Anstelle von Rosen. »Was soll sie mit Rosen anfangen? Deine Mutter hat diese abgeschlachteten Blumen nie gemocht«, sagte er zu mir.
Er bestand darauf, mich nach München zurückzubegleiten. Natürlich behauptete er, dass er dort noch einen ganzen Berg an Arbeiten zu erledigen hätte und Arztbesuche machen wolle, aber das glaubte

ich ihm nicht. Wahrscheinlich empfand er es gegenüber meiner Mutter als Pflicht, mich nach Hause zu bringen. Nach Hause? War es mein Zuhause, wo wir hinfuhren? Dorthin, wo er mich Leo übergeben konnte?

»Macht ihr immer noch Pläne für Griechenland?«, fragt er mich.

»Meine Pläne mit Leo für Griechenland sind zu Ende«, antworte ich. »Sie sind zu Ende, weil unsere Geschichte auch zu Ende ist, unsere frühere Liebe. Jetzt gehe ich durch München und versuche mir darüber klar zu werden, was mir in München wichtig wurde und immer noch ist. Neulich war ich bei Dagmar im Café, und wir sprachen über die Vergangenheit. So viele von den alten Freunden sind jetzt weg. Ich bin schon wieder auf der Suche, lieber Sokratis.«

Vor ein paar Tagen haben wir Euböa hinter uns gelassen und die Brücke von Chalkida überquert. Danach blieben wir zwei Tage in Athen, und auch ich musste erleben, wie es ist, wenn einem der Athener Traumsand durch die Finger gleitet. Ich fühlte mich allein und unendlich traurig in einem Athen, das leer, hart und fremd war. Mit der Aussicht, in ein München zurückzukehren, in dem alles sofort perfekt renoviert wird und das zusehends seine alte Seele verliert.

Ich hatte oft an diesen Augenblick gedacht: Wie würde es für mich sein, wenn meine Mutter tot ist? Wie würde ich es ertragen, nicht bei ihr zu sein, wenn sie stirbt?

»Der Mensch hält alles aus«, höre ich sie jetzt zu mir sagen. Das hat sie immer gesagt. Auch sie hat ein ganzes Leben lang das unendliche Schweigen ausgehalten. Genauso wie das Ringen und Bemühen um die anderen. Sie verstehen zu wollen und es nicht zu können, verstanden werden zu wollen und es nicht zu schaffen.

Und doch empfinde ich es jetzt, als wäre mir eine ungeheure Katastrophe widerfahren, als hätte ich mein halbes Leben eingebüßt. Meine Trauer würgt mich. Wieder zieht sich mein Hals zusammen. Wir waren zwei, jetzt bin ich eine. Mein Hals zieht sich zusammen, und etwas fehlt mir. Mir fehlt mein anderer Teil.

»Wieso lässt sie mich allein? Das geht doch nicht? Ist das nicht egoistisch?«, frage ich, eher rhetorisch. Sokratis legt seine Arme um meine Schultern und drückt mich an sich.
Er sagt nichts. Ich fahre fort: »Meine Mutter war ein uralter Mythos. Tragödie und Komödie zugleich. Jetzt ist er zu Ende. Der Vorhang hat sich geschlossen! Meine Mutter war ein antiker weiblicher Bock, sie wollte singen und konnte nicht. Darum sprach und tanzte sie auch so ungelenk. Gibt es einen weiblichen Bock?«, frage ich Sokratis.
»Es gibt nur einen sturen Bock«, sagt er. Wir müssen beide lachen.
»Auf diesem Mythos beruhten meine ganzen Erwartungen, meine Pläne, meine Sicherheit, aber auch meine Wut. Wie konnte sie es so plötzlich wagen, sich davonzumachen? So schnell? Aber sie hat ja immer getan, was sie wollte! Ihre Sturheit und ihr Dickschädel waren nicht zu überbieten. Sie hat mich zur Weißglut getrieben, weil sie in meinem Leben ständig präsent sein wollte, überall ist sie eingedrungen! Und jetzt, pfffft, ist sie weg! Weggeweht wie ein Blatt im Wind. Sie hat uns gar nicht gefragt. Wahrscheinlich hat sie sich über uns lustig gemacht, als sie sich aus dem Staub machte. So als wollte sie sagen: ›Jetzt werdet ihr schon sehen, wie sehr ich euch fehlen werde!‹ Ich bin so wütend!«, schreie ich Sokratis an. »Diese Frau hat sich überall eingemischt, ist überall eingedrungen und wollte ihren Willen immerzu durchsetzen! Jetzt ist sie in die Wolken eingedrungen und belästigt dort andere. Da bin ich mir sicher!«, schreie ich wieder voller Wut.
Sokratis stupst mich in die Seite. Wahrscheinlich schreie ich zu laut.
Ich hole tief Luft und blicke aufs Meer. Patras liegt hinter uns, vor uns Kefalonia oder vielleicht Korfu? Plötzlich spüre ich wieder Sokratis' Ellenbogen in meiner Seite.
»Heee, lass das!«, beschwere ich mich, »warum stupst du mich mit dem Ellenbogen?«
Keine Antwort.
Ich stupse ihn auch. Er schaut in den blauen Horizont.

Eine Woche ist es her, als ich hörte, wie bei mir in München das Telefon klingelte. Und dann seine heisere Stimme: »Ihr Herz hat nicht mehr mitgemacht. Es ist stehengeblieben. Ich regle alles und hole dich vom Flughafen ab.«
Sokratis schweigt noch immer. Ich frage ihn wieder. »Was soll das Gestupse mit dem Ellenbogen?«
Statt mir zu antworten, stupst er mich erneut, dieses Mal mit seiner Schulter an meinem Oberarm.
»Was willst du mir damit denn sagen?«
»Ich analysiere nur dieses Eindringen. Jahrelang habe ich euch beobachtet, wie ihr euch gegenseitig immer angestupst habt. Dein Stupsen war immer voller Ungeduld. Du wolltest, dass sie dich anschaute, um ihr etwas zu sagen. Nie hast du daran gedacht, dass du sie erschrecken könntest, dass du sie aus ihren Gedanken reißen könntest. Du hast genau dasselbe gemacht wie sie, du hast ihre persönliche Sphäre nicht respektiert.«
Ich sehe ihn erschrocken an und schweige. Ich schaue auf das Blau des Meeres, das sich ununterbrochen bewegt. Alles bewegt sich. Die Gedanken, die Erinnerungen, der Klang ihrer Stimme, die sich jetzt ausbreitet und entfernt. Wie war ihre Stimme?
Wieder erwischt mich ein Stupser. Ich schaue Sokratis an, und wir müssen lachen.
»Du hast recht. Aber ich wollte ja auch mit ihr sprechen! Wie hast du das denn gemacht?«
»Sicher anders als du. Ich war zärtlicher zu ihr, habe ihr den Arm gestreichelt, die Hand, und das mochte sie. Deine Mutter war sehr sinnlich, sie ließ sich gern streicheln und in den Arm nehmen, nicht aber plötzlich stupsen. Das war auch ein Eindringen, genau wie das, das dich so wütend macht.«
»Aber du warst ihr Freund, ich war ihre genervte Tochter!«
»Und sie ein alter sturer Bock«, sagt Sokratis, und wir lachen wieder.
Ich fange an, mit Grimassen und Gesten mit ihm zu sprechen.
»Du bist auch ein al-ter stu-rer bock!«

Wir können nicht aufhören zu lachen. Wir beugen uns über die Reling und schauen in das blaue Wasser und den Schaum, den das Schiff erzeugt, während es das Ionische Meer durchquert.
»Ihr Streicheln war das, was mich gerettet hat«, sage ich.
»Mich auch«, antwortet Sokratis. »Wenn wir uns hinlegten und sie mich streichelte, waren ihre Hände ein großer Trost. Das habe ich mit keinem anderen Menschen erlebt. So als strahlten ihre Handflächen Energie aus.«
Sokratis sprach mit einer sanften Stimme, wie er sie nur selten hatte. Er sprach und hing seiner Erinnerung an das Streicheln meiner Mutter nach. Ich gebe ihm wieder einen heftigen Stupser und reiße ihn aus seinen Träumereien.
»Meine Mutter war sanft. Im Gegensatz dazu hat ihre Tochter nicht gezögert, grob zu sein«, sage ich, und dann stupst er mich wieder.
Ein Leben lang Gestupse. Ein Leben lang sanfte Hände, grobe Hände, immer bereit, das Hören zu ersetzen.

Dank

Meinen Dank an Doris Wille und Christine Gerstacker. Sie haben an das Buch geglaubt und es mit ihrer vielfältigen Unterstützung möglich gemacht.